www.residenzverlag.at

Druck und Bindung: Wiener Verlag, Himberg
Printed in Austria
ISBN 3-7017-1306-5

andra joeckle

laura und die verschwendung der liebe

roman

Residenz Verlag

Thomas!

Teil I

1

Seine Stirn nicht und nicht sein Haar, seine Augen nicht wirklich und nicht seine handliche Gestalt, nicht den freundlichen Flanell und das milde Grau, in das er sich kleidete, nahm sie an ihrem Führer wahr, sondern nur die Sorgfalt, die an ihm war, die von ihm ausging wie eine Aura. Er war ausgesucht. Besaß er nicht Adel, wenn er sprach? Er kleidete seine Gedanken in umsichtige Wörter. Behutsam setzte er sich fort in seiner Rede. Er gab den Worten ihr richtiges Maß. Er ging mit ihnen um, als lege er sie auf feinste Waagen. Als sei Gold in ihnen. Mehr als Gold. Er verhudelte und verhuschte nichts und schlappte nicht wie sie in seinen Sätzen herum. Achtsam begegnete er ihrer Muttersprache mit einer Aufmerksamkeit, die für sie ungewohnt war. Er veredelte. Wer einer Sprache so gegenübertrete, wie behandle der erst Menschen, konnte sie da noch süß sein und hoffen.

Es war also einmal Alvaro Castillo del Mar, der ihr die Tür öffnete. Sie klingelte sich auf der Suche nach einer Bleibe in Berlin durch Studentenwohnheime und glaubte dabei an ihre Glückskindschaft, als existierten keine aberhundert Namen lange Wartelisten von Studenten realistischeren Sinns. Flackerndes Weiß hinterfing seine dunkle Gestalt. Er war ein Fremdländischer. Öffnete sich die Haustür, ging gewiß immer wie jetzt ein Zug, so daß ein Lakensegel, das aus einem Badewannenboot flaggte, ins Flattern geriet und Besuchern ein Willkommen entgegengrüßte. Gleich bekam sie gesagt, auf lange Jahre aussichtslos sei ihre Hoffnung auf eine Aufnahme in den so ausnehmend angenehmen Altbau. Trotzdem bot Alvaro ihr eine kurze Wohnungsführung an. Noch war sie da jemand, der wissen wollte, was ihm entging.

Keine zehn Minuten später war sie wieder unten auf der Straße. Ein anderes Studentenwohnheim, eine schäbige, laute Hauseanstalt, war schnell abgehakt, und auf dem Rückweg durch die baumbestandene Rheinchaussee sah der Zufall die beiden wieder. Als sie die Straße überqueren wollte, ohne Zebrastreifen unter ihren Beinen zu haben, lief sie Alvaro beinahe ins Rad. Sie tauschten ein Lächeln, nichts weiter. Er mußte es eilig gehabt haben. Eine Leinentasche hing quer über seiner Brust. Sah es in ihren damaligen Augen ein wenig lächerlich aus, mauserte sich der banale Trageriemen im Laufe ihrer zunehmenden Erinnerung zu einer Anspielung auf schmucke Bänder, die über die Brust ausgezeichneter Persönlichkeiten liefen. Später erzählte er ihr einmal von einer Existenz, die er nicht verachten würde: Autolosigkeit, zum Lehrstuhl auf dem Holländerrad, wie sein Doktorvater, ansonsten Taxis rufen und Flugzeuge nehmen. ›Autofrei‹ müsse es heißen, warf sie sich in die Kindsbrust. Je nach Standpunkt, schenkte er ihr das letzte Wort, hatte er den letzten Gedanken.

Das ausgetauschte Lächeln wuchs heran zu einer hoffnungsfrohen Laune, aus der heraus sie ihm ein paar Zei-

len schrieb. Sie würde ihn gern wiedersehen, schicke diesen Brief, bevor ihr der Wunsch danach verginge. Wie er sei sie frisch in Berlin, und er habe vielleicht wie sie Lust auf andere, um am neuen Ort rascher heimisch zu werden. Wenn sie ihm etwas sage, solle er doch von sich hören lassen. Er ging auf ihr Schreiben ein, kam sie besuchen. Sie servierte ihm Kaffee und Kuchen in maisgelber Küche. Auf ein wenig freie Luft gingen sie bald schon ins nahe Grün, aufs Blau von einem See zu. Slahtensee hieß er. Slahten mußte Gold bedeuten. Der nahe Herbst hatte seine junge Kühle schon hineingesandt in den späten Sommer, doch fiel die Nacht noch nicht winterfrüh auf die Helle ein. Der erdige Weg zum Goldsee federte den Schritt ab, führte in sachten Mäandern, als wiege er sich in den Hüften, hinunter. Laub überwölbte sie. Im Uferkranz nahm die beiden eine einsame Ausbuchtung auf. Es war feucht und sie fröstelten. Wie eine einladend geöffnete Hand hielt der See sein ruhiges Wasser ihnen entgegen. Alvaro lehnte sich an einen Baumstamm, nahm sie zwischen seine Knie an sich. Sie blickten hinaus auf den See. Sie dachte flüchtig an Alban, einen Kommilitonen aus ihrer Münchner Studienzeit, der ein Gemälde analysiert hatte und zu dem Schluß gekommen war, Liebe sei, in die gleiche Richtung zu schauen. Die Blicke der beiden streiften Fächer über den See und mußten sich irgendwo weit draußen kreuzen. Selbst wenn sie parallel ausgingen, würden sie sich kreuzen, nicht jetzt und auf der Stelle, aber eines fernen Tages gewiß. Das war Gesetz. Sie wollte es als Symbol für sich vereinnahmen. Sie hätte ein Gelübde ablegen wollen.
Die Dämmerung setzte ein. Der See schimmerte sanft, als sei dunkles Glimmern sein Schlaf, als sei eine Farbe

sein Schlaf. Schwarz und geklärt lag ruhig gen Nacht der See. Das tags aufgerührte, schwere kleine Leben war ihm zu Boden gesunken. Oben im klarsten Wasserschwarz ließen sich noch drei Wildenten treiben. Wasser perlte Tränen, Schmuck über ihr wachsiges Gefieder. Der Halbmond warf Orange herab. Ob er zunehme oder abnehme, fragte Alvaro. Zunehme, sicher, ganz sicher zunehme, sagte sie. Er antwortete nicht mehr, sondern säte Küsse in ihren Nacken und in ihr Haar und zerkämmte mit seinen Fingern seine Küsse zu Spuren ins Haar, bis das von Küssen so schwere Haar ihm ihren Kopf tief in den Nacken zog und ihr Gesicht sich ihm bot. Da tat er es.

Tat drei Worte sagen, drei Worte, brutale Worte, die sie mit einem Schlag ernüchterten.

Ich – bin – verheiratet. Sie holte jäh ihren Kopf zurück auf die Brust, stieß sich dabei an ihm, versetzte ihm einen leichten Kinnhaken, schnellte hoch, stand starr, versperrte ihm den Blick. Es mache nichts, fand sie endlich Worte, mache gar nichts, wo sie doch nur einen guten Freund suche und so etwas wie kleine Heimischkeit in einer großen Stadt. Dann klaubte sie einen Stein auf und ballte die Faust um den Stein, bis die Knöchel weiß hervortraten. Mal sehen, ob er weinen könne, höhnte sie und hielt Alvaro Faust, Stein und Wut unter die Nase. Dann holte sie weit aus und warf den Stein, ihren stummen, bösen Schrei, hinaus auf den See, warf mit einer Wucht, daß es sie selbst ein Stück mit wegwarf. Der Mond zerplatschte.

Auch Alvaro stand auf, sehr langsam, nahm den Baumstamm zur Hilfe. Weiß sie denn ..., ging sie ihn an.

Nein.

Wie heißt sie denn?
Nein.
Lebt sie denn hier? Er antwortete nicht mehr. Also ja, klar, bei ihm in Berührnähe, in Hörnähe, und das täglich. Täglich lebt sie bei ihm. Bei ihm im geräumigen Licht, weil doch das Zimmer so hoch ist, sie hat es ja gesehen, mit eigenen Augen ausgemessen, und weil die Fenster so groß sind, auch das hat sie ja eigenäugig gesehen. Dort, wo greifbar nah der Himmel schwebt, lebt er, mit ihr, unter einem unersättlichen, kitschigen Himmel. Überlicht ist sein Azur, und er, der Himmel, küßt es so wonnig in die Laubwolken zu ihnen beiden seligen Eheleutchen hinunter wie einen Segen.
Laura und Alvaro verweilten keinen Moment mehr, und auf dem Rückweg hielten sie stumm Abstand statt Nähe. Ihnen im Rücken gähnte das Loch Schlachtensee. Vor dem Gartenzaun zögerten sie. Da sie keine Abschiedsworte fanden, begleitete er sie noch bis zur Haustür, die Treppe hoch, bis vor die Wohnungstür, und auch dort waren die richtigen Worte noch immer nicht gefunden. Da hob er an, von seiner Familie zu erzählen. Vater mit Mutter verheiratet, Vater geschieden, Mutter geschieden, Vater wieder verheiratet, noch einmal verheiratet, zwischendurch geschieden, Mutter alles auch wieder, Schwester das gleiche, Kind aus erster Ehe, zweite Heirat, geschieden, wieder ein Kind, wieder Scheidung, wieder Ehe. Bruder auch verheiratet geschieden verheiratet. Bis tief in den Flur hinein erzählte er sich, konnte doch seine Familiengeschichte nicht zwischen Tür und Angel einfach abgebrochen sein. Während er seine Familie zu Ende aufsagte, begann Laura, sich die Augenbrauen auszurupfen, eine nach der

anderen, als käme sie wie beim Blütenblatt zu einer Antwort, als liefe so Entscheidungshilfe. Vor Alvaro aber würde sie nie mehr weder Entscheidungshilfe noch Antwort brauchen.
Dann hatte er Lust auf Musik. Sie führte ihn in ihr Zimmer, ließ ihn wählen und legte Prokofieff auf. Da beendete er sie dann. Erst den Blick, dann den Atem, beendete die Zeit. Dann ihren grundlosen Mund und zuletzt ihre beiden um ein Haar sinnlos gewordenen Körper. Sie entdeckte auf seinem Oberarm ein Brandmal und versuchte das narbige Relief geschlossenen Augs mit den Fingerspitzen zu deuten: ein Phönix? Alles, was sie wolle. Sie schwängerten die Luft mit Lauten, die sie zum ersten Mal hörten. Sie vergaßen zuerst, die Schuhe auszuziehen. Lange, bis auch die Füße noch Hände waren, ließen sie nicht voneinander. Einmal hielt sie ihn an, um zu fragen, wie er es vereinbaren könne, einen Ring zu tragen und –? Er wehrte ab. Er winkte ab. Und sie hatte schon gedacht, auf alles habe er eine glückliche Antwort, nichts könne ihnen mehr etwas anhaben. Sie ließ es gut sein, ließ es schlecht sein. Verschwenderisch rieselte sie aus den Händen der Zeit. Alvaro war ihre einzige Zeit. Lange noch erfanden sie aneinander Formen. Einmal fielen zwei seufzende Laute. Sie wußte es sofort: es war der Name seiner Frau, der mitten im Seufzer auseinandergebrochene Name seiner Frau. Sie bäumte sich auf, schwankte, ein innerer Sturm peitschte, sie bog sich rückwärts zur Brücke, ließ die Bilder spielen, ein deutliches Bild kam, sie seufzte, und feucht roch es doch, venezianisch.
Zum Abschied hatte er Worte vom schlechten Liebhaber, was aber wohl gut und in der Ordnung der Din-

ge sei. Die Tür schoß ins Schloß, sie wankte, sank am Pfosten, sackte zusammen. Wäre er nicht gegangen um einer Treue willen, wieviel weniger wäre ihr dann an ihm verloren gewesen. Die Nähe war so leicht gegangen. Ein paar hingemalte Zeilen, ein Anruf, eine Verabredung, ein früher Abend, Kaffee, ein Spaziergang, eine Rückkehr, Musik, Liebe.
Was tun? Lachen? Der Chinese lacht bei großem Schmerz, weil er weiß: Schmerz kann man nicht teilen; doch das zumindest kann man: die Mühe des Mitleids dem anderen ersparen. Sie durchwachte viel übrig gebliebene Nacht. Das gotisch schlanke Fenster ihres Zimmers ging nach Norden, in Richtung Alvaro. Seinen Süden, so hatte er sie doch genannt. Sie spürte es noch. Laternenlicht rieselte in schrägen Bahnen herein und zeichnete Gitterwerk quer über ihre Bettstatt. In das voluminöse Formwerk aus Laken und Daunen und Decke tätowierten Schatten ein Mal. Ein Muster verlor sich in Blumen und Blumen über Blumen in Blumen über Blumen, als lägen Hunderte von Schichten übereinander und als wäre begraben unter Blumen, was unfaßbar war und südlich und nie mehr wiederkäme. Lange nicht rührte Laura das Stilleben vom Meister einer Nacht an: Wölbungen, Zusammenballungen, Buchten, Mulden. Es wäre ein Einebnen der letzten Hohlform, die sie zurückgelassen hatten. Es war, als läge noch immer ein Körper dort, ein Eins an Körpern dort, läge dort fort, entschlafen ins Morgengrauen. Alvaro, noch einmal mit dir in die Blumen gehen, fand sie eine Wehmutsformel. Und schüchterne Klage ging in ihr um: Daß ich aber auch jetzt, wo ich bin, nichts nehmen kann, um zu sein, wo ich war. Sie griff eine

jener kindsfaustgroßen Muscheln vom Fensterbord, in die man hineinhorcht und in denen man, jung, das Meer rauschen hört, später, älter geworden, das eigene Blut. War es nicht, als hörte sie beides? Meer und Blut, Blutmeer, Meerblut?

Sie verbrachte den heraufgekommenen Tag damit, über Wiesen zu gehen und Blumen zu pflücken bis zum Gehtnichtmehr. Sie schoß mit ihren Füßen die Bällchen der Blumen in den blöden Himmel. Manchmal riß sie einen der warmen, fettig-weichen Blumenköpfe von ihren Stengeln und zermalmte sie zwischen ihren Fingern und warf dann den Blumenmatsch einfach in den Himmel weg oder zielte auf die Sonne, wobei sie die Augen zusammenpreßte, als beiße sie mit den Zähnen aufeinander. Sie pflückte, als könne sie eine ganze Wiese leer pflücken, pflückte, als könne sie ganz Berlin leer pflücken. Schließlich konnte sie einen kiloschweren Blumenstrauß nur noch mit beiden Armen umpackt halten und war für Entgegenkommende nichts als Beinwerk und darüber Blumenbusch, zerkratztes Beinwerk und darüber viel Kückengelb mit wenigem Grün. Dann lastete das florale Mordsschild zu sehr, und sie schulterte kurzerhand das Stück sperrige Flora. Zu Hause sortierte sie die borstigen Blumen aus und warf sie auf den Kehricht. Eine bauchige Vase faßte den Strauß. Einzelne Doldenwedel stachen in schmalen Gerten daraus hervor, bevor sie sich in sachtem Bogen herabsenkten, als seien sie in Verbeugung hinein geschmolzene Kerzen schlankster Art, die zu Ende beteten ihre Nacht. Mit diesem stark riechenden Strauß aus den kräftigen Wiesen verstellte sie die Tür und schlief endlich ein. Lange Zeit wachte Laura nicht mehr richtig auf.

Über Jahre hinweg schlief sie immer weiter ein. Über Jahre hinweg sahen sie sich dann trotzdem an vereinzelten Tagen wieder, manchmal im Abstand von Wochen, manchmal von Monaten, suchten sich in der Leere eines Sommers, eines Nachmittags, einer Wohnung, in der Fülle eines Winters, eines Abends, eines Zimmers. Bänke fanden sie, Straßenecken, Hauseingänge. Es gab für sie feine Zufälle, und sie nahmen sich Freiräume. Es gab für sie Nachmittage, Abende, Nächte, nie aber auch nur einen einzigen Morgen.
Machten sie nicht einmal sogar ohnmächtig den Himmel und alles? Nahmen sie nicht Bläue und Weite auch noch in ihre Arme? Fügten sie sich ein anderes Mal nicht Dinge zu und heilten sich mit dunkelvioletter Nacht, die heraufzog und an die sie sich vergaben, in die sie sich vergruben?
Immer wieder kam sie, kochte er Kaffee, aßen sie sämigen Mohn, und er ließ sie dann doch wieder rot, teuer, heiß und herrlich sein, glühendes Geschmeide, flüchtigen Schmuck einer Weile. Er war, wenn er sprach, luzide, wenn er sie nahm, auf andere Art ganz da.
Einmal machte er ihr einen Drink, nachdem sie mit zwei Freikarten in der Zauberflöte gewesen waren. Dazu holte er Eis aus dem Kühlfach und erzählte von seinem Bruder, dem Erfinder einer flachen Plastikflasche, einer ganz besonderen Flasche, sagte er mit Gesicht und Gehabe eines Magiers. Man nehme die Flasche aus dem Eisfach. Ein Miniatur-Flachmann für Gulliver. Der Flaschenbauch zeigte runde Ausbuchtungen, ähnlich wie bei Eierkartons. Man schlage die Flasche an seinem Gips-, äh, Gripsschädel auf oder zur Not auch am Tischrand, und schon purzelten die Eis-

würfel aus dem Hals in die Cocktailschale und täten dort ihr wohltuendes Werk. Sein munterer Bruder habe also die Menschheit um runde Eiswürfel bereichert, stellte sie fest und war erleichtert, bald schon wieder Worte sein lassen zu können, an ihm zu sein und zu sieden. Zwischendurch gab sie ein Lachen drein, das ihm wie Musik klang, und litt am Ende dann wieder lange Tage, Wochen, Monate wegen ihm alles und wegen ihm nichts.

Wie oft ging sie zeit ihrer Berliner Jahre an ihm nieder wie trauriges Feuer und wieder hoch wie glückliches Feuer. Wie sinnlos zu Hause sie immer wieder in seinen Armen, an seinem Körper war. Sie balsamierte jede Begegnung ein. Wie auch das eine Mal, als sie sich vor einem U-Bahn-Eingang über den weißen Atem aus ihren Mündern ansahen und sich schon verabschieden wollten, nach ihren übermütigen Zungen über heißer Schokolade, die ihnen der Kellner dann mit gespielter Empörung verwiesen hatte, im Bierhimmel. Da nahm er in aller abendlichen Öffentlichkeit wieder kein Blatt vor den Mund und kein Feigenblatt vor die Scham und fragte nur, ob sie wolle.

War ein Wiedersehen denn einmal nicht von ihr ausgegangen? Aus der Situation seiner Ehe heraus verbat sich ihm jeder aktive Plan in ihre Richtung. Wie neugeboren aber war immer wieder die Frische, und die Freude war so hell, wenn sie ihn nach längerem anrief. Vielleicht gehörte er tatsächlich zu jenen Existenzen, die Überraschungen auskosten und dabei nicht über die Fülle im Augenblick hinaus lebten. Kameradschaft sei seine Ehe inzwischen schon längst, beschwichtigte er sie, eine Trennung aber bedeute das Ende der Aufent-

haltserlaubnis seiner Kameradin und sei deswegen ausgeschlossen. Und noch mehr ausgeschlossen wegen dem Kind. Ohnehin sei Leidenschaft zerstörerisch, wenn sie andaure, legte er dar, klammerte ansonsten aber solche Themen aus und wollte nur immer wieder Musik, Symphonien mit ihr. Sie wollte eine Hymne auf sein Leben sein, er ließ nur ein kleines Tongefüge zu.
Alles einmal hätte sie mit ihm tun wollen. Alle Jahreszeiten in seinen schönen Augen ablesen. Ihm so nahe sein, daß sie ihren Namen nicht mehr wisse. Und einmal in Rom die Wege gehen, die er gegangen war an einem von ihm längst nicht mehr wach im Gedächtnis bewahrten Moment, an der Seite seiner Frau. Seine weihnachtliche Frau gewesen sein.
In einer Stadt einhergehen, in der so viele Menschen leben, wie Alvaro Tage schon zähle und noch zählen werde, die nur von ihm bewohnt ist, da nämlich jeder Tag, den er einmal gelebt hat, und jeder Tag, den er noch leben wird, mit all den Wegen und Erledigungen und Gedanken, von einem der über hundert, über tausend, über viele tausend Menschen dieser Stadt Tag für Tag wiederholt gelebt wird. Mit Häusern, in denen er gewohnt hatte, Betten, in denen er geliebt hatte, Ecken, an denen und Ecken, in denen er geküßt hatte, mit all dem Drumherum um Momente, in denen er schlecht gewesen war und verraten hatte, Stellen, an denen er gedacht hatte, und Orten, die er sich nichts als einen Augenblick lang, aber heftig gewünscht hatte. So könnte sie ihm auf Schritt und Tritt begegnen, dem Kleinkind mit dem schlechten Vater, dem Bub, dem blutjungen Schüler, dem Pennäler, dem Heranwachsenden, dem noch immer Jungen, dem Reifen, dem

kaum Gealterten, dem wie Wein Gealterten, der Statue, mit dem blauen Hemd, dem freien Oberkörper, dem weißen Hemd, dem flanellgrauen, mit seinen Krankheiten und Gesundheiten, seiner Verschmitztheit und seiner ihr einmal auf dem U-Bahnsteig anvertrauten Niedergeschlagenheit, mit der Lorbeerkrone frisch auf dem Kopf oder beschämt mit dem Dreitagebart im überarbeiteten Gesicht. Er hatte gesessen. Wo es ihm möglich war, setzte er sich. Das war seine Manie. Das hatte sie an Wissen und bewahrte es wie ein Kleinod. Den Rest ihres Lebens setzte sie sich, wo es ihr möglich war. Den Rest ihres Lebens legte sie sich dann noch lieber hin, wo es ihr möglich war. Es war ein gesteigertes Sitzen.
Erneut einem See Wellen machen, an seinem Ufer frösteln, ein einziges zweites Mal mit falscher Kleidung bis ins Knochenmark unter bleichem Augustmond, mit ihm, der findig mit geglückten Worten und geschickter Syntax ins Geschäft kommt, den man feiert und noch viel feiern wird. Im weitläufigen Raum eines Frühjahrs ihm erneut im toten Winkel sitzen, ein Schmuck sein, ein Stein, ein schmucker Stein im Glückshufreif der Eingeladenen zu seiner großen Stunde. Nicht mehr lächerlich machtlos gewesen sein, wie in dem Augenblick, als sie mitbekommen mußte, wie seine Schmeichelworte locker von den Lippen kamen und mit kecker Eleganz hervorpurzelten, zur Begrüßung entgegen seinen akademischen Gefährtinnen, derer zwei auf einmal er in den Arm nahm im Countdown vor seiner Verteidigung. Tony und Rachel hießen sie und sangen ihm im Duett »Tapfer! Tapfer!« wie eine geheime Losung zu. Und Laura hatte er noch nicht einmal mit einem

Nicken oder Lächeln begrüßt. Sie war ihm wohl im Trubel der Leute einfach untergegangen, tröstete sie sich. Dann setzte er seine Disputatio ins glänzende Werk. Dabei fing er gekrümmt an, wie ein Embryo im Mutterleib, wie sie aus dem toten Winkel, in dem sie von ihm aus saß, beobachtete. Linkisch saß er auf der äußersten Stuhlkante, bemerkte sie, und quetschte mit den Fingerspitzen die Lippen zusammen, als ließen sich so fehlende Worte herausdrücken, lange bevor er am Ende zurückgelehnt die gemütlichen Beine ausstreckte und beklatscht wurde nach seinem sportlich-eleganten Gedankenmarsch. Einmal sah sie ihn auch mit der Handkante über den Tisch streichen, unsichtbaren Staub wegwischen, oder Späne, die in ihren hilflosen Augen sein Auseinandernehmen voll Können und Spielerfreude und sein Zusammenfügen von Argumenten erzeugt haben mußte. Auch er werde eines Tages sagen, er könne Namen mitnehmen, daß sie mit ihm überdauerten. Eines Tages würde er, einem dümmlichen Sagen in deutschen Landen nach, nur noch Gott über sich haben.
Wieder war es ein Einmal, als eine Enttäuschung so schwarz ihren schwachen Tag überflutete, daß sie sich wie selten im Recht wähnte, ihn auch einmal um Abhilfe zu bitten, um nichts als ein wenig Musik, Töne, die er gerne höre, in ihrem Ohr, nur ausgeliehene Musik. Er sagte auch nicht nein. Sie kam mit Flügeln. Er begrüßte sie. Laß dich anschauen. Dreimal ging sie um ihm herum, und auch beim letzten Mal hatte er von vorne ein überraschend anderes Alter als von der Seite und in Rückenansicht und war trotz dieser Uneinheitlichkeit wohl anzuschauen und schlug sie nicht mit Dis-

harmonie, ebenso wenig wie vor langer Zeit in einem Pariser Museumspark eine Figur Rodins, die sie nicht anders umkreist hatte, die ihr auch ihre verschiedenen Lebensalter in einer einzigen Figur geboten hatte, was Laura sehr festgehalten und was sie als Entdeckung verbucht hatte.
Wieder erschrak sie vor ihm. Er kochte Kaffee, und seine Augen trafen sie. Er sah sie an mit seinen glitzernden Händen. Er ging auf sie zu mit seinem Geruch. Sie wurden verlegen, noch immer. Erst als sie sich zu berühren begannen, fiel alle Ungeschicklichkeit von ihnen ab, und des einen Bewegung lief in den andern über.
Bleib mir gewogen, wünschte sie zum Abschied. Sie tauschten noch zwei kurze Lächeln. Dann nahm sie langsam mit der Hand auf dem Geländer die Treppe hinunter. Dirigent für ihr Leben könnte er sein und tue doch nur das feine Gift unstillbarer Sehnsucht hinein, überkam heftige Ohnmacht sie unterwegs durch die städtischen Menschen. Verheerend wie an ihn werde sie sich an keinen mehr verlieren, dachte sie den Männern, die ihr begegneten, ins nackte Gesicht.
Wieder in ihren vier Wänden, in ihrem wie von weißem Wasser übergossenen Heim, mitten unter ihren zahllosen, weiß lackierten Dingen, dem ausrangierten Koffer, dem dreiarmigen Kerzenleuchter, dem Monitor, den Buchrücken, dem Rad im Flur, der Duschkabinenwand, dem Fensterbord – nur sie selbst fehlte noch –, inmitten ihrer plötzlichen Nichtigkeiten, übersiegelt schien es ihr mit einem Mal, stand sie eine Weile nur da im Raum und zitterte. Der Tag draußen wurde weniger weiß. Dann schlug sie die Fäuste gegen die Schläfen und stürzte sich in emsige Tätigkeit. Sie wollte Lasten los-

werden, Ballast abwerfen: die Staubfänger Kochbuch, Trockenrosen und Läufer, nie vernähte Stoffe, Pottgläser, Briefe von Kusinen, Schlüssel ohne erinnerbares Schlüsselloch. Nicht aber keins der manchmal nur ein einziges Mal zu einem Rendezvous, Tête-à-tête, Mot-à-mot, Corps-à-corps, Âme-à-âme, Blut an Blut mit Alvaro getragenen Kleider, die in phantasiebunten Stunden entstanden waren, mit denen sie, ohne es zu wissen, sich die Zukunft voraussagte, während sie nähte, weil sie fast immer passen würden zu den Worten, die sie sagen, und zu den Gefühlen, die sie wagen würde.
An jenem Abend betete sie ein bereits vor Tagen begonnenes Einschlafbild weiter aus: Sie holen dich, die unendlichen Mauern, die auf den Horizont zulaufen. Sie treiben dich in ihren unbegreiflichen Schritt. Du wandelst hin, so hin, so hin an ihrem Licht. Wie wund so weiß die Steine. Weinen die Steine? An ihnen ruhst du von Mal zu Mal Glut und Wange und wanderst fort. Blau soll der Staub unter deinen Füßen sein und schmirgeln ihren Schmerz. Endlich eine Weile ruhen unter dem Himmel, der auf dich senkt, was er selbst allein nicht sein kann, der auf dich niedersengt. Und er gibt Nacht, gibt alle Nacht. Gibt dich und vergibt dich. Und dann bist du auch schon längst vergeben. Dann weckt dich die Mauer, und du stehst wieder auf und gehst fort, und es muß besser sein, wie ein Gesetz, muß es immer besser sein. Aber es ist sinnlos. Die Mauer läuft links dir zur Seite und hält Schritt mit dir, weiter als du denken kannst.
Viele Jahre lang schrieb sie Tag für Tag und Nacht für Nacht wissenschaftliche Zeilen und strich sie wissenschaftliche Zeilen, verschlimmbesserte und verbesserte

das Verschlimmbesserte, und wartete, eine Penelope, auf Alvaro. Ihr Inhalt war Alvaro, war es ohne jede Abstriche. Und als ihr erster Chef sie einmal fragen sollte, was sie all die Jahre getan habe, war sie um eine vorzeigbare Antwort sehr verlegen. Sie hätte ja kein Gedicht vortragen können:

Dich sprechen wie einen Rosenkranz,
millionenfach
dich beten.
Dein Klang ist weiß und rot deine Berührung.
So gehe ich in die Straßen.
Und mein Klang ist weiß und rot meine Berührung.
Doch bist du es nicht.
Gehe zum Meer
und am Gestade streue ich dem Meer betäubende
Samen
auf sein Wasser
für die tiefen Tiere
wie die trickreichen Fischer
bis die Fische kommen, essen und schlafen.
Dann breitet sich
ein schlummernder silberner Teppich
vor meinen Augen
deinen nicht.

2

Jahre zuvor: Sie studierte in München Germanistik, ein erstes Jahr. Im zweiten Jahr nahm sie zur Theaterwissenschaft im Nebenfach die Kunstgeschichte hinzu. Als ordentliche Kunsthistorikerin reiste sie im dritten Jahr auch schon nach Italien. In Italien besah sie sich Mailands Farben und bekam Steinwerke zu erfassen. Sie ließ Florenz nicht aus, sparte sich Venedig auf, kam endlich in Rom an.
Unaufhörlich schienen Blicke zu berühren. Alle Augenblicke lang, die sie unterwegs war mit ihrer kühlfarbenen Haut, hafteten mehrfach, unbeherrscht und kontrollos die Römer mit unzahmen Augen auf allem, was sie nur an der Fremden erblicken konnten. Wieviel Hautfläche sie hatte, war ihr nicht bewußt gewesen, wie restlos Körper sie war, hatte sie noch nicht erfahren. Trafen Iriden, kniffen in Lippen, pieksten Grübchen in Mundwinkel, bliesen in Ohrmuscheln, stießen nach, tippten auf die Schulterkuppeln, lupften Spaghettiträger, ruhten im Nacken, glitten die Nackenpartie hinunter, fanden den Rücken herab, stoppten auf ihren Hüften, pausierten im Nabel, umklammerten ihr nett die Taille, hüpften hoch in die Luft, landeten auf ihrem Scheitel, gruben sich in ihre Haare, wühlten in ihren Gefühlen, zwickten ihr den Verstand blau und kappten ihr die Nabelschnur zum heimatlichen Lernrefugium, ihrer Stube im Keller in einem Heim zum Wohnen für Studentinnen.
Die Wirbelsäule herunter schmirgelten sie sich und nutzten die Schwungbahn zwischen ihren zwei Rücken-

grübchen hindurch als Schanze, um auf einer Nachfolgerin zu landen oder als Bumerang zurückzuschwirren. Wo aber diese sportlichen Blicke auf der Spaziergängerin haften blieben, ruhten sie nicht, klebten nicht, sondern massierten schnell wie die Ungeduld, bis Laura, aufgereizt, wie sie war, abendrötlich schimmerte und ungemein unvernachlässigt voll von Durchblutung jeden ihrer Muskeln einsatzbereit spürte. Kein Fingerbreit an ihr blieb ausgelassen, und alles war nur noch und wurde nicht mehr.

Der Boden unter ihren Füßen begann unsicher zu werden, denn selbst von unten her schienen die Blicke zu kommen, so sehr stand jeder Punkt ihres zwanzigjährigen Lebens unter Spannung. Zumindest lauerten sie aus den dunklen Regionen der weißen Irisbüschel heraus, die der frühe Frühling aus den Ritzen der Ruinen hervorgetrieben hatte.

Die für die Jahreszeit empfindliche Kühle trieb sie in den rascheren Schritt. Ohnehin hielt ein Ort sie zu jener Zeit nie lange. In ihren Augen glänzte neugierige Jugend. Angst war ein unbekannter Verwandter in Übersee, und das Blauanlaufen ihrer Lippen merkte sie nicht. Die tauben Füße fochten sie nicht an, war es doch feierlich zu gehen auf römischem Stein und Grund. Jahre später würde sie, müde geworden seit einigen Reisen, in immer neuen Parks gelegen und sich heimlich auf Bänken und Rasen Rasten an hellichten Tagen erschlafen haben. Noch jedoch zog sie, kaum angekommen, gleich wieder spornstreichs los und bekam sich weiter zu fühlen.

An ihren Abenden breitete sie den Stadtplan auf dem Marmorfußboden ihres Zimmers aus und zeichnete

nach, wo sie unterwegs gewesen war. Sie errechnete, wie viele Kilometer sie in den Beinen hatte. Zum Messen nahm sie das silberne Halskettchen ihrer Patentante, die der Krebs aus dem Leben gefressen hatte. Immer wurde dann ein Fingerabdruck sichtbar, den ein römischer Tag ihrem Leben aufgeprägt hatte, stellte sie befriedigt fest und war dabei zart und feierlich. Sie war noch ein Blatt weißes Papier, in das als Wasserzeichen ein Skorpion eingesenkt lag und das nichts trug als unsichtbare Fingerabdrücke, schlanke Einsen und hübsche Zweien hier und da. Keine einzige dicke Drei verdarb das Blatt, und eine kantige Vier schon gar nicht verunzierte ihr Lebenszeugnis. Fünfen und Sechsen war sie nie gewesen. Nur unbenotbar war sie später einmal einem Unilehrer zu ihrer großen Überraschung geworden. Unbenotbar war sie eigentlich dann noch mehrere Male geworden. Weder Wein noch Fett noch Tinte noch Dreck befleckten das Weiß, das von ihr zeugte, und noch lange bevor der Bogen edlen Papiers vor Eselsecken und Einrissen und Gilb ganz mitgenommen hätte aussehen können, wäre sie ja wohl nicht mehr.
Vor dem Einschlafen stellte sie sich ein um Millennien gealtertes Rom vor. Eines fernen Morgens sind Roms Ruinen von den Touristenscharen, die Steinchen für Steinchen eingesteckt haben, bis auf die Grundfesten abgetragen. Alle Römer sind ins Grab gelegt oder von reichen Amerikanerinnen, Russinnen oder Portugiesinnen weggeheiratet, so daß die Stadt totenstill liegt. Dann kommt eine Zeit, in der Rom nach den Fotos, die Laura gemacht, den Stadtführern, die sie benutzt, den Wegen, die sie zurückgelegt, und den Beobachtungen, die sie vermerkt hatte, erbaut wird, nach ihren Erfah-

rungen, weil sie eine ganz Berühmte geworden wäre. Studenten einer Königswissenschaft Psychologie, Abenteurer auf dem einzigen Gebiet, das die Forscher noch unberührt gelassen haben, lernen dann bedeutende Menschen, indem sie Städte nacherkunden, wie sie Vorbilder in ausgesuchten Momenten erlebt hatten. Dann lachte Laura sich aus, glaubte wieder an jeden Menschen und brauchte wenig Schlaf.

Als Studentin der Kunstgeschichte war sie angereist gekommen. Einen Spezialausweis hatte sie sich besorgt, um gratis in die Vatikanischen Museen eingelassen zu werden. Sie spazierte darin herum wie in ihrer Wohnung, war täglich zwei, drei Stunden in der Kunst daheim wie in ihrem Wohnraum, ihrem Bad, wie auf ihrem Balkon. Nützlichkeitserwägungen waren ihr fester Halt, glaubte sie doch damals noch, daß Hochglanzzensuren ihr Tür und Tor der Welt und die Menschen öffnen und die Schlösser aufschließen würden zu höchstdotierten Posten mit paradiesischen Aussichten und elysischen Leuten. Das Lernen diente ihr als Fels, auf den sie sich setzte und aufrechten Rückgrats in die Runde schaute, um am Ende ihren Blick weit hinaus in eine Ferne schweifen zu lassen, die im Blau verging, und um nichts mehr zurückzuholen, sondern sich verlieren zu lassen dorthin gesandte Gedanken. Noch einen solch nahezu unvorstellbaren Ort zu erreichen, an dem Ferne am Blau irr würde, schien ihr da ein Ding der Möglichkeit.

Sie war bedacht, keinen Moment ungenutzt vorübergehen zu lassen, lernte Brocken Straßenitalienisch und versuchte Gesten zu lesen. Sie lernte so weg, was ihr vor die Nase kam. Sie war begierig. Sie lernte das Kolosseum: ein wenig von der Grausamkeit, die an ihm haftete, tat sie in ihr Wissensgut. Es müßte doch irgendwo ein Fingernagel uraltes Gladiatorenblut abzukratzen sein? Sie blinzelte, um das Bauwerk verschwimmen zu lassen und es sich in seiner Vollständigkeit an seinem jüngsten Tag vorstellen zu können. Langweilig. So kehrte sie dem Monument den Rücken, schloß die Augen und stellte sich nun das Kolosseum vom Erdboden verschluckt vor. Hinter ihr dehnt sich eine immense Ebene ins Grenzenlose. Ein leerer Himmel gähnt sich darüber aus. Eine Narbe verschließt einen Spalt in der Erdoberfläche. Laura will diesen unseligen Schauplatz rasch zurücklassen. Sie eilt los, stolpert über den letzten Stein. Ein herrischer Wind fährt kräftig über die Ödnis hin, fegt Tonnen Staub auf, verstopft mit feinsten Dreckpartikeln Laura die Poren und füllt die Runzelschluchten ihrer zertalten Haut bis zum Rande auf. Er zerzerrt ihr die Haare und schlägt ihr Strähnen ins Gesicht. Böen stößt er ihr in den Rücken. Sie droht auf Maul, Nase und Gesicht zu fallen. Es zerrt ihr den Rock zwischen den Beinen durch, daß er ihr als Fahne vorausflattert, und zieht sie in einen hastigen Stolperlauf voran. Böen boxen ihr die Kniekehlen weich, als solle sie zu Fall gebracht werden. Und fast fällt sie auch. Da dreht sie sich um, macht die Beine breit und bietet Front dem wuchtigen Geblase. Sie senkt den Kopf auf die Brust und birgt ihr Gesicht in beiden Händen. Es wummert weiter auf sie ein. Dann ist das Unwetter mit einem Schlag vorbei. Sie richtet ihren Blick in den Himmel. Er ist so gewaltig blau und hoch, daß es ihr die Augen aufreißt, die Lippen aufspaltet und den Atem öffnet.

Dann besuchte sie wieder eine Nachmittagsstunde von dem Kunstkurs im Dante-Alighieri-Institut, den sie gebucht hatte, um über die Sprachschule bequem an eine Schlafgelegenheit zu kommen. Sie kam unter bei einem jungen römischen Pärchen, das kochte wie für Könige, im Schlafhemd durch die Wohnung tappte und das Telefon wegschloß. Das verletzte Laura, und sie entschädigte sich mit köstlich eingelegten Auberginenscheiben aus dem gemeinsamen Kühlschrank. Ihr Zimmer war ein dickes Stück Sahnetorte mit gekappter Spitze. Der Fußboden war reines Schmuckwerk. Sein Mosaik glich den Fußböden, die Cosmatenhand in Roms Kirchen geschaffen hatte. Laura schnellte gerne die Sandalen von den Füßen, um barfuß über den feinporigen Stein hinzuschmirgeln. Immer wieder hätte sie Parfümflacons in den Händen halten und sie hell vor Schreck auf dem unzerstörbaren Fußboden zerschellen lassen wollen, wie in dem Augenblick, als Ray plötzlich im Raum stehen sollte, aufgetaucht aus einem von Autosirenen durchschrienen Gelärme, das betäubte, so daß sie das Kommen von ihrem Liebesgefährten überhört haben würde. Es war so leise gewesen, sein Kommen, wie das von einem Engel oder Hermes. Die Steinporen würden den Duft für eine flüchtige Dauer aufsaugen, und es wäre wie Glück taufen gewesen.
Ihre Wege hatten sich in den letzten Tagen von Lauras Romaufenthalt gekreuzt. Auf dem Ponte Sant'Angelo war ihr sein Gesicht aufgefallen, vielleicht, weil so viel Dunkelheit darin stand. Doch war sie zu ausgelaugt gewesen, um es festzuhalten und mit ihm schwanger zu gehen. Sie hatte den ganzen Tag über nichts gegessen und sich auf diese Weise einen leichten Rausch ange-

hungert. Doch erkannte sie den Römer wieder, als er sie gemächlichen Schritts überholte. Sie registrierte seine von Unruhe umrissene schwarze Gestalt. Einen Steinwurf weit vor ihr beugte er sich über die massive Tibermauer. Das abendliche Licht umflimmerte ihn. Eine Handbreit Aura lag ihm den Rücken abwärts angeschmiegt und gab ihm Kontur. Er zog an seiner Zigarette, stieß den Rauch aus, der eine Sprechblase in Gestalt der rauchgeformten Gauloise-Zigeunerin formte. Dann warf Ray den Glimmstengel in den Tiber. Sie setzte an, ihn zu überholen. Sie riß sich zusammen, verlangsamte und verschönte ihren Schritt, den leise blutenden Blasen, auf denen sie ging, zum Trotz. Sie zögerte einen Augenblick, als sie auf gleicher Höhe mit ihm war, bevor sie ihn zurückließ, nun mit einem Gang, als habe sie zärtliche Elektrizität unter den Füßen. Eine Weile später überholte er sie wieder, streifte sie so unmerklich, daß ein Entschuldigen nicht nötig war. Sie gaben sich Gelegenheit, ihre Rückenansichten in aller Ruhe zu betrachten. Sie paßte ihren Schritt bis zur Synchronie dem seinen an und versuchte sich in Vergleichen: Ähnelte er einer züngelnden Zeder? Glich seine Silhouette einem Sebastian Goyas, mit einem Körperumriß wie aus dickem Lockenhaar, einer, der kräftig in die Existenz gepinselt war? Doch dieser hier war schwarz und bekleidet und nicht heilig und nicht nackt und fragte sie nach Feuer. So kamen sie ins Gespräch. Schon damals war Raymondo di Padua mehr auf Roms Straßen oder in seinem Auto zu Hause gewesen als in seinen vier Wänden. Er designte beim Fernsehen. Lasse also allabendlich Farben und Formen vor Millionen miteinander tanzen? In herzlich schlechter Choreo-

graphie, bremste er sie. Es gefiel ihm ihre Sorge, sie könne ihn langweilen.
Heiße Bleibeine, die zu Stein geworden wären, hätte sie auch nur einen Moment auf der Tibermauer Rast gesucht, besser: Beine, schwer, bleiern, zittrig, heiß, man könne sie ihr jetzt leicht zu X-Beinen oder zu einem auf den Kopf gestellten U zerformen, legte sie sich ein Bild für ihre extreme Erschöpfung zurecht. Es sollte als Entschuldigung für blödes Reden dienen und als wortloses Flehen um eine zweite Chance. Seit dem Schrei der Hähne und dem Schlaf der Nachtigallen war sie auf und hatte es unternommen, Rom von außen her zu umwandern, und dabei in einer sich verjüngenden Spirale einzukreisen, was sein Herz sein mußte. Sie war bis zum Ponte Sant'Angelo gekommen, als der Abend heraufzog und rötlich tünchte einen Himmel, der sie müden Romwanderer als gigantischer Baldachin anheimelte. Da drunter war Ray über die Brücke seines Wegs geschlendert.
Seit ihrer Ankunft in den römischen Stunden vor gut drei Wochen hatte sie gar nichts mehr müssen. Sie war froh darum gewesen und erlegte sich nun dennoch eine strikte Pausenlosigkeit auf. Sie zögerte in gar nichts mehr, ließ die knappe Zeit herrisch sein und sagte und tat nichts mehr als ihr Ja zu jedem Moment. Ihr blieben dafür noch drei römische Tage. Und Jas tat sie fortan in jedem.
Am nächsten Morgen führte sie Ray auf eine Hügelhöhe und erklärte ihr die abertausend Scherben unter ihren vier Füßen. Nichts als Scherben türmten sich, nichts als Scherben hielten sie am Stehen. Dann kaufte er ein Paar Kroketten mit Käsefüllung, deren Namen er ihr

demonstrierte, indem er sie zu Telefonhörern zeraß. Danach nahm er sie mit auf eine andere Höhe, von der aus Rom leicht mit dem Blick zu umfassen war und jedem zu Füßen lag. Sie spielten: Find mich Gegenteil! Wer waren also die Jedermänner und Jederfrauen? Krösus oder Kirchenmaus, Ich oder Ich nicht, Pygmäe oder Gullivera, Mauerblümchen oder Casanova, Messalina oder Heinzelhansel? Schnell verging ihnen vor Müßigkeit das Spiel. Sie setzten sich zu jungen Pärchen und Blumen ins Gras. Die Paare waren alle sehr schön und recht wie öffentliche Skulpturen. Und recht waren sie auch der Sonne, die ihnen Wärme anhauchte. Laura schloß einen Moment die Augen, um die Szenerie in ihr Gedächtnis zu knipsen.
In nächster Nähe saß eine junge Italienerin rittlings ihrem Römerboy im Schoß. Er trug ein Hemd im Farbton seiner Haut, das ihn umhüllte, als sei es gewickelt, wie in das Kleidungsstück, das sich Michelangelos gemeißeltem Sklaven über die Brust spannt, während er sich nach oben reckt, während er aus dem Stein erwacht. Seit Jahrtausenden erwacht er aus dem Stein.
In markiger Art stützte der schöne junge Mann sich nach hinten auf seine wohlgeformten Arme, legte den Kopf in den Nacken, ließ ihn baumeln und schaute nach oben, als suche er der Helle zum Trotz Sterne, um sie auszustechen mit nichts als seinen Augen und sie dann zu verschenken, seinem schönen jungen Mädchen, in nichts als ihre Augen. Dann senkte er den Kopf und verströmte aus Aug und Haar bitzelndes Schwarz über seine Freundin, der Laura den Namen Rapha gab. Blitzweiß lag mit weit geöffneten Falten ihr Minirock im Kreisrund um die Taille. Als das Paar sich küßte,

löste Laura ihren Blick und ließ sich rückwärts ins Grün fallen. Ray nahm ihren Kopf auf und bettete ihn in seinen Schoß. Sie legte ihren Blick den Wolken in den Schoß. Sie ruhte in den Formationen und fand Figuren, die auf die Nacht zu dahinzogen. Sie sagten lange kein Wort.
Unvermutet ging ein Schauer nieder. Ein Regenbogen wölbte sich ins All. Dort, wo er anfing oder aufhöre, sei ein Schatz begraben, erklärte ihr Ray. Gibt es diesen Ort, fragte sie. Und ist es nicht so zu verstehen, daß der Schatz doppelt ist und sowohl dort liegt, wo der Bogen anfängt, als auch da, wo er aufhört? Nein, denn finde man keinen Schatz am einen Ende, bliebe einem die Hoffnung, man bräuchte jetzt nur noch zum richtigen Ende zu gelangen, und diese Hoffnung war der eigentliche Schatz.
Das Pärchen hatte sich nicht stören lassen, hieß den Regen willkommen als Wetter, das Zeitvertreib bei ihnen suchte. Rapha legte den Kopf in den Nacken und fing mit ihrem Mund Regentropfen auf. Paolo säumte nicht, es ihr nachzutun. Laura prägte sich dieses Bild ein als Symbol, das Vereinigung bedeute: aus dem Himmel trinken und aus ein und derselben Regenbogenquelle entspringen, und wo man niederging, geschähe der Schatz.
Am Abend fuhr Ray sie in seinem Auto vor ein riesiges, würfelförmiges Monument, das von zahllosen Vierecken durchbrochen war. Es standen wohl auch Skulpturen darin – erst aufrecht wie Sieger, Imperatoren und Tänzer, später lässig angelehnt wie Künstler, Augenmenschen, Namenlose. Dort verlor sie ihre Ungeduld.

Wenige Tage später mußte sie ihre zwei kleinen orangeroten Koffer packen und abreisen. Es ging halbschweren Herzens, denn sie wollten sich nicht lange allein lassen. Einen Monat später sahen sie sich in Salzburg wieder. Sie hatten als Treffpunkt das Hauptportal der größten Kirche ausgemacht. Sie brauchten nicht lange aufeinander zu warten. Laura lenkte Rays Aufmerksamkeit auf das buntbekachelte Kirchendach. Dann leckten sie Eis und spazierten los, sich ein Hotel zu suchen. Sie fanden nicht weit vom Zentrum Unterkunft. Laura bestand auf zwei separaten Zimmern. Sie brauchten dann nur eins und lachten sich aus. Sie fröstelten gegen Abend einander zu, formten ihre Körper über die Dämmerung hinweg einander an, gerieten in die Nacht, gerieten in sich, vergaben sich, fingen sich wieder, tranken aus dem Wasserhahn, fingen sich erneut an und hatten sich endlich ihr Widerstreben nach so viel anderem Körper, der roch, der weh tat, der wollte, genommen. Sie schliefen den Morgen weg und löffelten dann gegen Mittag Eier leer, die ihnen Stoffgockel warm gehalten hatten.
Nach einer Woche kehrte Laura zurück in die Hut von Franziskanerinnen in ihre Kellerkammer, die inmitten der Stadt in allernächster Uninähe lag. Es klöpfelte wieder unaufhörlich in den Rohren, die ihre Decke à la Centre Pompidou schmückten. Sie öffnete den großen Packen Post. Als sie im Stempel Bonn las, begann ihr Herz zu klopfen. Sie riß den Brief auf, las nur zwei Zeilen, und eine Welt brach zusammen. Eliteförderer schüttelten ihre mächtigen Häupter und verwehrten ihr den Zugang zu den hehren Reihen kluger Köpfe.

Als sie zusammengebrochene Welt wieder gehen konnte, wußte sie gar nicht, wie es gehen konnte. Es war wohl den Plänen zu verdanken, die sie gemacht hatte. Ein Jahr lang studierte sie noch halbherzig weiter und zog dann, noch immer eine Spur verletzt, trotzig und rachsüchtig, nach Paris um. Dort wollte sie fortan als beherrschenden Lehrmeister nur noch die Stadt gelten lassen.

In ihrem ersten Pariser Winter lud sie Ray zu sich in ihre Bonnenkammer, in die der Eiffelturm sah. Sie hatte später jahrelang dem Glauben angehangen, der Turm wäre so nahe gewesen, daß sie ihm die Rippen seines Gerüstwerks hätte zählen können. Ein Foto, das ihr später einmal überraschend zwischen die Finger kam, zerstörte jäh ihr Gedächtniswerk, das in seiner Vollendung ein Eiffelturm gewesen wäre, den Laura von ihrem Fenster aus hätte anfassen, dem sie in die Rippen hätte boxen und in den Bauch pieksen können. Die Aufnahme zeigte den tatsächlichen Blick aus ihrem Fenster und verriet die Täuschung, der sie erlegen war. Was ihr zum Wahrzeichen ihrer Dienstmädchenkammer herangewachsen war, der nachbarliche Eiffelturm, war lediglich als Stecknadelkopf in weiter Ferne erkennbar. Übergroß aber leuchtete im Vordergrund auf dem Fensterbord der welke, weiße Kopf einer Versöhnungsblume, die sie vergessen hatte. Ray hatte sie ihr aus öffentlichen Gärten gebrochen, nachdem sie einmal solche Fäuste in den Worten gehabt hatten, daß der Blitz zwischen sie niedergefahren war und sie böse getrennt hatte. Totenstille war gefolgt, und Ray war wortlos aus der Tür gegangen, um lange nicht wiederzukommen.

In Paris brauchte sie nicht mehr auf die Fensterbank zu flüchten und ein stummes Stück Mauerfortsatz zu werden wie im Salzburger Hotel. Denn nun wurden ihnen die körperlichen Dinge der Liebe handlich und natürlich. An Rays Abreisetag machte sie ein erstes Foto von ihm. Er beugte sich gerade zu seinem Koffer hinunter. Dunkel glänzte sein Haarschopf, ein Blick aus dem Augenwinkel traf sie, eine Handbreit Gesichtspartie gab er ihr preis. Er lächelte nicht, seine Zähne sah man nicht. Er deutete das Ablichten als ungutes Zeichen, das meine: Nichtwiedersehen.
Dann brach das neue Jahr an und schob unmerklich rasch mächtig Zeit zwischen die beiden. Sie trauerte Ray wenig nach, mußte sie sich eingestehen, es sei nicht zuletzt wegen seiner unschönen Zähne. Es seien doch Halunkenzähne. Sie hatte sich geschämt, sich mit ihm zu zeigen, und sie schämte sich nicht über sich selbst. Schließlich grüßten sie einander nur noch mit einer alljährlichen Postkarte aus Urlauben da und dort an sonnigem Ort oder zu Weihnachten. Bis zu einem nächsten Wiedersehen sollten fünf Jahre vergehen.
In Paris hatte sie alle Energie in einen Briefwechsel mit einem Münchner Studenten der Kunstgeschichte gesteckt, den sie nur lose kannte aus seinen Studentenansprachen als Fachschaftsvertreter oder gemütlichen, gescheiten Beiträgen in Seminaren. Er war überrascht von ihrem Ansinnen, aber offen genug, es nicht abzulehnen. Sie steigerte sich in eine Leidenschaft hinein und lebte von dem Glauben, es müßte in der Macht ihrer Sprache stehen, Alban, so nannte sie ihn, für sich zu gewinnen. Er kannte Paris bereits, und die Stadt hatte ihn hellauf begeistert. So erwanderte Laura sich jedes

Viertel, in dem auch er einhergegangen sein mußte, und beschrieb Alban ihre Wanderungen. Besonders viele Tage verwandte sie auf ›Albans Araber‹ rund um die Goldtropfenstraße. Er verschwieg ihr die Marokkanerin, die er dort geliebt hatte.

Einmal sann sie einen Weg aus, der auf dem Stadtplan nachgezeichnet das in einem einzigen Zug gebaute Haus des Nikolaus ergäbe. Ihr heimlicher Wunsch, es würde daraus eines Tages ihr gemeinsames Heim, entging Alban, vollzog er doch ihren Weg nicht mit einem Stift nach auf einer Karte, die er dann wie ein Wahrsager hätte lesen sollen.

Dann kam er eines Tages angereist. Er klingelte bei ihr kurz durch, um ihr anzugeben, wo sie ihn fände. Sie rannte zur Metro. Wie war sie außer Atem. Es dauerte eine Welt, bis sie ihn in seinem Zimmerchen im Herzen von Paris, das ihm eine Kunsthändlerin immer vermietete, vor Augen hatte. Sie war blind, überall, bis zur Sohle. Sie war schrecklich verdruckst, und es war einfach nichts mit ihr anzufangen. Er war beunruhigt. Auch fühlte er sich unerträglich unter Druck gesetzt, denn sie konnte ja nicht für ihn Unbekannten so lodern, sondern nur für eine sie unheimlich beherrschende Phantasiegestalt.

Zu einem nächsten Rendezvous lud er wohlweislich eine ganze Eskorte Freundinnen ein, mit denen er vor ihren Augen rumschäkerte, als sie sich zum Palace aufmachten, einer Disko auf den Tschamps, wie Alban sagte. Sie quälte sich mit. Sie machte das Schlußlicht. Vergeblich tanzte sie sich die Seele aus dem Leib. Er nahm keine Notiz mehr von ihr. Im Morgengrauen ging er mit einer Tunesierin ein Taxi rufen, während sie

noch bis zur ersten Metro bleiben wollte. Die Disko leerte sich. Als irgendwann einmal eine Hand ihren Schenkel hochkroch, flüchtete sie erschrocken, ging zu Fuß heim.
Zwei Jahre sollte sie aufwenden, um nicht mehr pausenlos an Alban denken zu müssen. Als er ihr dann keinen Zauber, keine Magie, keinen Rausch mehr bedeutete, wollte er mit einem Mal mehr von ihr wissen, als er für ein paar Monate nach Berlin kam. Sie ließ ihn zu, warum auch nicht. Das Besondere an ihm: er beknetete sie. Warum auch nicht. Mein beknetender Freund Alban. Jahre später sollte er Leiter einer Kunstsammlung geworden sein.
An der Sorbonne hatte Laura beim Papst ihrer Disziplin eine Magisterarbeit zustande gebracht, die bei dem fast frechen Minimum an Aufwand überraschend gut geriet. Mit Rumpelstilzchenfreude tanzte sie um das Feuer, das die Eins entzündet hatte. Ein zweites Pariser Jahr wollte sie anhängen. Dazu ergatterte sie eine Stelle als Assistentin für Deutsch an einem Gymnasium an der Place de Clichy. Mit kaum zwölf Wochenstunden und vielen nie auch nur ein einziges Mal auftauchenden Schülern blieb ihr ausreichend Zeit, die Bewegung ihrer Kleidung, das Lächeln ihrer Arme, das Lachen ihrer Beine sowie die Farben von ihrem Gang in den vielen Spiegeln der Stadt zu studieren, zu prüfen und zu korrigieren. Sie lief ihren Schülern nicht hinterher.
Dann war von irgendwo der Rat auf sie gekommen, sie sollte einen deutschen Abschluß erwerben. Zu kurzerhand entschied sie sich für einen Autor, mit dem sie sich schwer tun sollte, für ein Thema, das unglücklich war, und für einen Doktorvater, mit dem es nicht anders sein

sollte. Sie zog nach Berlin. Paris ohne einen fremden Arm um die Taille war ihr ohnehin zur Tortur geworden. Hinzu kamen gewisse Erlebnisse, die sie satt hatte. Ein übler Typ hatte sich aus dem Anzeigenordner im Goethe-Institut ihre Telefonnummer besorgt. Sie hatte sich mit ihm, weil er ihr Leichtgläubigen eine Filmrolle versprochen hatte, so weit eingelassen, daß sie sein Gürtelleder zu riechen bekommen hatte. Da hatte sie dann zum Glück Wortwaffen genug gehabt, ihn ohne das bereitgelegte Küchenmesser aus ihrer Bonnenkammer zu bugsieren. Aber ihre Telefonnummer hatte er weiter mißbraucht.

In Berlin kam sie zunächst in einer Wohngemeinschaft in Zehlendorf unter. Dort im südlichen Zipfel der Stadt war sie Alvaro auf einen Kaffee und einen Seespaziergang und ein Schlafen besuchen gekommen.

Bald war sie gezwungen, unter Zeitdruck umzuziehen. Sie ließ sich eine 130-DM-Wohnung von guten 50 Quadratmetern andrehen. Das Wohngebäude stand isoliert auf einem Hinterhofgelände in Friedrichshain. Telefonanschluß gab es nicht. Das Haus sollte abgerissen werden, wenn nicht heute, dann morgen, was das Ossipärchen ihr wohlweislich verschwiegen hatte, um ihr einen unverschämten Abstand abzuknöpfen. Bares, hatte es geheißen. Das war ein finanzieller Aderlaß, der Laura weh tat. Zehn Jahre hätte sie dort wohnen bleiben müssen, damit es sich rentiert hätte. Bei einem Pärchen, hatte sie auch noch ein gutes Gefühl gehabt und den beiden gleich einen Vertrauensbonus gegeben. Bevor die Abrißkugel dem Haus den Garaus machte, hatte es noch eine Galgenfrist und verkam in wenigen Wochen nach Strich und Faden, zu einem Mietpreller-

quartier und Hausbesetzerhaus, bis selbst Hausbesetzer es verschmähten. Zu einer versifften Hundehütte, zu einem Liebesnest übler Art, zu einem Dreckeimer und zu einer Alptraumanstalt. Als sie einmal im Dunkeln aus der goldlichten Staatsbibliothek heimkam, fuhr ihr ein fürchterlicher Schreck in die Glieder. Wie so oft waren die Glühbirnen im Treppenhaus rausgeschraubt. Sie tastete sich blind am Treppengeländer hoch und stolperte über jemanden, der quer auf einer Treppenstufe lag. Solche Erlebnisse taten ihr nicht gut. Manchmal war so nackt die Angst, die sie hatte, daß Laura lange im Schweiß lag und nicht lange schon lieb im Schlaf. Dann klaute man ihr die Kohle aus dem Keller. Wütend schleppte sie die restliche Kohle in elenden Stunden harter Arbeit hoch in ihre Wohnung, stapelte sie in den Küchenschrank, baute sich einen Fernseheruntersatz und verstaute die Briketts in Kartons, die dann in ihrer Wohnungsgegend rumstanden. Sie verbog sich ihr Rückgrat mit lebenslangen Folgen, und einige Tage lang zog und zerrte es an ihrer ganzen Existenz, weil sie sich bewegen mußte wie ihre eigene Großmutter.
Am nächsten Tag baute eine Bande jugendlicher Schulabtrünniger die Wohnung unter Lauras Heim zu einer Privatdisko aus. Es war unmöglich, auch nur eine Unze Schlaf zu finden. Es war lächerlich gewesen, mit einem freundlichen Wort die Krachmacher zur Vernunft bringen zu wollen. Sie hatte schreien müssen, um sich verständlich zu machen. Kaum war sie wieder in ihrer Wohnung, dröhnte der Lärm erneut los. Sie sah sich gezwungen zu fliehen. Sie floh zu dem besten ihrer Freunde. Nachdem sie sich mit einem langen Schreiben bei der Wohnungsverwaltung beschwert hatte, wurde

sie umquartiert in eine andere Hinterhofswohnung. Wie war sie froh, ahnte nicht, daß sie aus dem Regen in die Traufe gezogen war.

In der neuen Bleibe kam Ray sie eines unvermuteten Tages besuchen. Er hatte raus müssen, ihre Tapeten sehen müssen. Sie kam ihm zum Tempelhofer Flughafen entgegen. Als sie mit Staunen vor seinen wachen Gliedern, seinen lebhaften Augen und vor seiner Jugend stand, die ihm eine Spur Ewigkeit beibrachte, erklärte sie, daß die Geschehnisse sie benutzt hatten, um sich an ihr glatt und glänzend zu reiben, und das sattsam. Auch hatte er seine Zähne für teure Lire makellos machen lassen.

Ray war während seiner Tage bei ihr viel unterwegs. Er vermißte Plätze, mochte aber die schneidigen Alleen, die durch die Stadt preschten. Er kam immer wieder heim, und sie machten das zweirückige Tier. Dabei schonten sie sich nicht. Beide trachteten sie, Unglück im anderen zu vergraben. Sie waren verzweifelt bis in die Augenbrauen, ihre Seelen bebten wund in den Fingerspitzen. Sie mußten weinen, als sie sich liebten. Ihnen stand der Sinn nach Wüste. Sie gaben sich kurze Rast und flüchtige Oasen und kamen sich näher, als sie ahnten. Die hilflosen Worte hatten sie längst sein lassen. Sie ließen ihre Körper feiern. Sie hielten die Augen geschlossen bis auf den einen Moment, der sie ihnen aufriß. Wenn sie morgens aufwachten, spürten sie den anderen, bevor sie ihn dachten. Einen Moment lang war es gleichgültig, ob die Wade, der Schenkel, der Arm oder die Hand, die sie spürten, wahr waren oder nur Täuschung.

Nach einer verlängerten Woche reiste Ray nach Rom zurück. Sie ließ ihm einen Brief auf den Fuß folgen: *Ray, gerne würde ich für eine Weile in Deinen Schuhen stecken und sitzen wie Du auf einem Arbeitsplatz, der wie ein Drehsessel Dich immer ein wenig höher schraubt. Du hast Freude genug, um Fußbälle über Roms grüne Wiesen zu schießen, hast Freunde dazu, hast Freunde zum Ausgehen auch, Du hast Freunde zu verlieren. Du möchtest in keiner anderen Stadt als Rom leben und hast eine Reihe von Reisen in Besitz. Du freust Dich über alles, was Du Neues von ihr, Deiner Stadt, erfährst. Und trotzdem steht auch Dir ein großes Und doch im Leben, im Weg. Du kannst nichts gegen diese tiefe Ratlosigkeit tun als weiterleben und immer deutlicher fühlen, wie die Sekunden durch Deine Finger rieseln. Du kannst noch nicht einmal warten in dem Glauben, es nütze. Deine vier Wände bauen um Dich jenen Zufallswürfel, den Du auf dem Buckel hast wie ein Schneckenhaus, wo immer Du gehst und stehst. Die berühmte Bergeversetzerin kommt auch durch Wände und Bretter vor den Köpfen der Menschen – und doch sind es manchmal Zentimeter, Wege, so weit ein Atemhauch reicht, die sie nicht überwindet.*

Nach Rom wünsche ich mich und fürchte in kleinmütigen Stunden, daß Rom leicht an einen dieser dunklen und saugenden Schlünde bringt, in die sich jeder an Tiefpunkten in seinem Leben stürzen möchte. Ich und Rom! Ich, die ich die Stunden liebe, die vor Melancholie nicht dick genug sein können. Ich, die ich die Stille liebe, die sich nicht undurchdringlich genug um mich her einstellen kann: daß ich sie ruhig wie Watte fühle! Ich, die ich auf die Dreißig zugehe. Vielleicht ist Rom für mich nichts als der Wunsch, aufzuwachen in seinem Lärm, als ein lauterer Mensch aufzuwachen, als jemand, dem Lärm wie dem Fisch das Wasser sein Element ist.

Habe ich mich denn schon den graublauen Schleierschwaden angedient, mich ihnen verschwören müssen und abgefunden schon längst mit den mattrosa Dunststreifen am Horizont von meinen Tagen, die immer abendlicher werden? Habe ich meinen faulen Frieden gemacht mit den Frohlosigkeiten, mit denen die Schwermut zu mir zieht und in meinen zugedunkelten Stunden Platz nimmt? Dabei weiß ich nicht, ob ich wirklich die Melancholie ins Herz geschlossen habe oder nur die Gewohnheit an sie, habe ich doch Jahre mit ihr geteilt. Und doch zieht es mich nach Rom, in geräuschvolle Mauern, wo man nur überleben kann, wenn man täglich drei neue Freundschaften schließt und zwei alte vergißt und frische Späne hinter sich läßt mit jedem Tag, mit dem man es aufnimmt. Rom ist für mich ein Zeitvertreib, eine letzte Zuflucht, eine Illusion. Rom ist mein Hiobsleben. Es hält mich davon ab, Wurzeln zu schlagen.
Fürchte nicht, Ray, daß ich eines Tages überraschend an Deine Tür und an Dein Herz klopfen werde, vermeinend, ich könnte damit an Roms Tür und Herz klopfen. Ich werde mich nicht in Dich stürzen, als wärst Du mein Jungbrunnen, der mich in jene Zeit zurückbringt, in der ich in Rom zwanzig war und lauter Füllen meine Gefühle, in der ich meinen Körper noch leicht zu einem Ring biegen konnte, herrliche Ameisen im Blut hatte und mir alle Wege aus Rom hinaus frei standen – als ich in Rom eintrat wie in eine Bar und bestellte: Bitte, einmal Königin.
Ich weiß wohl, daß ich Dir herzlich wenig bedeute. Du hast es mir mit aller Deutlichkeit im Hardenberg demonstriert. Das hier ist eine Schale Milchkaffee, sagtest du, denk Dir, sie ist Rom. Und das hier ist ein Salzkörnchen, das bist Du in Rom.

Mein Leben ist gar nicht so schlecht. Ich fasse Fuß im Journalismus. Geht es mir schlecht, schwimm ich ein paar Kilometer türkisblaue Wasserbahnen entlang. Wenn es meinem Körper gut geht, dann auch meinem Kopf. Ich verbringe lange Sonntagnachmittage mit einem spanischen Freund. Jede Woche sehen wir uns auch in der Bibliothek. Am Sonntag reist er über eine Stunde lang zu mir, und dann verlieren wir gemeinsam unsere Zeit.
Viel Glück aus freigebigen Händen, Dir, Deinen Freunden, Deinem Film und Rom

Laura

3

Am Ende eines Sommers, der schon so lange im Land war, daß man hätte meinen können, er ginge gar nicht mehr aus, lernte Laura in einer Salsateca einen Madrilenen kennen. Der Salsakeller war in der Potsdamer Straße, auf der tagsüber Menschen Richtung Bibliothek eilten und nachts Körperverkäuferinnen ihren Brustapparat durch heruntergekurbelte Fenster in Autos bugsierten.

Alvaro hatte es nicht in die Ferne gezogen, Laura auch nicht. Ansonsten war man verreist. Oder man ließ die Zeit an die lange Leine. Oder man arbeitete sich über den Sommer hinweg, oder man übte sich, stählte Körper und Nerven, trainierte martialische Sportarten, verriegelte seinen Stand und ballte die Fäuste so geschickt, daß die Daumen nie brechen würden. Man ließ sich in den Yogasitz nieder und verabreichte sich die Ruhe von Statuen. Oder man ging in Salsatecas, tanzte sich in saftige Rhythmen rein, schliff seinen Bewegungen die Ecken ab, trieb sich das Joggen aus dem Leib und merzte sich das Dopsen aus den Beinen. Man erschöpfte sich, und am Ende war man dann ohne Furcht und voll von einem flüchtigen Glück, das orange und rund ist wie eine Orange. Dazu wurde das Herz rot und groß, und man wußte mit einem Mal, daß man sein Leben beweinen muß, bevor man es verliert.

Laura war an Sonntagen ohne Zahl in einen Tanzkeller heruntergestiegen, um weiche, fröhliche, erotische Bewegungen mit dunklen, lateinamerikanischen Männern auszutauschen. Sie ließ den Madrilenen geschehen, wurde abwartend in der Hoffnung, Alvaro verlöre so wenigstens ein wenig. Ihr Kleid konnte nur im künstlichen Licht eines Salsakellers bestehen. Denn nur da war es aus Silbersand gewebt und floß naß von den Schultern herab, bevor es aus der Taille über die Hüften abwärts sprang, bis es sich knapp über den Knien öffnete, nicht anders als eine auf den Kopf gestellte Tulpe. Der Abschluß war ein Nelkenblattrand, als kitzelten ihre Oberschenkel den Saum kräuselig oder als lächle er vielleicht. So stellte sie sich das Ganze vor. Ein Gesicht, nüchtern wie Stein und mit hellen, heilen Augen, ein Gesicht, aus dem asketische Kühle atmete, forderte sie zum Tanz auf. Federico, stellte er sich vor. Er führte so, daß ihre Schritte und Bewegungen wie Echos seinen nachklangen. Später sang er einzelne Partien mit, die er ihr dann übersetzte. Die Nacht war gut: voller Augen und Möglichkeit, weit, hungrig und elastisch.

Am Wochenende traf sie Federico im Hardenberg. Der Tag zeigte viel Frühling und holte die beiden auf die Terrasse hinaus. Das heftige Rot von seinem Rollkragenpullover zog alle Farbe aus seinem winterfarbenen Gesicht. Für einen Gang ums Karree brachte sie noch die Geduld auf. Mit jedem Schritt wurde ihr Herz leerer. Sie schützte die wartenden Geschwister vor, um sich nach kaum einer Stunde schon wieder zu verabschieden. Sie legte sich auf nichts fest, gab ihm ein großes Vielleicht mit auf seinen Weg in die hohl tönende Stadt. Er nahm in seiner 700-Mark-Bude dann einen Leuchtstift zur Hand und markierte Börsenfachsprache in Zeitungsartikeln, während sie das von ihrer Schwester ausgeliehene Kleid wusch, um es sehr bald mit

einem Achselzucken feinsäuberlich zusammengebügelt zurückzugeben.
Später dann zog sie trotzdem Federicos Gesellschaft den einsamkeitsvollen Abenden vor, das sichere Heimkommen dem unsicheren, bei dem sich ihr ekelhafte Angst an die Fersen heftete, obwohl sie ihre Stöckelschuhe ausgezogen und die Faust um das Verteidigungsgas in der Tasche geschlossen hatte. Es irritierte Laura Federicos volltönendes Sprechorgan. Seine Stimme war wie für Parteitage, Konzertsäle und Kirchen und strafte seine friedvollen Züge Lügen. Es versetzte sie in Verlegenheit, wenn er – und sei es auch im Überschwang seiner Belebtheit – auf der Straße so laut redete, daß sie Blicke auf sich zogen. Laura war leise und Federico war laut. Federico war so laut, als sei er übergesund, als wolle er nicht alt werden. Er füllte die Töne bis zum Platzen, wenn er sprach, und machte sich, wo er ging und stand, bemerkbar. Da hatte, was still sein wollte, keinen Raum.
Einmal verirrten sie sich in eine amerikanische Bar, wo sich Girlies auf Plateauschuhen an der Seite von Boys mit Plateaufrisuren in Sitzkarrees drängten, die Autoskootern nachempfunden waren. Auf knallrotem Kunstleder tauschten sie rasante Wortstückchen aus und aßen dabei coolen Ketchup. Beim Aufbrechen half Federico Laura in den Mantel. Es war ihr peinlich. Sie blickte in die Runde, als sei Herausforderung nötig.
Um vier Uhr nachts brachte er sie heim, nachdem sie die Samstagnacht bei Margaritas und Tanz unter Rosen, die neben Kondomblüten von der Decke niederblühten, zu Ende verlebt hatten. Und sie hatte das Herz, ihn von ihrer Wohnungstür wegzuschicken auf sein Rad in die Nacht, durch den Tiergarten heim, unter sein kleines,

feines Dach mit den Worten, er müsse ihr die Selbständigkeit schon lassen, da gäbe es nichts zu reden und zu rütteln. Zum ersten Mal packte ihn da die kalte Wut, und er schleuderte ihr mit seinem klugen Deutsch ins Gesicht, er sei kein Teilzeitgeliebter.
Im Einschlafen dachte sie an seinen Freund Paco, der stämmig, harmlos und mit rasch immer einem dicken Lächeln im Gesicht wacker seinen Weg geht mit einer deutschen Freundin an seiner Seite, einem Bündel an lieben Gefühlen, einer Frau mit Pferdeschwanz, gesunder Haut und freundlichen Ansichten, der er seit Jahren treu ist. Die beiden bringen sich gegenseitig Pizza mit, Blumen und Arme voll Zeit. Paco ist ein grundguter Kerl, ein Mensch, der sich für den Flug der Geier vor den Toren Madrids begeistert.
Schließlich sollte sie Federico hin und wieder bei sich übernachten lassen und so sicher sein vor den Momenten voll einer Angst, die gestaltlos ist wie eine fette Nacht und die man ebenso wenig begreifen kann wie eine orangenfarbene Orange, von der einem die Angst sagt, sie ist eckig und violett. Auch kräftigte er ihr irgendeinen verfluchten Stolz, wenn er ihr den Mund vergewaltigte mit seinen verzweifelten, bohrenden Küssen, als käme er an das Gold und an den Kummer in ihrem Herz.
Nachdem Federico in Boston seinen Master in die Tasche gesteckt hatte, nahm er auf dem Rückweg nach Madrid ein paar Monate Berlin mit. Gestern noch Student, heute auf Urlaub, würde er morgen an der Börse schreien, so hoffte er bei seinen Karten. Er würde eine Wohnung kaufen, und Besuche wären bequem für sie. Wenn sie den Doktor in der Tasche hätte, würde sie nachfolgen. Aller-

dings könnten sie schwerlich zusammenleben, wenn sie nicht Verlobtenringe austauschten, schränkte er ein, dann erst würde Spanien ja sagen.
Er baute ihr immer ein Haus, wenn er sie umarmte, und beheizte es mit seinem Körper, in dem das Blut noch die Zehe rosig färbte, und setzte sie mitten hinein und Kinder um sie herum, eins, zwei, drei, vier, fünf, und brachte Blumen mit für sie, die voll, rund und rosa eine Hommage an ihre Wangen waren, für sie, eine Heimfrau, eine liebe Matrone, die Laufbahn zweitrangig hat sein lassen, die mit Matisse die Küche, mit Chagall das Schlafzimmer und mit Nolde das Gästezimmer schmückte, die in Mütterlichkeit aufginge, ihm ein Heim bereite, in dem er den Rücken im Feuer und den Bauch zu Tisch haben könnte. Wäre er krank, popelte sie ihm's liebevoll wie einem Bub aus der Nase. Er wollte die Liebe zu ihm wecken wie ein Talent, das in ihr schlummere, und hatte sehr viel Zukunft für sie.
Alvaro hatte ihr immer ein Haus abgerissen, wenn er sie umarmte. Alles war dann frei um sie her gewesen, leer, nackt und ohne Zukunft. Lange Zeit war sie bereit gewesen, sich allen europäischen Boden unter den Füßen wegzureißen und auf einen bloßen Wink Alvaros hin leben zu gehen in der Fremde, ganz hart an der Meeresküste, an einem Ort mit Steintreppen, die abertausend Füße zu Rutschbahnen ausgeschmirgelten, oder wo auch immer. Sie hätte eine Sprache von Grund auf neu gelernt, hätte es bedeutet, an seiner Seite ihre Schritte zu gehen. Den Himmel über dem Kopf und die Erde unter den Füßen würde sie jedoch bald nicht mehr wechseln für den Madrilenen. Sie kam ihn in Madrid besuchen, um zu sehen, ob sie dort leben könnte.

4

Natürlich holte er sie vom Flughafen ab. Selbstverständlich brachte er Blumen mit. Kein Zweifel, die Rosen dufteten. Frisch von der Arbeit kam er. Das Büro haftete noch an ihm mit dem hellgrauen Anzug, in dem er steckte. Wiedersehensfreude ging in seinem Gesicht auf. Sein Teint hatte die Farbe von Zucker und Salz, und wieder stand Leuchten in seinen klaren Augen. Helle Bläue drang von überall auf sie ein und umfing sie ganz. Sie mußten sein Auto eine Weile suchen. Er öffnete ihr den Schlag sperrangelweit und schloß erst, nachdem sie sich vollständig auf dem Beifahrersitz eingerichtet hatte. Sie trug ein Kleid aus Panne, dessen gepreßter Flor zu intensiv im Glanzton war, in der Farbe von einem bläuegeschwängerten Südmeer, und es glitzerte an wechselnden Flächen auf, als wehe ein Zephyr darüber hin. Es schien wie mit Fischschuppen übersät und schimmerte noch bei bedecktem Himmel. Federico löste die Wegfahrsperre und reichte sie ihr zum Verstauen. Er schnallte Laura an und fragte sie nach ihren Wünschen. Und wohin jetzt? An Madrids berühmtesten Ort. Er überlegte. Zum Teufelsdenkmal, half sie ihm. Oder dorthin, wo er als Student Kartoffelwürfel mit Ketchup vertilgt habe. Das wäre auch in Ordnung. Und dann vielleicht an den Fluß? Fragte sie und antwortete sich: Ja, an den Fluß mit seinem Steinweh, sie habe ein paar Steine hinzuzuwerfen. Und am Ende dorthin, wo man glücklich sein kann, wenn man den Regen, Kinder und die Stille liebt. Wohin er wolle, sagte sie schließlich. Sie sei sicher

müde von der Reise, sehne sich vielleicht erst einmal nach einer Dusche und wolle ihre Koffer loswerden. Sie nickte.
Er manövrierte sie geschickt durch den lebhaften Verkehr mitten in die Stadt hinein, wo seine Eltern eine Wohnung besaßen, die so hoch lag, daß sie Lärm, Schmutz und Armut weit unter sich ließ. Das Apartment war sehr flach, die Decke drohte. Als er sich erkundigte, wie es ihr behage, fiel ihr nur Schuhschachtel ein. Sie suchte nach einem höflichen Wort lobender Anerkennung, fand keins und flüchtete vor ein gemäldegroßes Foto, auf dem eine edle Madrilenin im unerschütterlichen Weiß ihrer Hochzeitsrobe glänzte. Eine säulenhafte Nase verlieh dem Gesicht Majestät. Das sei sicher seine Mutter, vermutete sie aufs Geratewohl. Es war aber die Schwester, doch im gleichen Hochzeitsstaat, den schon Mutter, Großmutter und Urgroßmutter angelegt hatten. Den Raumesmaßen nach kam ihr die Wohnung klein vor wie für Bedürftige, denen der Staat unter die Arme greift, den Einrichtungsrequisiten nach aber erschien sie ihr wie ein Schloß en miniature. Zu Abend aßen sie Taxipizza und Zitronensorbet am Küchentisch, denn sie wollten keine Zeit verlieren, um noch im El Palacio zu tanzen. Das Dekor dort im Tanzpalast schuf ein Opernambiente. Sie tanzten viel. Am Ende der Nacht fuhr er sie auf seinem Motorrad durch die kühle, von Menschen sehr belebte Stadt. Erst im Nachtwind in den leeren Straßen war Madrid ein Juwel. Es war sehr gut.
Laura wurde in dem einen Zimmer seiner zwei Schwestern untergebracht. Vor kurzem erst war die 22jährige im Zuge ihrer Heirat ausgezogen. Ihre erste Nacht

schlief Laura mangelhaft, weil der Ventilator brummte, als schnarche er.
Am nächsten Morgen nahmen Federicos Eltern die Freundin ihres Sohnes in Augenschein. Der Vater gab ihr eine Probe seiner Zarzuela-Leidenschaft zu kosten und schenkte ihr gleich zwei CDs. Er verabschiedete sich, noch bevor sie frühstückten, um einen Jagdfreund aufzusuchen, mit dem er ein Buch verfasse. Die Mutter umarmte sie herzlich und ging dann in den nahen Supermarkt, in dem Salsa auf die Einkaufsgäste rieselt, die etwa gerade Plastikhandschuhe anziehen, bevor sie sich vom Obst bedienen.
Die beiden waren eine Weile allein. Als die Aufzugstür zufiel, schraken sie auf und beugten sich alsbald über einen Stadtplan, auf dem sie mit rotem Stift den am Vorabend zurückgelegten Weg einzeichneten. Auf einer Bank in einer Grünanlage zu Füßen des Wohnturms, in dem sie sich befanden, stoppte er den Fettstift und schaute sie an. Es bildete sich eine Farbpfütze. Sie dachte an der Form herum: nichts, oder vieles, vielleicht eine Muschel. Sie ließ ihre Gedanken wippen wie den Fuß am Ende eines übergeschlagenen Beins.
Den Nachmittag füllte ihr Rico mit einer Bilderserie schmucker Tapabars. Im Viva Madrid saß ein einzelnes Pärchen wohl länger schon abwartend. Wiewohl es von der sattsam breiten Türöffnung gerahmt und inszeniert wurde, saßen sie noch immer auf Stühlen und nicht auf Thronen, auf Holz und nicht auf Gold.
Der Madrilene zeigte ihr während ihrer spanischen Tage oft, wie er sie liebte. Jede Nacht ging schwarz die Sonne in ihr auf. Einmal zeigte er ihr morgens eine Glasfigur, in deren Röhrchen eine rote Flüssigkeit zu steigen

begann, sobald man die Hand um sie schloß. Ein Liebesdetektor, meinte sie. Er gab die Figur in ihre immerkühlen Hände. Die Flüssigkeit stieg nur langweilig langsam. Später spielte er mit dieser Figur an ihrem Körper auf der Suche nach seinem heißesten Ort.
Da die Eltern nicht wie geplant auf Urlaub fuhren, reisten die beiden in die Mittelmeerwohnung, die den Moreiras erst seit kurzem gehörte. Während langen Stunden zog ein Streifen ockerfarbener und auch ausgiebig oliv durchströmter Landschaft an ihnen vorbei. Eine Spur Grauviolett verlief sich darin. Karmesinfarbe malte hin und wieder Schlieren in das erdige Tongefüge. Pinien setzten immer einmal dunkelgrüne Gebilde in das Landschaftsband, das eine Schicht blaßblauer Himmel überlagerte. Nach fünf Stunden waren sie angekommen in der Siedlung aus Ferienwohnungen, die Patina und Ambiente entbehrte. Federico fand die Wohnung mit Geschirrspülmaschine und Wäschetrockner ohne Fehl und Tadel, und sie hätte mit ihrer Freude in seine einstimmen sollen. Doch gegen altes Mauerwerk, Eidechsen im Sonnenbad, Unkraut, einheimische Stimmen und kaltes Wasser hätte sie sofort solchen Komfort eingetauscht und gelächelt. Als er die Wolke in ihrem Gesicht sah, war er verstimmt und fand ihr Verhalten unreif. Sie drängte ans Meer.
Sie lief sofort in die Wellen. Das Wasser war so klar und flach, daß die Menschen über ihren eigenen Schatten schwammen. Am Abend aßen sie in einem Strandlokal aus riesigen Pfannen gebratene Tintenfische mit Meeresfrüchten, die in Safranreis gebettet lagen und auf eine fröhliche Art klein und viele waren. Die Reiskörner leuchteten so intensiv gelb wie Yves

Kleins Blau blau leuchtete, als explodierten sie sanft und ständig.
Am nächsten Tag gingen sie wieder die paar Schritte ans Meer. Sonne flutete durch die Weite. Hin und wieder stieg ein Lachen auf. Laura teilte ihrem Rico mit, wie gut es ihr ginge. Ob es ihr rundum gut gehe und sie wirklich keinen Wunsch mehr habe? Er täte jetzt sehr viel für sie. So viel wie vielleicht nie mehr später, ahnte sie und blickte hinaus auf das weite, türkisfarbene Meer: eine Handvoll Horizont, eine riesengroße Handvoll Horizont. Gut, erwiderte er, sehr gut, erhob sich und ging auf das Meer zu, das so ruhig dalag, als mache es Siesta. Sie blickte ihm nach. Es lagen Ernst und lautlose Kraft in seinem Gang. Er stürzte sich kopfüber ins Wasser und kraulte weit hinaus. Sie paßte ihr Atmen seinen kräftigen und gleichmäßigen Schwimmzügen an. Wenn er jetzt nie mehr wiederkäme, ging es ihr durch den Kopf. Sie hielt einen Moment die Luft an. Dann verlor sie ihn aus den Augen.
Er kam wieder, stumm, küßte sie lange, bis ihr Mund in einem Lachen aufplatzte: einem Mundvoll Horizont. Er unternahm dann eine kleine Wanderung am Strand entlang, während sie in eine Geschichte mit türkisfarbenem Meer, goldenem Strand, hoher Sonne, zwei Paaren, einem kleinen Kind, das spielt und spielt, versank, und ein schöner, fremder Mann tauchte auf, und es war um ihn fremd und schön, und er besaß ein prächtiges Schiff.
Am Abend fuhr Federico sie auf den höchsten Gipfel der Umgebung, um ihr den Tag bis zu seinen letzten Lichtstrahlen zu strecken. Sie bahnte sich eine Schneise ins Grünwerk. Er folgte ihr. Schnell wurde die Nacht

tiefschwarz, empfindsam, samtig wie Pfoten und weiche Tierschnauzen. Sie überließen sich einander. Das Gras stand in wieder geöffneten Augen hoch, als reiche es bis an die Sterne. Die Sterne leuchteten, als kitzle sie das Gras mit seinen feinen Spitzen.
Zu Wochenbeginn waren sie wieder in Madrid, weil er keinen seiner Vorbereitungskurse für eine Stelle im Staatsdienst verpassen wollte. Er erklärte, wie schwer die Prüfungen seien, und witzelte, daß er sich glücklich schätzen würde, als Flaggenhisser eine Stelle in der Nationalbank zu bekommen. Als er heimkam, zeigte er ihr seine Zeichnungen von Flugzeugen. Durch Wolken würde er jetzt Passagiere zu ihren fernen Zielen fliegen, hätte ihm nicht seine Sehschwäche einen Strich durch die Rechnung gemacht, so daß er ein Mann im Bankfach werden und über Aktien sagen sollte, ob sie stiegen oder stürzten.
Über den Zeichnungen schlief ihr Gespräch ein. Er bekommt sie leicht wieder wach, indem er sie auf sein Schlafsofa legt, das die ganze Breite der Fensterfront einnimmt. Er streift ihr die Schuhe ab und streicht ihr die Augen auf. Dann knöpft er ihr das Kleid auf und betrachtet sie, die reglos liegt in geöffneter Schale. Milchig fließt Morgenlicht herein. Eine bildweiße Landschaft bietet sich ihm dar. Unfälle in der Landschaft nennt er ihre einzelnen Partien und berührt Hügel, fährt ins Tal, streift entlang, durchkrault Büschel, raschelt im Nest, ist quirlig, entdeckt Quellen, ist Wünschelrutengänger, streicht weiter über Ebenen, wellt über Erhebungen hinweg, umpackt Schultern, schüttelt Beben in sie, findet zurück, verhadert sich in Moos, gerät in Senken, zwängt sich durch Schlucht, erklimmt Höhe. Von

Ereignissen spricht er, wenn sich etwas verändert, heißer wird, härter, röter. Dann küßt er ihr die Augen zu und verschwindet. Sie bleibt zurück, ist aufgegangen in der von ihm mit Mund und Hand erformten Landschaft. Nach einer Weile betritt er wieder das Zimmer und nähert sich ihr. Sie solle die Augen geschlossen halten. Dann spürt sie in ihrem Mundwinkel einen Zitterhauch, und eine leise Berührung rieselt über ihr Gesicht, den Hals hinunter, rinnt über die Schlüsselbeine, spiralt zwei Kugeln hoch, hebt ab, kommt wieder, kommt ab, irrt zum Nabel hin. Hier und dort schmirgelt er einen Hauch ab und fegt Vertiefungen aus. Er streichelt mit einem Pinsel so ausführlich über sie hin, als wolle er ihren Körper auswendig lernen, um ihn später aus dem Gedächtnis mit ebensolcher Präzision wie bereits ein Porträt nach einem Foto von ihr nachzuzeichnen. Oder möchte er ihn vielleicht auch wie aus großen Höhen oder weiter Ferne auch ohne Argusaugen betrachten können?
Am nächsten Tag sah sie auch Toledo. Federico erzählte von den Drangsalen, die er hatte erdulden müssen während seiner Militärzeit, die er in der Nähe hatte ableisten müssen. Er berichtet ihr von den Christen, Juden und Arabern, die sich in Toledo einst beispiellos einträchtig die Hand gegeben und historisch einmalig lange gehalten hatten.
Der Tajo umfloß die Hügelstadt, als hielte er sie im Arm. Federico trug weiße Jeans, sie Seide aus gewaltigem Blau, das feucht flimmerte. Auf dem Lichtbild, das er von ihr machte, als sie auf dem Scheitelpunkt einer wie ein Katzenbuckel hoch gewölbten Gasse bereitstand, mußte sie sich später in all dem Blau

suchen. Er Fotograf verschwand im Weiß einer Hauswand.
Zunächst führte er sie vor einen El Greco in der Kirche Santo Tomé, zur Beerdigung des Grafen von Orgaz. Sie sah in den Wolken nicht Wolken, sondern Stein oder Stoff, auch Wasser, sogar Muscheln und schließlich auch Rauch. Und die Fackeln glichen Füßen aufs Haar, und auch so schlank und nackt wie Hände wären sie, gotisch langgezogene Gliedmaßen. Sie suchte seine Bestätigung. Er hatte Geduld. Dann antwortete er mit der Frage, wen sie denn in ihm sehe. Sie erwiderte, sie müsse ihn bei Tageslicht betrachten. Damit traten sie ins Freie hinaus. Die Luft wogte schwer, schwanger von Hitze, und sie vergaßen, was sie kurz zuvor noch gewollt hatten. Die Auslagen der Geschäfte glitzerten feinste Gravurarbeiten den Passanten entgegen. Die beiden nahmen wie Elstern dem Tag, was er nur hergab an Schönheit und Glanz. Auch andere Pärchen ließen sich durch die Straßen treiben. Wie Turteltauben paarweise saßen Goldkugeln auf schwarzen Balkonbrüstungen und lenkten Lichtstrahlen hinunter in die eindunkelnden Gassen. Gitter vor den Fenstern erinnerten an Zeiten, in denen sie Frauen verborgen gehalten hatten. Oft schmückten die Fenster Verzierungen, die wie Springerl aussahen, und umrahmten jede Frau, die aus dem Fenster blickte, für jeden Mann, der vorbeiging. Das Katzenkopfpflaster wölbte sich. Die Hitze machte schwindeln. Eine Gasse mündete unvermutet in einen winzigen Patio. Vor einem Fenster, das finster, klitzeklein und blind war, wurden sie einen Augenblick lang blind, groß, froh und sahen nach innen. Später traten sie in die Kathedrale. Die stehe um eine Luft, die habe Gott

geküßt, so müsse es doch sein, dachte sie sehr langsam. Die Glasfenster leuchteten glühend obszön. Sie seufzte. Er fragte nach dem Grund. Sie flüsterte: Noch einmal ein Kind sein und aus schwarzer Pappe Kathedralen bauen und aus Transparentpapier Madonnen und Heiligen Kirchenfenster schneiden.
Draußen buk unaufhörlich die Sonne weiter am Stein von Mauern und Statuen. Sie wollten vernünftig sein und etwas essen. Unter einem blauem Schirm nahmen sie Platz. Es servierte ihnen ein junger Kellner mit elegantem Schnauzbart schlierigen Paprika. Verdickte Sonnenuntergangsstrahlen, die zerschlissen waren, dachte Laura. Das Gemüse bitzle, stellte sie fest. Ehe sie ihn davon abhalten konnte, hatte Federico den Kellner zur Rechenschaft gezogen. Es müsse so sein, bekamen sie zur Antwort. Die Sardinen waren durchsalzt und vollgesogen mit Wasser, in dem sie auch ertrunken lagen. So bemühten sie den Kellner mehrere Male, die geleerte Karaffe mit neuem Wasser zu füllen. Reklamationsbücher waren der Gegenstand ihrer leichten Rede. Die Oliven schmeckten wie große, weiche, grüne Salzkörner. Und das Brot war trocken wie Zwieback. Und doch würde sie am liebsten den Tag noch mit aufessen, so schön sei er, meinte sie. Es war so heiß, daß das Denken an Schärfe verlor, daß man gar nicht richtig denken könne, fand sie, auch nicht die Steine auf dem Herzen, die Schluchten in der Stirn, das schwarze Alter, das in den Gliedern wächst, alles, was plage, gar nicht richtig denken und fühlen könne. Er hörte ihr zu, nickte, lächelte. Sie bat ihn, ihr von den Schikanen seiner Kasernenschinder zu erzählen, denn müßten sie nicht ebenso an Belang verlieren? Willfährig unterhielt er sie

und war sanft und meinte zum Schluß, wie fern doch diese Zeit sei. Sie nickte, hörte zu, versank in vagem Lächeln.
Am späten Nachmittag fuhren sie nach Madrid zurück. Der Fahrtwind und das Sprühwasser aus dem Zerstäuber trockneten Risse in seine Haut, und ihr Haar wurde zu Stroh. Doch stoppte er keinen Moment überrascht mit seinem Mund in ihrem Haar und ging weiter und weiter mit seinen Küssen. Sie waren da schon wieder in jenem Zimmer, das er als Junge mit Hosenträgern, als Schüler mit Ranzen, als Student mit dicker Brille und jetzt als Mann aus dem Bankfach noch immer bewohnte. Sie gehen einander mit Erregung an. Er fährt langsam mit dem breiten Fächer seiner Hand von den Fußspitzen über den Spann das Schienbein entlang, die Knie, den Nabel, das Kinn, über den Mund und die Nasenspitze zur Stirn und breitet dann ihre Arme flach auseinander, streicht vom Westen ihres Körpers zum Osten die Armlängen entlang, und zuletzt schließt er ihr mit den Lippen die Augen.
Später stellt er sie mitten im Raum auf und nimmt den Ventilator vom Fensterbord, schaltet ihn ein und zielt mit dem Windstrahl auf sie und beginnt, ihren Körper abzutasten. Er schaltet eine höhere Stufe ein und gibt ihr mit dem Luftstrahl Zeichen, wie sie sich bewegen solle. Sie dreht sich langsam einmal um ihre Achse. Dann fingiert sie einen Kampf gegen den Luftstrahl auf ihn zu. Er stellt die Ventilatorrose lauter, sie rotiert schneller, und mit größerer Kraft richtet er den Strahl auf sie, bis er ihn an ihrer Hüfte abrutschen läßt und sie in einem Stolpern auf ihn einfällt. Dann sind sie wieder Körper, die einander Durcheinander machen. Damit

seine Eltern nicht aus ihrem Schlaf schrecken in einen zu jungen Morgen mit losem Treiben einer unverstandenen neuen Zeit, sind sie lautlos miteinander. Am Ende liegen sie ruhig in einem Atmen, das der Zeit ihren Takt diktiert, und spüren vielleicht unter sich die Erdballkrümmung.

Dann war ihr Platz ein letztes Mal in seinem soliden Rücken im Windschatten auf seinem Motorrad, dann in einer Sabena in klarer Luft knapp über vielgestaltigen Wolken, unter denen sie sich lauter Dinge vorstellte, die sie sich wünschte, und noch nicht, wie auf späteren Flügen, lauter Dinge, die sie sich nicht wünschte. Dann saß sie in einem Zug, dann wieder in langen Tagen, die auf Socken gingen, auf dem Holzgeflecht eines Kirchstuhls von einem Flohmarkt vor großer weißer Schreibtischfläche.

5

… ein Scherz, ein Schlaf, eine verlorene Unze Blut,
ach! eine Stunde erwürgt die Liebe.
Jean Paul

Sie lagen ineinander aufgeräumt. Die Nacht war tief. Sie hatten den Tag weit hinter sich gelassen. Sie würden Verfärbungen in ihrer Haut davontragen, und Nachtschatten würden ihre Augen ummalen. Noch aber hielten sie sich an, indem sie unbewegt weiterlagen und die Zeit aufatmeten.

Sie wollten es bleiben, solange sie konnten, tief, aufgeräumt, angehalten und dunkel. Die Nacht hatte tief und immer tiefer sein können. Dann hatten sie die Grenzen der Nacht überschritten. Der anbrechende Tag würde noch grenzenloser sein wollen, als er bereits war. Sie gelangten wohlbehalten und glücklich in den Gliedern in die Zeit zwischen Wolf und Hund. Der kommende Tag würde früh genug heraufziehen und hell sein und groß wie immer – eine Spur heller, größer, ewiger als sonst. Dann würde alles seinen Scheitelpunkt erreichen, jeder würde seinen täglichen Gipfel überschreiten, viele würden es gar nicht bemerken und nur einige vor Freude schreien, bis das Licht allmählich abnähme, und am Abend dieses Tags würde sie sich bei den Hexagonländern niedergelassen haben. Mit der dann heraufziehenden Nacht würde sie sich schlafen legen, ein neues Schwarz käme sie zudecken, die Weltkugel würde sich einmal um ihre eigene Achse drehen und eine neue Helle sie aufwecken. Ihr ganzes Hab und Gut hatte sie auf zwei Koffer reduziert. Auf ihre Siebensachen obendrauf die Blusen, half ihr Dursan noch mit einem ratlosen Rat. In die Seide hinein bettete sie sein improvisiertes Geschenk, ein schmales orientalisches Kochbuch, in das er einen Widmungsspruch geschrieben hatte. Keine Widerrede, er brächte sie zum Bahnhof.

An einer Universität würde sie im Brot stehen und leben oben im Land der schönen Flüsse, der klareren Frauen und der heilen Schlösser, zwischen Armut und Reichtum, mit Strümpfen, die rasch Fäden ziehen, mit Gängen zu Bibliotheken statt in Buchläden, mit kostbaren Telefonminuten, in bescheidenen Verhältnissen, aber unter Menschen, die Freundlichkeit atmeten und denen Wohlwollen ins Gesicht geschrieben stünde. In einem Landstrich würde sie ihre Wege gehen, den die Sonne nicht beschenkt, was aber seine Bewohner mit der Wärme ihrer Worte wettmachen.

Der Gründer des neuen Orts, an den sie kam, war der Riese Thydérique, dem ein Eremit eine Axt zum Spielen gab. Eines Tages erschlug der kleine Riese Thydérique den großen Riesen Sinaert, woraufhin der König dem Siegerling alle Besitztümer Sinaerts schenkte, auch den Ort, an dem jetzt die dem Sumpfland abgerungene Stadt steht. Jahrhundertelang hatte man dort die Häuser aus Holz gebaut, einem Material, das sich dem Sumpfboden elastisch anpaßte. Auf ehemaligem Sumpfland würde sie ihr Zelt aufschlagen, und doch war dort in einer runden Stunde viel zu haben: London, Paris, Brüssel und die Opalküste.

Dursan hatte die Fahrt zu ihr bereits in Autostunden umgerechnet. Nicht jedes, aber jedes zweite Wochen-

ende könne er zu ihr kommen. Sie hatte Dursan Deyria kennengelernt, als er ihre Wohnung in Augenschein genommen hatte: Er klingelte zweimal deutlich hintereinander. Sie öffnete unverzüglich die Tür, bat ihn herein, wies ihm den Weg vor sich her, erst in die Küche, dann in den Wohnraum, überging die Toilette nicht. Viel Fußballspiel hatte ihm einen elastischen Gang auf den Ballen beigebracht. Sein loses Hemd leckte über den Hosenbund seiner schwarzen Jeans. Er schaute sich um, erkundete jeden Winkel, stellte nicht wenige Fragen, auf die sie bereitwillig Antworten gab, während sie in seinen Augen zu lesen suchte, ob ihm zu trauen war. Sein Braun schien ihm überzugehen, ihr Blau in den Nachmittag abzufärben. Das Leben hatte bereits viel von ihm gefordert, ohne daß Dursan hart und verbittert geworden war. Wärme schwelte in den Dingen, die er sagte. Insgeheim hatte sie entschieden, ihm Anwärter auf Nachmieterschaft Ja zu sagen, doch räumte sie sich Bedenkzeit ein.
Ein paar Tage vor ihrem Umzug rief sie ihn an. Die Zeiger der Uhr berührten die nächtliche Zwölf. Er bestätigte sein anhaltendes Interesse und lud sie ein, miteinander in die Nacht zu gehen. Er führte sie in eine Tanzvilla am Treptower Park. Sie redeten lebendiger als sonst, tranken keinen Alkohol, fragten, ob sie glücklich im Leben seien. Sie wollten dann plötzlich nicht mehr über Glück reden, weil es wegscheue, sobald man es beim Namen nenne. Sie tanzten schließlich, als die Nacht willig mit ihnen fortging, haarscharf aneinander vorbei. Dann fuhr er sie vor ihre Haustür zurück. Sie standen eine Weile unschlüssig da. Es begann leicht zu regnen, und er klatschte in der

Luft einen Tropfen aus. Laura und Dursan zögerten, umarmten sich nicht, gaben sich aber die Hand, er hakte sich fest in ihrer, sie lachte sich los. Dann wünschten sie sich gute Nacht und gaben sich ein Wiedersehensversprechen.
Ein gelinder Schreck durchfuhr sie, als sie ihm nachblickte. Sollte er einen unschönen Fehler in seinem Gang haben? Sollte sich wieder ihr Schicksal deutlich melden, ihr auf die Schulter klopfen, ihr in die Wange zwicken, ihr zuzwinkern, ihr ein Bein stellen, über das sie gekonnt zu stolpern habe, ohne zu fallen: ihr Stern mit ausgebrochenen Zacken, der sie immer zu Männern mit Makeln führte? Der erste war ein Lehrer, ihr Lehrer Tom, dessen Gehfehler sie erst nach Jahren bemerkt hatte, weil sie so blind vor ihm gewesen war, was aber nichts geändert hatte.
Am nächsten Morgen holte er sie aus dem Schlaf, um ihr wegen seiner drei- statt wie angenommen einmonatigen Kündigungsfrist abzusagen. Ob sie sich als Trostpflaster eine Einladung zum Essen gefallen lasse. Wieder ging sie auf ihn ein. Er holte sie im Auto seines Bruders ab, um mit ihr türkisch speisen zu gehen. Sie fragte, was er empfehle, und aß, was er empfahl. *Iman fiel in Ohnmacht* hieß das Gericht und war Gemüseklein in Auberginenschale oder Gemüsebunt in lila Gondel, wie man wolle. Dazu gab es Fladenbrot, so gebacken, wie es sein sollte, aus einem Teig, der dünn wie ein Ohrläppchen war. Ihm sagte ihre Aufgekratztheit zu, in der eine süße Hilflosigkeit lag, die ihm entging. Sie aß, was er ihr empfahl: *Iman fiel in Ohnmacht*, seine Leibspeise: gebackene, öltriefende Aubergine als flaches Boot, darin buntes Gemüse. Sie schlossen mit zuckrigem Tee, der rubinrot

in kleinen Tassen leuchtete, den sie heiß tranken, den sie die Kehle hinunterfließen spürten und der Flüssige Küsse hieß. Beim Gehen stand die Gaststätte in versammelter Mannschaft lächelnd Spalier.

Während der Fahrt schwiegen sie. Die Stadt nahm sich, mit den Laura unvertrauten Wegen, die Dursan fuhr, fremd aus. Dann fragte er, als sie einmal im roten Licht einer Ampel hielten, ob sie sein Apartment sehen wolle. Er bewohnte nichtssagende sechzig Quadratmeter mit niedriger Decke und beigen Allerweltsmöbeln, was sie entmutigte: war doch ein Strandhaus sein heißer Plan gewesen, als er noch jung war und Sporen hatte, ein Haus, in dem Wind und Kind spielten und Tiere und in das die Gischt hineinsprühte und hereingrüßte ein Blau, für jeden täglich immer ein anderes Blau! Jetzt glich er einem Gefangenen seiner vergangenen Pläne.

Während er Drinks mixte, legte sie Musik auf und schaute sich dann um: eine Deutschlandkarte hing über einem behelfsmäßigen Schreibtisch. An die Wand gepinnt hatte er auch einen Mutmacherspruch: »Man muß immer wieder das Unmögliche wagen, um das Mögliche zu erreichen.« Sie kannte diesen Hermann Hesse. Dann ging es weiter mit Bildern, Amerika-Alben. Am Strand von Miami stand er an eine Palme gelehnt. Er nahm die Palme zum Hut und grüßte mit einem satten Lächeln im Gesicht. Dann stand er frei vorm Horizont. Er mußte imponierend ruhig geatmet haben. Er lächelte noch immer groß und sattelfest. Er gab sich Parfüm mit der Frische der Brise und holte sich Bläue unter die Arme. Spuren von Wellen lagen in den feinen Sand gezeichnet. Er saß in einer Bar vor einem Cocktail. Palmwedel fächerten ihm Luft zu. Ein sonniger Boy, dem das Blau und die

Weite und die Luft gut standen, saß er auf einer Terrasse, leger den Arm aufgestützt. Mädchen flanierten. Männer spazierten. Mädchen aalten sich und warfen ab und zu einen Blick auf die Flaniermänner und auf smarte Surfer, die Akzente in das Saphirblau setzten, das Dursans Horizont auffüllte. Immer blickte sein kantiges, adrettes Gesicht dunkel und direkt auf einen zu. Flaggte es nicht aus seinen Augen? Sein dichtes Haar wölbte sich auf der einen Seite kräftiger in die Höhe als auf der anderen, was ihm eine Asymmetrie beibrachte, die sie apart nannte. Auch jetzt noch trug er wie unter der amerikanischen Sonne unauffälliges Gold um den Hals, das sie ihm abnehmen würde, denn sie mochte auf kein Hindernis an seinem Körper stoßen.
Sie saßen sich an einem niedrigen Glastisch gegenüber, dessen Beine in stilisierte Raubtierkrallen ausliefen. Sie bereute ihre Zunge, die ihm erzählt hatte, wie weit sie mit ihren Studien gekommen war. Er erinnerte sich an einen Lehrer, der ihn, seinen besten Schüler, hochgehoben hatte. Er sei ein Kind gewesen, das auf den Schrank geklettert sei, um ungestörter nachdenken zu können, ein Dreikäsehoch, der seiner Mutter erklärt habe: Wenn du etwas nicht verstehst, dann frage mich nur. Wenn du zum Beispiel die Sterne am Himmel nicht verstehst, dann frage nur.
Als er wissen wollte, ob sie keine Angst mehr habe, wußte sie, woran sie mit ihm war. Endlich nahte erneut die große Sicherheit, in der sie sich wieder wiegen würde, als wäre sie unverletzlich und unglaublich. Endlich wieder würde sie ihren Körper in einen anderen hineinarbeiten können und so eine große, gegen alles gefeite Faust bilden.

Angst!? Angst habe sie gehabt während Überfällen auf sie. Vor Jahren hatte sie am hellichten Tag ein junger Mann mit dunkler Brille angehalten, um sie nach dem Weg zu fragen. Sie hatte ihren Stadtplan wie eine Picknickdecke auf die grünen Rasenwellen der Avenue Foch ausgebreitet, um ihm eine Pariser Straße zu suchen, die gar nicht existierte, bis sie dann die im Sonnenlicht blitzende Klinge von einem Messer an ihrer Halsschlagader spürte. Er wollte sie an einen bestimmten Ort führen. Mit mehr Glück als Verstand war es dann gerade noch einmal gut ausgegangen. Sie hatte einen Polizisten an einer Ecke stehen gesehen, um Hilfe gerufen, und der Übeltäter hatte sofort Reißaus genommen, der Polizist rannte hinterher. Und vor Monaten erst hatte sie in schmutzig beleuchteter Straße ein Mann von hinten überfallen. Er hatte ihr die Hand vor den Mund gepreßt, mit der freien Klaue die Kehle herunter abgesucht, hatte im Halsausschnitt herumgewühlt, hastig nach einem Brustbeutel gegrabscht, hatte ihr den Rucksack vom Rücken gerissen und sie ins Gebüsch gestoßen.

Es war absurd, an Clavigo zu denken, der von den gewöhnlichen Menschen gesagt, daß sie sich ängstigen, wo ein großes Herz kein Furchthauch streife.

Sie stand auf und schickte sich an zu gehen. Er stand auch auf. Wie indiskret sein Körper ist, ging es ihr durch den Sinn. Er kam auf sie zu. Sie blieb stehen, rührte sich nicht, blickte ihm nur entgegen. Wieviel Raum er einnimmt. Er näherte sich ihr immer mehr. Wieviel Raum er einnimmt. Er hielt sie mit dem Blick fest. *Er hat etwas von einem Pascha, natürlich.* Er packte sie sanft im Nacken und hievte sie in den Stand, daß sie ihm nur

noch eine Handbreit entfernt gegenüberstand. Sie taten nichts als sich unverwandt ansehen, sich deutlicher anatmen und die Spannung steigen lassen. Dann preßte er sie an sich. Er nahm die Musik, die miefige Luft und seine Hitze und massierte sie damit ein. Er wiegte sie in die lässigen Melodien ein. Wie dicht alles wird. Sie verlangsamten sich und begannen ihre schmiegsamen Erkundungen. Sie hielten sich noch eine Weile im Stehen. Dann setzte er sich auf die Bettkante, holte sie in einem energischen Ruck zu sich herunter, daß sie rittlings auf seinem Schoß saß. Es gelang ihr, sich ein wenig loszumachen und auf seinen Knien zu balancieren. Da spreizte er seine Beine und ihre mit, wobei sie ein wenig zwischen seinen Knien absank. Sie spielten Akrobaten, waren aber nur Andeutungen. Später fand er sich voll besetzt: ihre Oberschenkel lagen ganz auf. Die Haftung war satt. Dann rückte sie wieder an und saß ihm mit einem Schlag ordentlich im Schoß.
Sein Körper federte ihre Bewegung ab und spielte sie ihr zurück, als zeichne er ein rhythmisches Muster. Bald verankerte er sie und manövrierte ihren Oberkörper so, daß er einen Trichter beschreibe. Sein sicheres Lenken erlaubte ihr, sich in die Kurven zu legen. Sie verspürte einen Kitzel danach, aus seinem Schoß hinausgeschleudert zu werden. Wie hatte sie eines Opernabends zusammen mit Alvaro den Tänzer Denis Bilache bewundert, als er seinen Körper mutig in den Raum geworfen hatte, herrlich und ohne Furcht gewesen war, als er den Raum aufgeschlungen hatte in seiner Tanzgier, glücklich, herrisch und überlegen, weil sein Geheimnis der Boden war, auf dem er, ein Antaeus, schnell immer wieder festen Fuß faßte, der Boden, der ihm alles gab,

der ihn zu alles mache und zu nichts. Der Boden, der ihm nicht wie ihr blaue Flecken einbrachte. Vor Denis Bilaches Tanz erschrak man vor seinen eigenen kleinen Gesten, kleinen Gedanken, kleinen Zielen, seinem Leben voll Ängstlichkeit und ohne Majestät.
Lauras Kopf fällt in den Nacken, Haar schlenkert nach, sie fürchtet nicht, das Gleichgewicht zu verlieren, sie wünscht es. Fest verankert sitzt sie ja. Behende werden sie, beschleunigen. Der Krater, den er mit ihrem Oberkörper umschreibt, verengt sich mit zunehmender Geschwindigkeit, wird schmaler und steiler, bis er aufhört. Doch damit endet es nicht, sie beenden sich noch lange nicht. Sie fühlt sich ein in die ihr zugeschnittenen Figuren. Biegevermögen legt sie an den Tag. Ein kräftiger Schwall, so steigt ihr Rücken im Halbbogen aus seiner Mitte. In die Arme läuft ihr Rückgrat aus. Es gehört nur wenig Übung dazu. Ihre Gefühle haben alle Farben. Dort, wo sie anfängt, liegt heißes Gold, dort, wo sie endet, ist heftige Höhe und nah der Sturz.
Ganz griffig gerät sie in seinen Händen, griffig ist sein Körper in ihrem, als seien ihre Körper Hände. Es wühlt in ihr auf. Bald glänzt ihre Haut wie von Lack überstrichen. Glitzerkugeln sind die Augäpfel, auf die sie sich über einen highwayflachen Oberkörper hin zuduckt. Manchmal geraten sie in eindringliche Figuren. Dann hält sie ihn an, sie erstarren und verharren wie aus einem Stück gegossen. Oftmals liegen sie eine Weile still, lauschen einher, wollen sich nicht zurechtfinden, reden sich ein paar Gedanken von der Seele, weil auch diese noch nackt sein will. Sie horchen in die Nacht, hinaus, hinein ins All, bis sie wieder zu sich zurückkommen und er über sie gleitet, sich in sie einreibt,

sacht, gleichmäßig und so unaufhörlich, als wolle er es bis zu letzter Vollständigkeit tun. Sie kostet es aus.
Sie schaute in seine Augen, nahm sein bitzelndes Licht mit. Er ließ sie allein. Nach zwei Handgriffen – er zog die Überdecke weg und drehte das Licht so weit herab, daß ein heller Schimmer wie Patina auf ihrer Haut lag – war er wieder bei ihr. Sie hatte sich unwillkürlich wie ein Modell für Balthus gelagert und so ihn erwartet, auf dem Rücken, das eine Bein angewinkelt, das andere über den Bettrand ausgestreckt in jener lässigen Pose, in der Balthus seine Modellmädchen bevorzugt festgehalten hatte. In manche Gemälde hatte sie sich so vertieft, daß sie immer wieder erst unbewußt, dann mit bewußtem Genuß die intensiv wahrgenommenen Haltungen einnahm. Einmal hatte sie der Ressortleiter der Zeitung, in der sie Blut, Schweiß und Tränen gelassen hatte, gefragt, was sie denn die letzten zehn Jahre getan hätte. Haltungen von Menschen auf sich abfärben lassen, das wäre wohl kaum die Antwort zum Siegen gewesen.
Sie bat ihn, einen Moment einzuhalten, und fühlte heiß sein Gewicht auf sich lagern und wollte es als Karat auswiegen können. Eine starke Wärme breitete sich aus, die sie zu Hitze schürte, so langsam sie konnte.
Sie verstand ihren Körper von innen her, nicht im Spiegelblick. In dunklen Stunden wie jenen war ihr unmäßig leicht zumute. Nach langem war sie wieder angekommen, restlos, in einem Ruhepol, bei sich. In ihrem ureigensten Element wollte sie sich glauben. Sie tat, was sie besser beherrschte, als was der Alltag forderte: Treppen-, Flur- oder Türangelgespräche, Minutenplauderei, das Denken Zack auf Zack, auf ihren Vorteil bedacht sein oder entschiedenes Einkaufen. Sie konnte

das kleine Tägliche nicht gedankenlos sicher, konnte aber das größere Seltene mit einem Atem, der stockte, mit einem Mund, der sich öffnete zu den Augen. Sie tat es mit Lust, ohne Hemmung, ohne groß Kopf. Sie zerlachte ihre erregte Freude an ihm herab. Ihr Lachen würde er vermissen, züngelte er ihr ins Ohr. Es schnalzte, und sie hörte Meer klatschen.
Er ging sie immer erneut mit gleichmäßiger Geruhsamkeit an. Er brachte ihrem Körper seinen Rhythmus bei, der von Kraft voll war, aber ohne gewaltsame Stöße auskam. Sie ließ ihren Körper zunächst widerstandslos sein, daß sich das Muster seiner Bewegungen in sie präge wie in knetbare Materie. Dann erwiderte sie ihm's. Er besorgte, er nahm. Sie waren ungehörig. Er gab sich alles, was sie in dieser Nacht besaß. Er verabreichte sie sich ganz. Er füllte sie mit einer wohligen Leere.
Einmal packte er sie an beiden Handgelenken, zog sie an den Armen ein Stück nach oben, nagelte sie an der Wand fest und servierte sich ihre Brüste. Er brauchte ihren Körper nicht erst zu lernen. Mit Instinkt und stumm ging er vor. Im Kuß die Hüfte herab bis zur Kniekehle zeichnete er mit seiner Zunge Mäander den Oberschenkel entlang und maß die Länge ihrer Beine in langsamen Zentimetern. Er gab ihr so ihren Körper wie nie gekannt zu erfahren, denn sie ging mit ihm den Mundweg, ging mit ihm das kühle Kitzeln hinab, das er zurücklegte, vollzog ihn, als er seinen Kuß über ihren Körper hinunterübte.
Ihr Atmen ging nie wüst, auch nicht, als ein Kreisen ansetzte, als brächte er ihr das Bauchtanzen bei oder auch nur, als sollte sie bloß einen Geschmack davon bekom-

men. Sie erlaubten sich nicht alles, was Lust gab. Sie hatten sich stillschweigend Regeln gegeben und verbaten sich das Ordinäre. Als sie den Absturz zu den traurigen Tieren nahen sah, scherte sie aus und drang in ihn, sich einen Eisberg vorzustellen, auf dem er reite. Der Weg der beiden war lang, und lang dauerte auch das Ziel an. Bis in die Knochen fuhr er ihnen dieses Mal. Rocketmann tauften sie ihn kitschselig, als er sie mit geladenem Schub für einen Moment endgültig aus allem riß, was müde, nüchtern, grau, unbewußt und dimensionslos macht. Der Klangfall ihrer Laute war ein Echo der souveränen Kraft, die einen Körper durchströmen kann. Großzügig war noch immer das Platzangebot, das sein Körper bot. Längst noch hatte sie nicht alle seine Orte erschlossen, seine Unzahl Nischen besetzt, seine Aufregungen heraus. Sie konnten einander kaum satt kriegen, und keiner wollte in den Schlaf, den anderen verpassen. Weiter und weiter taten sie sich Jas an. Einmal meinte er, daß sie die französische Art wohl nicht möge. Sie verstand ihn nicht. Er antwortete nicht, sondern strich ihr mit den Fingern über die Lippen, öffnete ihr die Zahnreihen und drang vor. Im Reflex, nicht anders, als wenn ein Arzt mit seinem Hämmerchen aufs Knie klopft, begann ihre Zunge das Umspielen. Er hatte sie aufgefordert, woraufhin sie eine gewisse Bereitschaft gezeigt hatte. Würden sie sich Neins antun? Noch hinderte sie ein Widerstand, ihm ein Gleiches zu erwidern, als sie übereinander lagen, wie man manchmal, etwa, wenn man auf Reisen geht, zwei Schuhe ineinander packt, damit es ordentlich ist. Dann tue er ihr wenigstens ein anderes. Was ihr nichts ausmachte, denn es war ja auch nur ein Jein, und es schadete nichts, weil sie es durch

eine Proustverfilmung sanktioniert fand. Marcel stand vorne im Bild. Vor ihm in der Tiefe der Aufnahme hielt sich auf einem Bettlager auf allen vieren eine Edeldirne bereit. Auf ihrem Gesäß und Rücken türmten sich Spitzenröcke, Rüschen, Bänder. Daraus hervor lugten Augäpfel dem glitzernden Marcel voyeuristisch zu.
Am vollständigen Ende lastete Dursan schwer auf Laura. So meinen Grabstein, wünschte sie ohne den geringsten Reflex, sich so einen Wunsch zu verbieten. Erst als der Morgen dämmerte, vergingen sie in den Schlaf. Dann reiste sie ab nach Nordfrankreich. Sie umgab Dursan mit zunehmender Dunkelheit. Dämmrige Landschaft zog an ihr vorbei, und sie hatte das Gefühl, mehr Vergangenheit zurückzulassen, als in die verstreichende Zeit paßte. Sie legte Dursan bei in der Erde, in der sie mit immer größerer Eile ihre Vergangenen hineingrub. Ihr Sitznachbar, ein Rumäne, zog sie ins Gespräch und wollte ihr nach ein paar Stunden sein Rumänienland zu Füßen legen und seine Hand in ihre schmieden, wollte sein fernes, eigenes Dach ihr über den Kopf schenken. Sie entzog sich ihm, indem sie einen Brief an eine zurückgelassene Freundin schrieb, der sie alles mögliche Glück wünschte, Liebesglück jetzt, Mutterglück später, Berufsglück, Zukunftsglück, Gegenwartsglück, Eßglück, Anneliesisches Glück, Freundesglück, Albanglück, Juliglück. Dann schloß sie die Augen. Im Einschlummern fühlte sie sehr flüchtig und zart die schüchterne Hand Gabriels über ihre Brust streifen. Sie verriet mit keinem Zucken ihr Wachen. Es berührte sie wie das Wangenstreicheln jenes jungen, lang schon aus ihrem Leben vergangenen Vietnamesen, der bei ihr Deutsch hatte lernen wollen, den es dann

aber einmal überkommen hatte, wobei er vor seiner eigenen Geste so erschrocken war, daß sie sich nie wiedersahen. Nach ihrem ersten Kuß gefragt, sie würde die Hand des Vietnamesen nennen. Lange blieb sie zeitlos, sehr heil und sehr berührt.

6

In schönster Schreibschrift stand aufs Trottoir *Je t'aime* gesprüht, als sei ein Bekenntnis, eine Freude, ein Wissen der wahre Name der Stadt und der eigentliche Ort, an dem anzukommen sei. Laura fand in ihren neuen, französischen Tagen den Weg nicht mehr Schilderpfeilen nach, glücklich auf Grünlichtrouten durch eine Baustellenstadt oder mit Geduld um Geduld in zähen Staus. Zu Fuß war alles zu erledigen, während Autos Schildern folgten, die Alle Richtungen versprachen.
Für die Fußgänger gab es immer wieder Grüße. Man ging Laura nicht mehr wurstig um 'ne Haste-mal-Mark an, sondern bat sie nett um ein kleines Lächeln. Als ihr einmal eine zischende Zigeunerin einen Stoß in die Rippen versetzte, verscheuchte alsbald ein Passant mit einem freundlich überraschten Hoppla ihr Schlechtwettergesicht.
Auf Schritt und Tritt begegneten ihr junge Menschen. Sie nahmen überhand. Wohin sie sich wandte, traf sie auf junges Haar, junge Augen, junge Füße. Schlaksige Halbwüchsige und Schüler in Pulks folgten Mannequin-Mädchen, die Fußgängerzeilen auf und ab spazierten. Gepflegte Studentinnen mit seidenem Cachenez, schmucklosen Ohrringen, blauem Blazer und Plisseerock wurden von Lehrlingen überholt und wurden von Lehrlingen manchmal höflich angesprochen. Frohsinnige Leutchen strömten an Samstagen in die Musikabteilungen der Kaufhäuser. Turtelnde Pärchen bevölkerten den Brunnenrand auf dem Großen Platz

inmitten der Stadt. Bunte Teenager, strahlende Ados und glänzende Twens zogen quer über das Areal weg. An sonnigen Tagen neigten Jünglinge ihre zarten Köpfe unter die blassen Kinne von aufrechten Mädchen und waren ganz Gefühl vor flämischen Barockfassaden, die vor Schmuck überbordeten. Und noch vor Betonverschalungen, die auch alles verschandeln wollten, was in ihre Nähe kam, waren sie ganz zart und ganz klar.
Kein Ausweg öffnete sich in diesem Labyrinth Jugend als der, sich anzupassen. Sattere Lächeln setzte sie auf, und mehr Freundlichkeit trug sie im Gesicht. Es war die Stadt, in der sie das Vokabelkürzel BA, Bonne action, lernte. Eine gute Tat pro Tag nahm auch sie sich vor. Sie verschlankte sich zu einer Fünfzehnjährigen. Sie gab ihre Herbstgestalt ab und wurde farbenfroh. Kaleidoskopischer kombinierte sie ihre Kleidung und geriet herausfordernder. Sie tanzte in Salsakellern, und an Sonntagabenden fand sie sich mit Tangotänzern inmitten des Schmuckkästchenbaus der Alten Börse zusammen. Da waren die Frauen Schmuck dem Tanz der Männer und gaben den Männern Ruhe, indem sie heftige Impulse abfederten, ohne sich aus ihrer Achse stoßen zu lassen. Manche tanzten wie Honig und waren klasse für die Tänzer. Und waren sehr gelassen, standen aufrecht im Oberkörper und ließen erst ab der ersten Rippe die Beine geschehen. Mit ihren Füßen zeichneten sie Spitze in die Luft. Manche waren vom Tango gebissen. Die Säulen der umlaufenden Galerie standen in einer Lache aus Talkumpuder. Es sah aus, als hätten die Säulen ein zartes Schleiergewand aus Steinstaub fallen lassen.
Auch einen Kurs in modernem Tanz belegte Laura. Und wenn man sie gefragt hätte, wie das Leben wäre, das sie

sich am sehnlichsten wünschte: Tanz. Es bestünde aus Tanz. Aufwachen und einen Tanz zu Ende tanzen, den der Traum choreographierte. Nachts vor Glück aufwachen, mit einem heizenden Körper aufstehen. Das Nachthemd aufs Parkett gleiten lassen und um das Mondlicht-Gebäck aus Charmeuse herumtanzen, den Duft des Mondgebäcks tanzen. Frühstück verzehren müsse wie Tanz essen sein. Dann im Tanz hinunter die Treppe, hinaus in die Welten, weit. Der Tanz selbst ist der Wegweiser. Immer in die Richtung, in die sie der Tanz bringt. Tanzend reden, denken. Geht sie Besorgungen machen, tanzt sie einen anderen Tanz, als wenn sie zur Uni muß. Mit rosafarbenen und hellgelben Plastikbeuteln propellern. Flirrende Stoffe tragen und solide, elegante Manelli-Schuhe für einen guten Ausklang der tanzenden Linie. Weit hinausdrängen und im Tanz die grünen Federwiesen kennenlernen, über Steine hüpfen, die Knie voran ins Blaue stoßen, leicht nehmen jedwedes Hindernis, springen, um rote Kirschen zu haschen, einen jauchzenden Körper haben. Singend mit anderen sprechen, wie in einen Chor mit ihnen versinken. Und zuletzt in Parkettsälen Tango schlafen. Lange Abendstunden Tangoschläferin sein. Und ganz tief im Abend aus der Hüfte eine Schleuder machen, die in schönem Bogen ins Bett wirft. So tanzte gestern Jimmy: alles andere war dabei tote Puppe, nur die Hüfte gab die Bewegung an.

Ihr verging die Zeit langeweilelos. Es kamen jedoch auch wieder Tage, die sie Soledad tauften, wie jener Julitag, an dem sie zum Einkaufen ausgegangen war, um weißes Porzellan zu erstehen, mit dem sie angehen wollte gegen das Dunkel in manchen Stunden. Auf dem

Boulevard der Freiheit führte ihr der Zufall jemanden über den Weg, der ihr am Vortag ein Lächeln vor dem Rot einer Fußgängerampel abgeluchst hatte. Als er anfing, Ray di Paduas Spielchen zu spielen, sie überholte und dann den Schritt einhielt, hatte sie ein Déjà-vécu-Erlebnis, das ihr für eine Sekunde die Orientierung raubte, dann sie aushöhlte und einen schalen, drögen Geschmack auf der Zunge hinterließ. Schließlich beherrschte sie Wehmut, und das Gefühl von Unwirklichkeit schwand. Eine einzige Losung, beschloß sie, sollte alles jetzt Kommende regieren: Einmal wieder königlich hemmungslos Jasagerin sein. Jas sagen, Jas tun und Jas bejahen. Und vielleicht Jas betrügen am Ende auch. Sie folgte dem jungen Fremden durch Straßen, die dreistöckige Häuser säumten, als ginge sie durch eine Spielzeugwelt. Dünne Leuchtröhren in bunten Neonfarben schrieben Verzierungen über die Fassaden hin. Sie trat nach ihm in eine Eckbar, in der noch keiner ihrer künftigen Studenten ihnen entgegensah. Alles war noch angenehm unbekannt. Sie nannte sich Mina. Sie redeten sich ihre Wörter elektrisch, ihr Atem wurde heiß und die Gesten schwanger. Die getönten Spiegel ringsum verdoppelten sie, erwarben ihnen größeren Raum und einen Zuwachs an Dimension. Er zahlte, während sie einen Moment verschwand. Dann legte er seinen Arm um ihre Hüfte und führte sie durch eine mittlerweile bunt belebte Nacht. Lange gingen sie unter Laternen, die in Zweimannshöhe dicke Blumenringe zur Schau trugen. Schließlich traten sie über eine Schwelle in ein Haus. Sie fanden genug aneinander, um der abendlichen Stunde nachzugeben. Er sagt, sie solle sich nicht vom Fleck rühren und die Augen schließen.

Er kommt zurück mit einem Gong, der so groß ist wie ein Caféhaustisch aus Marmor. Er hält ihn ihr vor den Bauch und schlägt darauf. Ein dunkler, satter, fast pelziger Ton breitet sich deutlich spürbar in ihrem Körper aus. Er fährt mit dem Gong längs an ihr hoch. Der Gonghall wandert mit, steigt ihr in den Kopf. Sie fragt nicht, wozu der Gong dient. Dann finden sie sich unter einem Schwert, das über seiner Scheide an der Wand befestigt hängt und allnächtlich ankreuzt, wo er schläft. Es sei aus seiner Heimat, sagt er von dem Schwert. Sie sei sehr süß und sehr fest und sehr anders, sagt er von ihr. Sie hatten sich glücklich in der Hand und besaßen sich selbst mehr als zu den hellen Zeiten. Winoc mußte sein Name gewesen sein.
Erst zur Zeit der großen Heimkehr in den frühen Oktobertagen würde Laura an der Universität lehren. Zur Überbrückung der verdienstlosen Wochen suchte sie Arbeit, fand aber nur ein Praktikum in einem Deutschlandhaus, weil jemand unvermutet ausgefallen war. Zunächst als fröhlich laufendes Mädchen für alles engagiert, bot man ihr schon bald die Organisation einer Luther-Ausstellung an. Den Techniker Dominique Lenormand bekam sie an die Seite gestellt. Hätte Chagall ihn porträtiert, eine Taube und eine warme Blume wären ihm in die Brust gemalt. In Dominiques Augen saß ein freundliches Zwinkern, das Nord-pas-de-Calaisianer weitervererben müssen wie längliche Nasen Federicos Spaniervolk. Dominique trug noch Bräune im Gesicht von einem Sommer, in dem er oft in die jodhaltige Meeresluft gefahren war, wo er seinen und anderen Kindern das Drachensteigen beigebracht hatte. Zuweilen hatte er den Delphinen zugeschaut, wie sie über die

Wellen sprangen, und war wunschlos dabei gewesen. An Dominiques abgewetzten Hosen und der Joggingkluft mancher Arbeitstage, die sie für ihn unvollkommen nannte, machte sie die Armut dieses nördlichen Landstrichs fest und erwarb sich eine Ahnung von Heimatgefühl. Er ging ihr immer öfter zur Hand. Geschickt flickte er den Riß in Luthers Auge auf einer Abbildung, die den Reformator an der Seite seiner patenten Frau Gemahlin zeigte. Dann überzog er das Paar mit glänzender Klebefolie und hielt es zur Begutachtung in Armeslänge vor Laura und sich hin. Er neigte es leicht in alle möglichen Richtungen, um ausführlich zu prüfen, damit aus keinem Blickwinkel das Reparierwerk sichtbar würde. Es mußte für beide Momente gegeben haben, in denen sie sich zugleich gespiegelt fanden. Dann ließ sich Dominique seinen Fuß packen und versuchte, das Gleichgewicht zu halten, während Laura ihm die Sohle mit weißer Farbe bestrich, um dann Fußabdrücke als Wanderspuren auf eine Karte mit Luthers Reiserouten zu stempeln. Sie wünschte, er würde sein Gleichgewicht verlieren und gut fallen. Er fiel nicht, sprang nicht zur Seite, stand aufrecht.
Manches Mal hockte er auf dem Boden. Sie ging dann in die Hocke, wollte nicht auf ihn runtersprechen. Über einem Plakat mit herrlichen Malediven seufzte er, daß einem doch das Herz in die Schuhe sinken könne, weil jeder Quadratmeter Erde bereits jemandem gehöre, so daß man nirgendwohin mehr einfach auf und davon gehen können, denn wo auch immer ein Mensch sich niederlasse, vergehe kaum eine Nacht, bis irgendein vermaledeiter Bodeneigentümer herangestürmt käme, wild herumfuchtle und den unerwünschten Fremdling ver-

treibe, bevor er auch nur ein Wort mit ihm gewechselt habe. Wo solle man hin mit seiner Fernsucht? Jeder Quadratmeter, der du bist, gehört bereits jemandem, schluckte sie hinunter die Wörter, die ihr auf der Lippe brannten.
Bunte Blätter gab's bei ihm. Tausend Farben bräuchte sie für ihren Ausstellungskatalog. Gewiß habe er tausend Farben. Sie möge sich bedienen, sagte er und wies auf das Fächerregal. Er blieb sitzen, drehte sich aber zu ihr hin. Im Hintergrund lief Serge Gainsbourg. Er habe viel Ähnlichkeit mit dem Sänger, das hätten ihm schon viele gesagt. Sie nahm die Stehleiter, um auch an die violette Pappe ganz oben im Regal zu reichen, und blieb auf halber Strecke stecken. Ob dieses kräftige Orange zur Jugendzeit Luthers passe? Nein, lieber einen zarten Pastellton für den Bub. O ja, hier, mildes Hellgelb sei ideal für die Schulzeit. Ah, dieses Mimosa! Da müßte man Martin direkt einen Lebensabschnitt hinzudichten für dieses Mimosa! Jetzt kommt die Jugendzeit, ein kräftiges Grün täte sich gut machen. Ein irländisches Grün, ein Flaschengrün. Ob er das habe. Da sehe sie es ja schon, wunderbar und sehr gut. Für die Kampfzeit allerlei zu parierender Anfeindungen sei dies Rot gut, aber gewiß nicht dieses fade Rot auf labbrigem Papier, fest und feurig müsse es sein. So etwas habe er doch sicher auf Lager. Es sei doch recht, daß sie sich keinen Zwang antue und nach Herzenslust und -laune herumstöbre. Le voilà, er enttäusche sie wirklich nicht. So, weiter voran zur Blütezeit, die Zeit der Bibelübersetzung, bestes Mannesalter, seins also, grinste sie. Was meine er dazu? Orange vielleicht, meinte er. Lieber sei ihr dieses Overall-Blau. Oh, welch satter Honigton. Der

ist gut für die Zeit, in der ihn seine Katha auf Arbeit besucht. Bordeaux als Hintergrund für Luthers kirchliche Schriften, das leuchte ein. Wenn sie DIN-A4-Format bräuchte, auch das habe er. Ah, die Ehe hatte sie vergessen, das Hochzeitspaar. Ist ja auch nicht so wichtig, so eine Ehe. Was ist schon eine Ehe? Eine dem Rosa verwandte Farbe, überlegte sie laut beim Suchen, kein Pink. Lilienweiß wäre gut. Oder Champagnerblond. Ah, was haben wir denn da! Sie zog ein Blatt marmoriertes Ocker heraus und wandte sich ihm zu. An seinem Gesichtsausdruck las sie ab, daß sie ihn amüsierte mit ihrem Stretchrock aus querlaufenden Spaghetti-Streifen da auf der Leiter, weil er zugleich mitsehen mußte die typischen Kaufladenszenen billiger Filme, Frau auf Leiter holt dem Mann im Laden was herunter. Sie streckte ihm das Blatt Papier als Sichtschutz entgegen. Ob er wisse, wie man das nenne? Er grinste. Nein? Also, Elefantenhaut sei das. Als ob Elefantenhaut so aussähe! Ob er ein Flugzeug daraus falten könne? Sie ließ das Blatt auf ihn zuflattern. Er mußte aufspringen, um es zu fangen. Er solle jetzt mal arbeiten und sich bewähren und sie in Ruhe suchen lassen. Sie entdeckte Blütenrosa. Er habe sogar noch mehr zu bieten, als er wisse, erklärte sie. Ob er sie höre? Klar, dieses leuchtende Weiß natürlich müsse es sein. Mon Dieu, wie wunderschön dieses Apricot sei, stieß sie einen Freudenschrei aus. Ein Gedicht. Ihr vergingen gleich die Sinne. Sie sei ganz weg. Das sei ja zum Leiterrunterfallen. Ob er auch bereitstehe? Im entscheidenden Moment? Er müsse sie alberne Liese heute entschuldigen, wenn sie falle und blöd sei. Man müßte Luther direkt einen Seitensprung erfinden, der mit dieser herrlichen Apri-

kosenfarbe untermalt werden könne! Und dieses Anisgrün, das Lavendelblau, und den Pazifischen Ozean und Parma habe er auch in seiner Werkstatt. Ein Menschenleben sei entschieden zu kurz.
Dann war es 12 Uhr. Sie legte sich zur Siesta hin. Während sie schlief, griff Dominique seinem Auto in den Motor. Er kam aus der Mittagspause mit Händen zurück, die er ihr unter die Nase hielt, um ihr auf die Sprünge zu helfen, weil sie so hilflos vor der fremden Vokabel stand. Der durchdringende Geruch von Petroleum stieg aus zwei narbigen und kerbevollen Mulden auf. Benzingeruch habe sie schon als Kind gemocht, sagte sie und nahm noch schnell einen tiefen Zug. Als sie die Augen wieder öffnete, bemerkte sie seinen steifen Daumen. Sie berührte ihn und fragte, ob er etwas spüre. Er verneinte lächelnd, erklärte, daß ein Unhold seiner Mutter Gift ins Trinkwasser geschüttet haben mußte, als sie ihn noch im Leib getragen hatte, als er noch gekrümmt und winzig gewesen war wie sein kleiner Finger, demonstrierte er. Es war übel gewesen. Er war mit einem sechsten Finger auf die Welt gekommen. Kurzerhand hatte ein skrupelloser Arzt ihm den zweiten Daumen abgehackt, so verbrecherisch, daß Dominique der verbleibende Daumen abgestorben war. Ein El-Greco-Finger, meinte sie. Danke, El Greco habe ihn gezeichnet, quittierte er mit leiser Ironie, ganz gegen seine Natur bitter. Aber dann fuhr er auch schon wieder witzelnd fort, er habe so lange Arme, daß er auf den Händen statt auf den Beinen gehen könne. Wie ein Affe. Sie solle ihn nur ja gut anschauen. Da hat er selbst sie dann lange angesehen, wollte ihr scheinen, als nehme er sie mit einem alten Fotoapparat auf. Ihre Augen waren gehetzte, gefangene Rehkitze.

Zum zweiten Mal in ihrem Leben ließ die Nacht sie schlaflos. Zur Eroberung ernannte sie diese weiße Nacht, die als Frucht einen Brief trug, wenngleich als Tribut die verscherzte Gelegenheit forderte, am Tag darauf im Rahmen eines Kolloquiums mit hohen Tieren um einen Fachpapst zu Mittag zu speisen. Am Ende ihrer Nacht standen Worte, die sie statt Schlaf geworden war: *Dominique, ich will nicht wissen, wie Dein Haus ist, wo es ist, was es ist, warum es ist, nicht wissen. Ich will Deinen Beton nicht berühren, Deine Stiegen nicht steigen. Ich will nicht wissen, wie Deine Frau ist. Auch Dein Kind nicht hochheben, herzen, küssen müssen. Dein tägliches Brot nicht schmecken und Deinen täglichen Zucker nicht essen, kein Wasser mit dir teilen. Aber hält Dein Blick erneut einmal in meinem Gesicht an, will ich leise sein und sehr tief, sehr langsam einatmen und das Gesicht in gedehnter Zeit nach oben kehren und zurückneigen und dann zurückfinden wie von weit her zum aufrechten Profil.*
Daß ich bis ins Weiß meiner Augen erröte! Bis ins Weiß meiner Gedanken, gar bis in den Schatten meiner Gedanken erröte ich, bis zum Niederwerfen auf die Knie! Ich entkomme mir nicht: die Nägel meiner Zehen, rot, auch sie. Ich liege und bete mit den Füßen. Ich liege und bebe und atme groß, daß die Welt doch stille stehe. Ich liege, und es durchläuft mich ein Zitterschauer. Er ist wie ein inwendiges, verkehrtes Streicheln. Das passiert, statt daß ich mit meinem Körper, den Du auszeichnest, Luft röte.
Auf jedes Wort, das ich sage, weißt Du eine Geschichte, und ich werde sangfarben dabei. Zu jedem Gefühl, das ich habe, wagst Du keine Geschichte, und ich gehe zugrunde dabei. Tränen habe ich kalte, die reih' ich auf Schnüre, die

fesseln mir Ketten um den Hals, die drücken mir die Luft ab, die laufen ums Handgelenk, die schnüren mir die Taille ein, die schneiden zwischen den Zehen in den Fuß. Sag, wer läßt es nicht zu, daß ich Deinen Daumen mit Glut im Atem berühre, damit Leben drin sich rege, damit er wieder wäre. Wie unerträglich ist das Verlangen, mit Dir in die Intimität zu gehen und weit darin fort.
Als wir uns einmal in die Augen blickten, zerrann Abstand, und eine unmögliche Welt entstand im Karree, wie eine Quadratur des Kreises. Unsere Augen haben sich schon geküßt, unsere Körper sollen das Recht dazu nicht haben? Wen es viel verschlug, von einem Ort zum andern, o wie geschickt weiß er sich Bauten zu errichten aus dem, was ein anderer Mensch ist. Wie selten aber ist ein anderer freiherzig dazu da. Und Du rätst mir, man solle leben, als habe man morgen zu sterben, und sich ein Haus bauen, als hätte man ewig zu leben! Du läßt es nicht zu, daß nur einen Moment lang Vergangenheit und Zukunft nichts zählen und nur die Gegenwart zu ihrem Recht kommt, fordert und erhält, was sie verlangt.
Lieber Gott, ich bitte Dich, laß mich schlafen. Lieber Gott, ich bitte Dich, laß mich lieben. Lieber Gott, ich hasse Dich, laß mich lieben.
Ihre Zeilen, fand sie, vertrügen kein Tageslicht, und sie behielt den Brief für sich. Dominique hingegen händigte ihr am Tag nach ihrer weißen Nacht ein loses Blatt aus: … Sie sind arbeitsam und schüchtern, neugierig auf Bücher, unruhig in Gesellschaft anderer. Zumindest kommt es mir so vor. Bücher kann man nach Lust und Laune öffnen und schließen, aufräumen, vergessen, wenn sie banal sind … Mit den Menschen ist das anders. Manchmal öffnen sie sich so stark, daß einem schwindelig wird. Manchmal sind

sie zu verschlossen und unzugänglich. Die Menschen und die Bücher haben Gemeinsamkeiten. Ein mehr oder weniger beunruhigendes oder ansprechendes Äußere. Doch die wahre Geschichte verbirgt sich innen drin.
Manche mögen keine Geschichten, andere sind verrückt nach ihnen …
Stell Dir doch vor, damit Du Deine Scheu ein wenig ablegst, ich sei ein Buch. Kein Roman. Der Roman fordert eine gewisse Beständigkeit in seiner Entwicklung. Ich besitze eine solche Beständigkeit nicht. Ich lege auch keinen Wert darauf, ein zu intellektuelles Werk zu sein, das sich nur an spezialisierte Leser wendet. Ich wäre gerne leicht zugänglich, aber nicht, um in alle Hände zu fallen. Obwohl das angenehm sein kann, gibt es trotzdem Hände, in denen ich mich nicht wohl fühlen würde.
Es ist nicht leicht, ein leichtes Buch zu sein. Wenn ein Buch interessant ist, dann ist es leicht. Ich wäre gerne ein interessantes Buch. Aber ich will kein Nobelpreis sein. Ich will auch nicht zitierfähig sein. Das würde mich stören. Sowieso fehlen mir dazu die Fähigkeiten, also abgehakt. Hätte ich die Wahl, dann wäre ich eine Gedichtsammlung. Jedes Gedicht wäre ein Augenblick für sich selbst, getragen von einem Gemütszustand. Der Leser kann dann jene Gedichte auswählen, die ihm gefallen, kann sie lesen, wieder lesen oder auch nur überfliegen. Einige Gedichte liest er nur, um sie zu kennen. Was für eine Freiheit für den Leser! Mir gefällt der Gedanke, daß der Leser frei ist und sich wohl fühlt. (Umso mehr, wenn er sympathisch ist.) – Voilà, ich möchte kein verschlossenes Buch sein. Bis bald.
Dominique fand, Laura sei zuweilen arg nervös, und er riet ihr, sie solle einmal alles in Zeitlupe verrichten. Sie beherzigte seinen Rat. Sie kam an in Röhrenröcken, die

mit ihrem Saum eng um die Knöchel liefen, und erklärte dies als Trick gegen weit ausholende Eilschritte. Sie kam an in Miniröcken und erklärte dies als Trick, unter den vielen Blicken, die sie so auf sich zöge, betont gelassen und locker Laufstege begehen zu müssen. Sie trug Wollpullis, die Juckreize auslösten, und erklärte: wenn sie sich nicht bewege, kratze die Wolle auch nicht. Und jedem Wort, das sie aussprach, gab sie großzügig Zeit.

Laura wurde mit einem Nebenauftrag betraut. Sie sollte aus Staeck-Plakaten eine Auswahl treffen, die auf Wanderschaft durch Schulen gehen sollte, bestimmt, jungen Menschen, die dealen, Autos abfackeln, ihren Lehrern das Messer an die Kehle setzen, den Sinn für den Schutz und Respekt ihrer Umwelt zu wecken und zu entwickeln. Dominique zimmerte einen Koffer, in dem er die Schautafeln auf den Millimeter paßgenau verstauen konnte. Sie verfiel darauf, die Plakatauswahl so zu treffen, daß es leicht sein sollte, eine Geschichte zu erzählen. Dominique müsse ihr den Schüler machen. Er nahm die Sache ernst und brachte ihr ein paar Tage später seine Geschichte, die er in großen Wörtern auf Kartons gemalt hatte. Er erzählte von einem modernen Napoleon. An einen solchen Helden habe er denken müssen beim Anblick von C. D. Friedrichs Rückengestalt von einem Manne auf einem Berg vor neblig zugerauchter Landschaft, aus der einzelne Fabrikschlote in den Himmel ragen. Als junger Mensch krempelt Napoleon die Ärmel hoch, engagiert sich politisch und will die Menschen verbessern. Doch allzu bald wird der Wackere korrupt und ungefährlich für die Welt. Nicht mehr ein ungreifbares Ideal schwebt ihm vor, sondern bei Frauenfleisch will er zugreifen. So tritt er in Aktion, schaltet fiesest seinen Freund aus, um an dessen attraktive Mieze zu kommen, eines Atomkraftmagnaten Tochter, erläutert Dominique Monets Frühstück im Grünen, das Mercedes und Coca-Cola-Dosen verschandeln. Er ergattert, was er begehrt. Die Hochzeitsreise geht im BMW nach Spanien an einen Dreckstrand, an dem tote Robben sonnenbaden, die ein Schmutzmeer unaufhörlich anschwemmt. Als trauriges Logo der Mißidylle hält ein »Ölprinz«, ein Vogel im ölverklebten Federkleid, Mahnwache. Zwar sterben Wasser, Wälder und Tiere, doch: »Hurra, wir leben«, rief Staeck auf seinem Plakat. Doch lebe Napoleon, bedauerte Dominique, und sterbe so, daß seine Enkel noch in zehntausend Jahren an ihn denken, denn eine Tonne mit radioaktivem Abfall setzt ihm einen Grabstein in abendrötlich glühender Landschaft. Herr Napoleon ward schmutzig im Kopf und lebte in einer zunehmend verdreckten Umwelt, der, die er verdiente.

Als er mit seiner Geschichte zu Ende ist, lehnt sich Dominique in Erwartung ihrer Geschichte zurück und nimmt unbewußt die Haltung eines der schwarzen Monet-Herren im Grünen ein. Sie weist ihn darauf hin, indem sie sich selbst zurechtsetzte wie die nackte Dame. Bewegung für Bewegung justiert sie sich auf der Suche nach möglichst viel Identität und begleitet sich mit Kontrollblicken auf Dominique und das Staeck-Plakat. Auf die Schnelle falle ihr nur eine Geschichte von Romeo und Julia ein. Die beiden tanzen auf Staecks Müllberg, der dem Kölner Dom bis an die Nase reicht. Der Berg stinkt, es macht ihnen nichts aus. Der Berg beginnt zu rumoren, Giftstoffe entweichen. Das Gasgemisch erzeugt Explosion, die das Paar auf eine Insel in die Malediven schießt. Das sei der Schuß-Schlußpunkt. Sie bricht ab und lacht sich schief aus für ihre herzlich schlechte Geschichte. Dank Dominiques Erzählung verfaßt sie dann Lehrerhandreichungen mit Anregungen, wie die Ausstellung im Unterricht genutzt werden könne: Erzählen Sie eine Umweltschutzgeschichte, eine Liebesgeschichte oder eine das Thema absichtlich verfehlende Geschichte.

Dann war schon wieder Mittagspause und schon wieder der letzte Wochenarbeitstag. Als sie auf einem der Tableaus die Lebensstationen Luthers auf einer Karte markierte, fragte sie Dominique, ob er ihr als Stempel dienen wolle. Er besorgte weiße Farbe. Sie kniete sich auf den Boden und strich ihm das Weiß auf die Sohlen. Dann packte sie Dominique am Schuh und druckte Fußstapfen auf die Karte, die Luthers Wanderwege zeigte. Luther starb, wo er geboren worden war, was den beiden Anlaß gab, Luthers letzte Worte abzuwägen: Wer nicht fünf Jahre als Hirt gelebt, verstehe weder Vergils »Bucolica« noch seine »Georgica«; dem bleibe der Cicero verschlossen, der nicht zwanzig Jahre ein Staatswesen geleitet habe. Und die Heilige Schrift verstehe nicht, wer nicht hundert Jahre mit den Propheten gelebt habe. Dominique langweilte solche Weisheit sehr. Jeden Tag erzählt er ihr irgendeine Geschichte. Einmal ging es ihnen um ausersehene Menschen. Dominique erzählte Laura von einem Mann, der ein Loser war, bis zu dem Tag, an dem er einen Unfall hatte, dem er mit heiler Haut entkam. Doch seine Frau verliert ihr Kind. Schuldgefühle plagen sie. Er treibt sie ihr aus, indem er mit ihr eine Motorradfahrt unternimmt. Zuvor hatte er

ihr einen Sack in die Arme gedrückt. Er rast absichtlich gegen einen Baum. Sie kann unmöglich halten und retten, was sie in den Armen hält.
Jeden Freitag ging Dominique Lenormand mit dem Hausmeister Fabrice in einer nahen Kneipe Couscous essen. Diesmal lädt Dominique Laura zum Mitgehen ein. Auf dem Weg in die Eckkneipe begeistert sich Fabrice für hermaphroditische Schnecken. Wetten, daß es sie gibt? Liebe sei für die kein Problem. Weitere blöde Witze gibt er zum besten. Eine Straßenszene: Wie kommt es, Frau Dr. Dr., daß Sie, so mordsintelligent, so hochangesehen, so super gebildet, so bombenschlau im Kopf sind und, na was wohl, auf den Strich gehen? Glückssache. Haha, sagt Laura trocken. Fabrice hat einen zweiten Witz parat. Lauras Lachen hält sich in Grenzen. Fabrice versucht einen dritten Witz. Ein Araber klopft im Himmel an. Ob er probeweise das Paradies sehen könne. Aber gewiß doch. Man öffnet ihm die Pforten, und der Araber ergeht sich in seligen Gefilden. Bald jedoch packt ihn infernalische Langeweile. Er bettelt um die Hölle. Er darf sie sehen. Er darf in ihr wandeln. Teufelsweiber machen sich an ihm zu schaffen. Geiles Allerlei reizt ihn auf. Sulfuröses Herumgedufte vernebelt ihm die Stirn. Ihm vergehen süß die Sinne. Dann stirbt der Araber wirklich und – kommt in die Hölle. Aber, siehe da, Knochenarbeit erwartet ihn, malochen muß er, aber wie. Mit glühenden Heugabeln wird er angetrieben. Und die Moral von der Geschichte? Alles ist nicht, wie es ist, sagt Laura und bekommt Fragen ins Gesicht zurückgeblickt. Alles ist nicht so, wie es aussieht, erklärt sie sich deutlicher. Nee, Tourismus und Emigration sind zwei paar Schuh'. Die guten Witze vergaß sie.

Sie hätte wenigstens einen einzigen guten Witz erzählen können wollen. Alvaro hatte vor kurzem sehr gelacht, als ein Witz gerissen wurde: In einer Kneipe: Ein Handy klingelt. Ein Mann geht ran: Hallo? SIE: Hallo, Schatz. Die haben hier einen wahnsinnstollen Nerzmantel, der… ER: O.K, kauf ihn! SIE: Danke, Schatz! Übrigens, auf dem Weg hierher sah ich den schönen silbernen Flitzer, der … ER: Na gut, nimm ihn! SIE: Oh Schatz, ich liebe dich – ach ja, das Penthouse mit Blick auf… ist noch immer frei und … ER: Na gut, was soll's, nimm es. SIE: Oh Schatz, ich liebe liebe liebe dich. Tschüs. Der Mann holt tief Luft, legt auf, legt das Handy hin, dreht sich rum und ruft in die Kneipe: »Hey, wem ist eigentlich das Handy hier?«
Der Kellner servierte, und Fabrice machte sich mit Kutscherhunger über das Essen her, ging dann zeitig zur rufenden Arbeit zurück und ließ die beiden allein zu Ende essen. Sie fragte Dominique nach seiner Kindheit, seinen Bubenzeiten, seinen Anfängen danach. Als Bibelhausierer habe er sich versucht. Kein einziges Exemplar habe er an den Mann oder die Frau gebracht. Sie wollte die drei Dinge wissen, die er mitnehmen würde, wenn er mit seinem Augenlicht ins Dunkel müsse. Seine Tochter. Die Bibel nicht. Er legte die Stirn in Falten. Jedenfalls noch etwas, was ein Mensch nicht mit den Händen fühlen könne. Er reagierte leicht gereizt, als sie weiter in ihn drang, was nochnochnochnoch, und kam auf seinen Bruder zu sprechen, den Autowrackausschlachter in schwarzer Werkstatt, den er bewundere. Dann natürlich seine Frau Isabel, von der er erzählte, daß sie einmal sein Freund Renaud, ein Modefotograf, so abgelichtet habe, daß ihr ewiges Lächeln, das Domi-

nique schon fast nicht mehr habe sehen können, verschwunden sei, weil es Renaud doch tatsächlich gelungen war, Isabel zum Weinen zu bringen. Auch andere erstaunliche Ausdrücke habe der Fotograf ihrem Gesicht entlockt. Das Leben sei doch voller Überraschungen, dachte sie lapidar. Ob es wahr sei, daß man beim Zeichnen immer bergauf zeichne, wollte sie ihn auf ein anderes Thema bringen. Er wisse das nicht. Sie wisse nur, daß er bergauf geschrieben habe. Graphologen würden ihm bescheinigen, er sei ein Karrieremensch. Das Leben sei doch voller Unsinn.
Schließlich brachen sie auf. Die Mittagspause hatten sie überzogen. Auf dem Rückweg zeigte ihr Dominique ein Kesselhaus, das zu einer Hahnenkampfarena umgebaut worden war. Der Ort wäre kühl und zwielichtig. Ihre Köpfe könnten sich langsam einander nähern. Würde so etwas wie Liebe kämpfen? Dominique könnte sein Herz in den Augen tragen, und ein rötlicher Schimmer könnte in der Harzfarbe aufglimmen. Er könnte mit seiner unerhört großen Hand ihren Hinterkopf umpacken, sie unter seine Lippen ziehen und auf das in die Neige gelagerte Oval ihres Kopfs Küsse herunter absetzen. Er könnte sie mit seinen langen Armen mehrmals umschlingen, gar herab bis zu den Füßen umfangen. Er könnte ihr geben, was sie so zu wollen glaubte.
Außer den zwei Putzkräften bemerkte niemand ihr langes Ausbleiben. Dann war Dominiques Arbeitstag wie jeden Freitag schnell zu Ende, und als er am frühen Nachmittag heimfuhr zu Frau und Tochter aufs grüne Land, wünschte er ihr wie jedes Wochenende: Bis Montag.
Sie stellte die Ausstellung fertig, und man verabschiedete sie im Deutschlandhaus. Sie bekam ein Geschenk

ausgehändigt, das Dominique ausgewählt hatte. Später wurde sie nach Paris eingeladen, wo man sie zugegen wünschte, als ihre Ausstellung in einer Schule Premiere hatte. Aus einem Straßencafé schrieb sie: *Dir Dominique, die ersten Worte aus meinem neuen Füller, dem Enzo Varini, »Deinem« Abschiedsgeschenk. Ein Buch, man kann es besitzen, man kann sich, ist es ein gutes Buch, immer neue Schätze daraus er-lesen, Trost, anderes Erlesenes. Man kann ihm ein anderes Ende verpassen, ein zweites Ende anerzählen, das sein mag wie eine Heirat, nachdem man sich 15 Jahre kannte. Überallhin kann man es mitnehmen. Man kann seinen Kopf auf es niederfallen lassen, wenn man verzweifelt ist, und dann soll ruhig auch noch der ganze Himmel über einem zusammenstürzen. Wenn man es oft durchblättert, nimmt es an Umfang zu, weil seine Seiten weich werden, und dann zeigt es einen gelebteren Ton. Und berühren kann man es und genau wissen wollen, wie es sich anfaßt, auf jeder Seite, wenn man möchte, auf Deckblatt und Rücken gleichermaßen. In seinen Schoß kann man es legen, als würde ein Gemälde gemalt oder ein Akt gezeichnet. Man kann es auch unter den Arm klemmen, und wenn man unachtsam ist, läßt man es fallen. Dann kann man es aufheben und mit seinen Händen Glätte über die Eselsohren streichen. Und erneut kann man über jede einzelne seiner Seiten mit seinen Fingern streifen, ohne auch nur einen einzigen Millimeter unberührt zu lassen. Und in den glücklichsten Momenten liest man es mit den Lippen.*

Daß Dich meine Worte berühren, laß Dich meine Worte berühren, wie der Wind einer fünften Saison, unserer, die nie einziehen wird. Betrachte die Zeilen, die ich Dir schicke, als Material, um Erinnerungen einzupacken und gut zu bewahren. Weißt Du von denen, die Du mir gemacht hast? Du hast mich mit den Augen berührt, Du bist durch mein Augenlicht hindurch in mich hinein und hinunter gedrungen und hast mir Schwindel verursacht. (Ich fürchte, meine arme, Deine Muttersprache ist lächerlich unbeholfen.) Und in den Augenblicken, in denen wir inmitten eines Satzes, inmitten eines Gedankens, inmitten eines Begehrens – und auch wohl mitten in einer Angst – angehalten haben und aufgehört haben, wo sich nichts mehr bewegte und selbst unsere Gedanken sich nicht mehr rührten, wo wir einen Engel vorbeigehen hörten, einen und einen zweiten, da benahmen wir uns, als hätten wir die Macht gehabt, die Existenz, die Zeit, den Raum – sieh mir diese vielleicht zu großen Worte nach – anzuhalten, weil der Moment über gewöhnliche Dimensionen hinauswuchs. Wir waren wie Kinder, die sich die Hände vor die Augen halten in dem Glauben, versteckt zu sein und geschützt vor der Welt, als wir uns anschauten und alles andere ausblendeten. Wie bebte ich in den Tagen, die dann wie Überraschungskugeln kamen, mit süßen Inhalten und ohne Inhalte, nach erneuten heißen, verletzlichen Momenten, nach hehren, prekären Augenblicken, in denen ein ganzer dunkler Sommer heraufgezogen und aufgegangen war, rasch und unaufhaltsam wie die Flut. Doch keine kamen lange Zeit. Und dann kam doch noch einmal einer, und wieder war es so, daß wir einen Engel vorbeigehen hörten, und dieses Mal wollten wir ihn nicht vorbeigehen lassen, weil wir ihn erkannten. Und so gerne hätten wir miteinander gewetteifert, bebten danach zu ringen, mit Umarmungen es zu tun, diesen Engel vielfach zu umschlingen, um ihm auf diese Art und diese Weise menschliche Formen abzugewinnen und Existenz in seine deut-

lichere Gestalt einzuarbeiten. Doch wieder war es nicht ganz der Ort, nicht ganz die Zeit, waren wir nicht ganz die zwei Menschen dazu.
Wie oft haben wir Gespräche geführt, als würfen wir uns ein Wollknäuel zu, wobei wir uns umeinander bewegten wie zwei Kämpfer, und uns immer näher kamen, bis wir schließlich verheddert ins Gespräch und elastisch eingewickelt waren, eingesponnen wie in einen Kokon, so daß nur noch eine sprengende Kraft aus Mitten uns hätte wirklich freigeben können, aus der wir hervorgegangen wären, in eine Hoch-Zeit eingetreten wären im Zeichen eines schönen Schmetterlings. Ach, ich phantasiere ja nur.
Paris berauscht immer wieder neu durch seine schönen Menschen, festlichen Fassaden und Gerüche. Wo im Marais früher Patisserien Éclairs verkauften, gibt es jetzt Hüte, die Köpfe blühen lassen. Selbst tief im Winter stehen Marmortische noch draußen, und Menschen sitzen im Freien. Die Telefonauskunft meldet sich mit den Namen Stéphanie, Marie-Claude, Robert. Aber was soll Dir das? Was sollen Dir die Girlanden aus Laub und Licht von Glühbirnen, die Tunnel über den Passanten erfinden? Was sollen Dir die Straßen, die den Fußgängern heimelige Passagen bieten und sie mit nahen Himmeln überwölben, wo sie mit bunten, in einem Freudenaufsprung greifbaren Sternen durchsetzt sind? Sie dekorieren die Luft von Paris. Noch die Luft hat einen Ehrenplatz hier. Wie viele Küsse und Umarmungen müssen sich in ihr verflüchtigt haben! Wieviel muß sie bergen an geflüsterten Worten, wieviel letzte Worte auch und wieviel Nichts. Ah, was muß ich schwärmen und wehmütig sein. Ein Tannenbaum steht mit jeder Kolonne im Palais Royal vermählt. So stehen sie Parade, ein jedes Mal stehen sie Parade und stramm, wenn

ich zurück in mein Schlupfloch mitten in Paris gehe. Dann rieche ich mit den Tannen auch den Weihnachtswald meiner Kindheit und werde wundersam still und märchenschön klein dabei. Ein Atem weht an aus einer fernen Zeit und spielt in meinem Blut ein trauriges Lied. – Sag den anderen einen Gruß von mir – und auch den Rosen vor Deinem Fenster sag einen Gruß von mir.

Laura

Es blieb mit Dominique nur ein Anbruch.

7

Einmal war ein Abend im hohen Sommer sehr still und verwaist und sie darin sehr abendlich, und sie darin sehr vergeblich. Am Vortag hatte sie in Malo-les-Bains ein Meer gesucht, das sie innerlich weitete und die Sackgasse Dominique und auch ein Trauma, das sich mit ihrer Untermietergang in Friedrichshain anbahnte, für einen Tag vergessen machte. Sie hatte ein Meer gesucht, klares Glitzern im Meereswogen, doch nur Schlammtrübe gefunden. Sie hatte Sand gesucht, der rieselte, doch nur Drecksal war der Sand, den sie fand. Brackig, verkrustet und mit Häuflein aus Würmchenkot übersät nahm sich der Strand aus wie von einem leprösen Ausschlag überzogen. So war er geeignet für Alpträume, in denen überall aus ihrer Haut Maden hervorwimmelten. Sie hatte Farben besuchen wollen, die anstandslos Sommer waren, und nur graublaugrün versuppte Abtönerei gefunden. Sie wollte ein Pünktchen gewesen sein in einem Band aus schönen, bunten, fröhlichen Menschen, das sich an den weißen Gischtkräuseln im Wogensaum den Strand entlangzog. Vergeblich. Auf einen kurzen Moment Hochsommer hatte sie gehofft, auf Zündung, doch war sie Erstickungen begegnet. Es war ein Meer der Armen. Und wie arm wurde man selbst dabei, wie entreicht, mochte sie gedacht haben. Mechanisch war sie in den Nachmittag hineingewandert, vorbei an Bunkern, Grabmalen des Humanen, deren Trostlosigkeit sich ihr verschwistert und deren Tür- und Fensterlosigkeit sich ihr verbrüdert hatte. Sie war so

lange über den Sand hingelaufen, bis der Strand ihr vertraute Einsamkeit und endlich ein wenig Unversehrtheit hergegeben hatte. Und sie hatte dann doch noch den letzten Zug zurück in die immer noch junge und immer noch abendlich bunte Stadt genommen, die mit den seither geborenen Kindern ein wenig jünger und zukünftiger geworden war.
Sie wollte schon ihre Tagebücher löschen, aber wozu? Sie räumte auf, aber ließ bald die Arme hängen. Sie fiel mit den Schultern nach vorne ein, der Kopf fiel auf die Brust, sie ging in die Knie, nieder in die Hocke, fiel auf die Knie, fiel vornüber, fing sich mit den Armen aber noch auf, steckte den Kopf ein, umpackte den Hinterkopf mit kalten Fingern, zog ihn tief zwischen die Knie nach unten, presste die Augen zu, zitterte, konzentrierte sich ganz auf das kleine schwarze Nabelloch, als könne sie durch ihr eigenes Nabellöchchen hindurch aus der Welt verschwinden, wie ein Geist in die Flasche, die dann aufs Meer hinaus geschmissen werde, um eines unmöglichen Tags an einem Strand mit Meeresschloß angeschwemmt zu werden.
Sie begann einen Brief an sich selbst, um zu prüfen, ob sie reif wäre für den großen Abschied: *Ich habe keine Freude mehr im Leben, keine große, keine richtige, keine erinnernswerte und keine zu erwarten. Ich habe keinen richtigen Hunger mehr. Es ist wahr. Meine Früchte und mein Fleisch sind nicht mehr saftig. Es ist schrecklich. Der Kaffee am Morgen schmeckt nicht mehr, wie viele Meere Sahne und wie viele Strände Zucker ich auch hineinschütte, er schmeckt nicht mehr. Ich kenne keine sahnigen Weilen mehr und kein süßes Sein. Alles schmeckt hantig und kantig. Ich freue mich nicht mit Licht im Auge auf*

neue Kleidung, eine neue Frisur, freue mich nicht mit zusammengelaufenem Wasser im Mund auf Mahlzeiten nach Aperitifs. Ich will keine Drachen steigen lassen, keine Drachen an die Wand hängen, keine Delphine springen sehen, keine Fahnen mehr hochziehen. Ich will nicht mehr wählen und entscheiden müssen. Ich gebe nichts auf Gedanken, die mich vertiefen oder zu Ende gedacht werden. Redliches Streben von Menschenwichten finde ich lächerlich. Ich zähle keine Freunde. Ich habe es nie zu Feinden gebracht. Ich bin so oft wirr. Ich hänge müde und träge in den Tagen herum. Bin blaß wie die Katze am Bauch. Nur wenige Zeit täglich bin ich wirklich wach und viel zu selten bereit für alles. Ich bin so oft müde, so müde, so angemüdet so oft. Einmal fragte ich Alvaro, was er mache, wenn er müde sei. Schlafen, sagte Alvaro, und er bestach sehr mit seiner Einfachheit. Was soll ich jetzt machen, wo ich so lebensmüde bin? Soll ich es ganz einfach machen, schlafen, tiefer als alle, die leben?

Zu lange schon wurde meine Hoffnung auf Besserung enttäuscht, nur immer kränker wurde alles. Ich habe nicht mehr die Kraft dazu, zu ertragen, daß Hoffnungen sich zerschlagen. Wieviel ich auch schreie, es tut immer noch weh danach. Tränen habe ich keine mehr. Mein Leben: ein einziges Warten an Tausenden Momenten vorbei, gefangen in einem einzigen Harren, miesem Lauern auf das Große, das starke Erlebnis, das aufwühlende, umwerfende Gefühl, das noch nicht einmal anzudauern bräuchte. Vergebliche Anstrengungen habe ich unternommen, ihm das Bett zu bereiten, und jetzt: zu abgestumpft wäre ich, es wahrzunehmen, zu kraftlos, es anzunehmen, zu lustlos, es auszuleben. Ich bin nicht nur das schwarze Schaf in der Familie, ich bin es, wohin ich gehe. Aus der falschen Schoßpforte

bin ich in die Welt gekommen. Freunde enttäuschen mich und ich sie.
Hätte ich ein kleines Vermögen auf der Bank, es hielte mich vielleicht noch am Leben, so lange, bis ich es noch nicht einmal verpraßt, sondern nur irgendwie zu Ende gebracht hätte, einfallslos und dumm. Ich bin angefault im innersten Kern. Es muß arg um mich stehen. In meinen Gedanken stockt und in meinen Gefühlen weht immer zäher die Farbe Grau. Ich bin traurig wie die Steine. Wenigstens das weiß ich, daß die Steine traurig sind. Ich könnte ein Wort lieben: »Aschenblume«. Könnte ich das wirklich? Ach, so am Boden schon bin ich, bei den Steinen und Aschenblumen. Und lag so viel am Boden doch auch schon. Und lebte so viel am Boden schon. Und verging dort schon so viel. Was für ein Mensch wäre der, der mich aufrichtete? Wie soll ich da jetzt noch Höhen zerleben?
Gibt es denn den einen Menschen wirklich, den ich vielleicht glücklich machen könnte, wenn ich mit ihm in die Ehe ginge und Kinder zeugte, Kinder uns schenkte? Aber selbst zu versuchen, einen Menschen Federico statt den Tod zu wählen, habe ich nicht mehr die Kraft. Solange ich noch nicht … Ein Anruf unterbrach sie, Federico. Ewiger Federico, sagte sie tonlos. Wenn du wüßtest, in welchem Moment du anrufst. Ihr Geburtstag nicht, sagte er, den kenne er. Das passiert eigentlich nie, was jetzt passiert, dachte sie. Seit ihrem Heimflug hatte sie nichts mehr in Richtung zu ihm getan, als freundlich und unverbindlich am Telefon zu plaudern, als er sie im Abstand von Wochen immer wieder anrief, und ihm einen Brief zu schicken mit einem Foto, das ein Vogelpaar im El Retiro zeigte, das sich unter einer kleinen Fontäne duschte, während Blätter im Kreise einherschwammen. Klares

Wasser stand in einem flachen Bassin. Schatten zeichneten sich auf seinem Grund ab. Purpurfarbene Blumen faßten die Szene ein.
Aus Madrid rief er an und teilte ihr mit, seine Eltern seien für eine Woche weg, ob sie morgen ein Flugzeug zu ihm nehme, den Flugschein schenke er ihr, denn es sei einfach zu sinnlos, daß sie allein irgendwo da oben im Norden und er in Madrid älter würden, punktum, sie solle es sich überlegen oder besser solle sie sich es nicht überlegen, er kenne sie. Ob er es auch nicht bereuen würde, sie so zu beschenken, nicht immer werde glücklich, der schenke. Er wischte ihre Bedenken vom Tisch, sie wisse wieder einmal nicht, was gut für sie sei, und fügte hinzu, er werde auch die Zukunft tabu sein lassen. Sie bat sich eine Nacht Bedenkzeit aus.
Erneut nahm er sich Zeit, sie vom Flughafen abzuholen, und begrüßte sie mit einem vollen Strauß roter Rosen. Natürlich lud er sie zum Essen ein. Ganz gewiß war es ein Restaurant auf dem Paseo della Castellana. Er schob ihr Gabeln in den Mund. Selbstverständlich saßen sie auf erhöhter Terrasse im Freien. Menschenströme flossen nahe an ihnen vorbei. Sicher mochte man sich kopfüber in sie hineinstürzen. Sie fand ihn zweifellos unverändert. Immer noch beherrschte der kompakte Ernst von seinem Körper klar und deutlich auch sein Reden und seine Gesten. Er erkundigte sich nach ihrem neuem Leben. Es kam nicht viel von ihr. So erzählte er von seinem Chef. Dann führte er sie noch zu ein paar Sehenswürdigkeiten seiner Stadt, danach nach Hause, wo sie sich wohl geliebt haben müssen. Beim Einschlafen ließ sie all die Kosenamen, die er ihr je gegeben hatte, wie tierchengestaltige Wolken an ihrem inneren

Himmel vorüberziehen: cosita, pequeñita, pastellito, alemanita, animalito, tonta, bruja. Er legte ihr die Welt verkleinert zu Füßen. Vom Kosekitsch eingelullt schlief sie ein, ohne schrecklich ein Dasein zu fürchten, in dem man aus dem Leeren schöpft.

Zum Frühstück nahm er sie in eine Bar um die Ecke mit. Er zeigte ihr, wie man knusprige Stangen in cremige Schokolade taucht, und verzehrte vor ihren Augen und vor ihren Ohren genüßlich diese Mahlzeit, die für Tage voll Winter war, in denen der Körper ein Herd sein muß, will er in klirrender Kälte unterwegs sein. Oder die man spät in der Nacht ißt und gut danach schläft. Die Zeitungen quollen über vom Tod des Liebhabers einer Prinzessin. Auch er, bedauerte Federico, wäre gerne eine wandelnde Fete gewesen in seinem Leben. Wandelnde Fete sagten Paparazzi von dem Lover der Prinzessin. Er empfahl ihr ein paar Orte, die sie unbedingt ansehen müsse, und entließ sie in den Tag. Sie solle achthaben auf sich. Sie sah die Orte, die sie unbedingt sehen mußte. Sie blieb schön in den hellen Stunden. Sie gab acht auf die Stadt, wo sie schön war. Straßenfluchten, die sich jäh öffneten, übten einen Sog auf sie aus. Leuchtende Fassaden zogen sie an. Auf ihre Schaufensterbilder ging sie zu. Es gab ihr zu viele Menschen. Mit einem Hula-Hoop-Reifen um die Taille kreisend hätte sie durch die Straßen gehen wollen. Lange blieb sie in Cafés haften, und hängen blieb sie in Cafés lange fort. Eine Torerolanze en miniature, ein kitschiges Schreibutensil, das ihr ein Wirt schenkte, schrieb ihr eine Karte an Alvaro nach Berlin zurück: *Querido, es ist ein Gipfel, auf einem Vespino durch Madrids Nacht unterwegs zu sein, kühne Schlenker gefahren zu bekommen, zu rasen, laut zu*

sein mit dem Motor und laut zu sein mit der Stimme, die den technischen Lärm übertönt, als sei man nie zuvor jung gewesen und habe es nachzuholen. Drei Tage Türkismeer, blendend weißer Strand und dralle Sonne haben uns eine satte Rotbräune beigebracht. Wir sehen ganz prall gesund aus, in der Farbe wie Zwillinge. So sind wir von einer Bilderbuchbar zur anderen gezogen und haben tausend Tapas probiert. Wieviel Hunger ich habe auf alles. Ich bin glücklich. Flaniere viel durch adrette Straßen, und schmucke Museen sehen mich viel, und ich lasse es mir gut und ich lasse es mir besser gehen unter schönen Menschen, die griechisch markante Nasen im Gesicht tragen.
Madrilenisch heiße K/Gr-üße
Am Abend erwartete Federico sie vor dem Circulo de Bellas Artes und eilte ihr entgegen mit offenen Armen, in die er sie feste schloß, aus der heraus er sie schwungvoll auf den Rücksitz von seinem Motorrad hob. Sie wollte nicht wissen, wohin es ginge, was sie täten, war ihr einerlei. Er würde mit ihr das Hobby der Madrilenen treiben, sagte er: attraktive Mädchen auf schnellen Maschinen in schöne Bars ausführen und mit schnellen Tapas verköstigen und dann mit den raschen Mädchen in die nächste Tapabar sausen und, hola!-ciao!, schon waren die Pärchen wieder los, und sie waren beide auch so geschwinde Dinge bis zum Morgengrauen, und natürlich war es anstrengender als ein normaler Arbeitstag. Als sie vor einer roten Ampel warteten, gestikulierte ein Mann im Nachbarauto. Er deutete auf ihre Unterschenkel vor den Speichen, in denen sich ihr Rock zu verfangen drohe. Folgsam raffte sie den leichten Stoff über die Knie hoch. Groß wie ein Grinsen war das anerkennende Danke-Lachen des auf Ordnung bedachten

nächtlichen Autofahrers. Weiter ging es, Tapabars sammeln, schmuck darin sein und Anerkennungsblicke ernten. Federico bestellte für sie goldleuchtende Claras und pickte dazu glänzende Oliven aus riesigen Schalen in ihre Münder. Er beschaute die Menschen und musterte die Ausstattungsrequisiten, darunter Torerokostüme in Vitrinen, die er ihr beschrieb, als sei sie blind. Er hielt ihr gefüllte Tintenfischkeulchen unter die Nase und schob ihr schinkenbelegte Weißbrothäppchen auf die Zunge. Er fragte die Kellner, warum die Caminantes, Caminantes, die Bocadillos Bocadillos, die Tapas Tapas hießen, und er sagte es ihr. Er nannte ihr die Namen der Straßen und der Bars, in die er sie führte. Schließlich saßen sie in Korbsesseln auf der Terrasse der Estación d'Atocha und tranken sämig-süße Horchata. Im Rücken hatten sie das Leuchten einer rosafarbenen und hellblauen Zuckerbäckerfassade. Als sei der Architekt ein Himmelsliebhaber und ein Kind gewesen, ein Mädgen und ein Jüngelein zugleich, so hatte er ein rieselfreudiges Farbenspiel gestaltet, vor dem die Bargäste in ihren Sesseln eine schwarze Silhouettenkette bildeten, die das Licht ausgestanzt hielt. Dann kehrten sie heim. Die Eltern schliefen im Nebenraum.
Den Sonntag begann er für sie auf der Terrasse der Bar El Mirador in seinem Viertel. Es war ein sonnereicher Tag, und die Frauen liebten die kräftigeren Farben an diesem vollen Tag. Alle Madrileninnen waren schmuck angezogen und glänzten an Haut, Kleid und Haaren. Federico hatte Laura angekleidet: er hatte ihr einen Gürtel aus Falschgoldketten über dem Stretchkleid, das er ihr in Berlin geschenkt hatte, erst zu fest um die Taille geschlossen, dann zu locker, so daß die Kettenglieder

klingend aneinander rieben. Federicos Schwester hatte ein paar Kleidungsstücke beim Auszug nach ihrer Heirat nicht in ihr neues Leben mitnehmen wollen. Ringe, groß wie Papageienschaukeln, hatte er ihr noch an die Ohrläppchen geklippst. Er las ihr aus dem Wirtschaftsteil der Zeitung vor und plante den Tag voll: Schwimmbad, ein Ausflug mit der Drahtseilbahn, Restaurant, Kino, Bar. Ein Springbrunnen plätscherte. Er ahnte, nie werde sie sich odalisk am Rande von Springbrunnen auf köstliche Kissen lagern und üppig Siesta halten.
Dann schlug er ihr ein Mittagsschläfchen vor. Sie gingen in die Wohnung zurück. Er legte Musik auf und übersetzte ihr Cumbiagesang: Ich heiße Cumbia und bin Königin, wohin ich auch gehe. Es gibt keine Hüfte, die nicht loszuckt, wohin ich auch komme. Meine Haut ist braun wie das Leder meiner Trommel. Meine Schultern sind ein Paar Kastagnetten, die gerade die Sonne küßt. Im Hals habe ich eine Flöte, die hat mir Gott geschenkt. Ich schnappe mein Taschentuch und zünde Kerzen an. Ich würze den Ton und dringe mit meiner Stimme bis zum Mond und zu den Sternen. Da ich Königin bin, macht mir die Geige den Hof, verliebt sich das Klavier in mich, verfolgt mich das Saxophon und höre ich die Klarinette ganz nah im Ohr. Und das ganze Orchester feiert um mich her. Danach mußte er sie wohl wieder geliebt haben. Für seinen »Kohldampf danach« – wie er sagte – gab es nur eine Grapefruit, noch dazu nur eine halbe. Doch es war keine Zeit für mehr vor dem Kino, in dem Truffauts »El amante del amor« lief. Nach dem Film überraschte ihn ihr Gesicht, weil seine Entdeckung, die ewig geglaubte kleine Kerbe über der rechten Augenbraue, verschwunden war und

weil ihre Augen ganz unnatürlich blauten. Er maß ihr die Filmgeschichte an, nicht »Die Frau, die die Männer liebte«, vielmehr laute ihr Lebensstoff »Der Mann, der eine Frau liebte«. Das wäre eine Geschichte, in der von vielen Männerbekanntschaften einer Frau die Rede wäre, und nur der Mann, der diese Frau als einziger wirklich liebte, wäre mit keinem Sterbenssilbchen erwähnt. Der Mann hieße natürlich »Der Mann, der den winzigen Winkel in ihrer rechten Augenbraue entdeckte«.
Dann brachte er sie heim, kochte ihr, sah für sie fern, trug sie ins Bett, er trug sie wirklich ins Bett, schlief dort im Bett für sie, ließ den Morgen für sie kommen, weckte sie, machte ihr Kaffee, fuhr sie zum Flugzeug, ließ das Flugzeug abfliegen, winkte, das Flugzeug kam an, er dachte an sie.
Jahre später sollte er vor Direktoren und ihren Vizes seine Biographie präsentiert und seine Position positioniert haben. Die Chemie würden stimmen. Er würde immer einen Schritt weiter gehen als ein Mitdiskutant oder den weiter gegangenen Schritt eines Mitdiskutanten zu Ende denken. Probleme würde es für ihn nicht geben, nur Lösungen. In ihm würden sich ein »fit for work« mit einem »fit for fun« strukturell vernetzen. Er würde öfter hochgehen als jeder Flugkapitän. Frankfurt, Tokio, London, alles an einem Tag abhaken, und am Abend, wenn andere in Knistertüten greifen, zu Sofakartoffeln werden, sich Schaumbärte antrinken und Striche unter Arbeitstage machen, sollte er mal kurz rüberfliegen nach »Jusa«, wie er sagen würde. Er sollte Tag für Tag seit fünf Uhr dreißig auf den Beinen sein und schon beim Morgenkaffee, der so milchbraun ist wie seine Seele, seinen Terminkalender abgefrühstückt

haben. Vierzehn Stunden später sollte es in seinem Gesicht immer noch Morgenstunde sein. In seinen exzellent verarbeiteten Businessanzügen aus High-Performance-und-Super-1000-Stoffen sähe er noch immer wie aus dem Ei gepellt aus. Seine Freundin Rosalia in München, eine ehemalige Germanistin, die in einer Werbeagentur gelandet war, würde ihm einen Mantel aus Strichloden schenken und liebevoll erklären, daß aus Südfrankreich importierte Disteln von Hand in Maschinen eingespannt worden waren, um dem Tuch seinen berühmten Strich zu geben. Bei anderer Gelegenheit würde sie ihm jene Sprühstärke schenken, die als Emblem eine Katze zeigt, wie sie sich die Pfoten leckt. Ein Druck auf die Sprayflasche genüge, bekäme er demonstriert, und er könne den Tag in gestärktem Hemd mit einem morgendlichen Wohlgefühl beginnen, das ihm souverän wie der Schalk im Nacken sitze. Voll Spannkraft könne er den Tag nach ihr, würde Rosalia hinzufügen, fortsetzen. Rosalia wünschte ihm übrigens immer Dinge wie »Pack' die Woche gut an«, »Mach' was aus deinem Tag«, »Mach's gut« oder das noch üblere »Mach's besser«, lauter Aufforderungen, mit denen sie Federico unter Druck setzte, als täten das nicht schon seine Geschäftskumpanen genug.

Bei erneuter Gelegenheit würde die Werbeagentin Rosalia ihrem Geschäftsnomaden Rico Herrenduft beibringen. Er würde nach der dynamischen Frische eines Wasserfalls riechen. Einen besonderen Hauch von Exotik würde er verströmen, dank der Kopfnote aus den hesperidischen Tönen Bergamotte, Tangelo und Zedernblatt, klärte Rosalia auf und nickte dabei entschieden mit dem Kopf. Florale Aspekte von Rose und Geranium als auch virile Elemente von Leder sowie feinwürzige Akzente von Rosenholz, Estragon und Cassis würden für ihn die Basis aus Holznoten, Moosen, Ambra und Patschuli aufs beste vervollkommnen. Er würde sich beschenken lassen mit Duftatmosphären, die Effekte wie »Desert Rain« und »Camp Fire« und »Gipfeleinsamkeit für Gabriele« erzeugen, würde raffinierte Herznoten aufgesprüht bekommen, und spezielle Tabaknoten-Akkorde und Anmutungen orientalischer Hölzer wie Sandel und Zeder würden ihm auch nicht entgehen. Er würde aber untergehen in der Duftkompliziertheit. Er würde ihr bieten mehr als nur ein Abenteuer für die Sinne.

Er wäre bald schon ein hochmögender Herr geworden. Zufrieden mit Service und Stewardeß sollte er in der Business class sitzen. Er sollte in sich den Champion unter den Dienstleistern sehen. Nichts sollte ihm mehr Zornesröte ins Gesicht treiben als Arroganz, Nachlässigkeit und drittklassige Kundenbetreuung. Er würde viel in Ausschließlichkeiten reden. Verdienen kommt nach Dienen, so laute sein Motto. Sein Bankhaus, Ende letzten Jahrhunderts von einem Vorfahren, der nach Amerika emigriert war, aus dem Boden gestampft, hatte bereits Anno dazumal in gutem Ruf gestanden. Seine tadellose Servicekultur war bekannt: Zuerst denke an deinen Kunden, dann an deine Firma, zuletzt an dich, verkündete ein Aufkleber auf seinem Badezimmerspiegel. Seine Bank war eine der letzten in privater Hand. Tausendschaften arbeiteten schon für diese Bank, als Laura noch lange nicht war, in gigantischen Bürotürmen in New York, in Wolkendurchstoßern in London, Tokio, Hongkong und Frankfurt. Señor Moreira sollte verlernt haben, rückwärts zu gehen und den Kopf zu wenden. Zwischendurch würde er immer wieder Handstände machen, auch in Geschäftstracht. Seine Anzüge sollten immer dezent schimmern, als sei Goldstaub in sie hineingewirkt. Er würde Handschuhe aus Grenoble tragen, die aus geschmeidigem Leder gefertigt sind, einen feinen Griff bieten und voller Elastizität sind, nachdem sie fünfundvierzig Wochen Fabrikationsdauer durchlaufen hätten. Mit zweiundvierzig Jahren sollte er nicht mehr rauchen, wenig Alkohol trinken und neben der Arbeit keine Dinge treiben, die der Rede wert wären. Sollte man ihn nach Mitternacht in seinem Büro erreichen, dann träfe man ihn bester Dinge und wie weinselig unter Freunden an. Er hatte schon als Student ein wenig die Mentalität des ersten Marathonläufers gehabt, der notfalls die ganze Nacht durch lief, um ans Ziel zu kommen. Er würde das wahre Gesicht frisierter Bilanzen sehen, sein Auge werfen auf arbeitendes Großkapital. Er würde wissen von flüssigen Mitteln und groß was wissen auch von fixen Kosten. Er würde Input-und-Output-Tabellen ausfüllen und verwässerte Ergebnisse im Nu entwässern. Von drei Tagen und zwei Nächten mit nichts als Speckeiern und Kaffee und morgens um sechs einer kalten Dusche sollte er nicht unamüsant erzählen können. Das Verwalten von Geld, sollte er vorbringen, sei eine alte Kunst, der Geldmanager aber einer der neuesten Berufe. Schon ein anderer sei durch nichts als ein bißchen Denken und Datenbewegen reich geworden. Ein Informationsschaufler von Rang würde er werden. Er würde sagen, er sei, wenn er arbeite. Sein Bekenntnis würde lauten: Arbeit ist für mich Selbstverwirklichung. Wenn ich meinen Arbeitsstil ändern müßte, dann müßte ich über meinen eigenen Schatten springen. Das kann ich nicht. Hätte ich nur noch zehn Minuten zu leben, dann denke ich daran, was ich alles erreicht habe, und nur eine Sekunde daran, was ich verpasse. Seine Arbeit, sollte er den Zeitungen sagen, gebe ihm ein ganz besonderes Lebensgefühl. Probleme lösen, Brände löschen, der Routine eins auswischen sei klasse wie in wildem Wasser fahren.

8

Dreck war in der Stadt. Überall. Dreck und Weihnachten. Weihnachten und Dreck. Es mußte sich den Leuten in die Gedanken hineinschmutzen und zugleich hineinschmücken. Kraß war die Stadt und kalt auf eine fiese Art. Windstöße beboxten die Fußgänger. Böen sibirischen Zuschnitts fuhren in die Stadt, als sollten die Passanten weggefegt werden.

Erst in diesem Winter sollte sie merken, daß sie stark war. Immer wieder waren so entscheidende und so dumme Dinge in ihrem Leben zu merken. Und sie hatte noch lange nicht ausgemerkt. In den geschmückten Tagen der täglichen Tannen mußte sie wider Willen und Plan nach Berlin zurück. Mußte, es half nichts. Lange genug hatte sie gezögert, nach dem Rechten zu sehen. Sobald es die Universität erlaubt hatte, war sie in den Nachtbus nach Berlin gestiegen. Sie hatte ihre Wohnung an einen Vietnamesen untervermietet und mußte inzwischen fürchten, die Markstücke rollten ihr seither nur so aus den Händen.

Bei einer losen Bekannten kam sie in jenem Stadtteil unter, in dem Menschen mit Worten schießen, Türken den Tod aufeinander zielen, und Alte auf spielende Kinder in hallenden Höfen Böses herunterschreien. Jene Straßen hatten sie wieder in denen Vietnamesen einander abstechen und die, die von der Stütze leben, den lieben langen Tag den lieben langen Tag sein lassen und ansonsten versuchen würden, Laura Schweigegeld abzupressen.

Bis in die Knochen kroch der Winter der Stadt, in der sie vier Jahre lang Kraft und Späne gelassen und die ihr doch vier Jahre lang auch Kämpfen beigebracht und sie ein bißchen gefeit hatte sein lassen gegen Unbilden. In unausdenkbare Ferne gerückt war Paris, in dem sie einst auf Puppenbeinen spaziert war, in dem sie jede Blume gesehen und jeden Himmel geatmet und gelebt hatte, als spürte sie jeden Kuß, der geschah. In Berlin aber hatte es dann geheißen achthaben, auf der Hut sein, Fäuste in den Worten parat haben, und ständig hatte sich ihr Adrenalin ins Blut ausgeschüttet. Kämpfen. Kämpfen um ein Dach über dem Kopf, Boden unter den Füßen, ein tägliches Tageslicht im Auge. Und sogar ein Kämpfen erschien ihr das Warten jeden Augenblick auf ein paar Atemzüge im Jahr neben Alvaro, an dessen Seite sie zweifach gelebt hätte. Und in Wirklichkeit würde sie zehn Jahre lang nichts als ihm im toten Winkel gehockt haben.

Nun, da sie erneut auf Berliner Boden war, kamen Erinnerungen sie heimsuchen: Alvaros smartes Wesen, seine angenehme Klugheit und sein delikater Humor ließen viele um ihn sein. Wie fiel ihm das Kämpfen leicht, weil er es sportlich nahm! Er stand auf lockerem Fuß mit jedem, war gern gesehener Gast, wurde viel beschenkt, sehr nett beschenkt einmal mit einem selbstgebastelten Doktorhut zum glänzend bestandenen Rigorosum. Er tanzte auf seiner Doktorfeier mit seinem Professor Salsa, obwohl er überhaupt kein Salsa tanzen konnte. Er aß und trank gerne und mit neugierigem Genuß, ohne Fett anzusetzen. Es war viel guter und kultivierter und herzlicher Austausch um ihn. Trat er jedoch ins Gespräch mit ihr, waren nie Tiefen ausgelotet

gewesen. Es mußte ihn rasch ermüdet haben, wenn sie nicht imstande gewesen war, auf Anhieb Gedankenkunststückchen wie den Sieg der Schildkröte im Wettlauf mit dem Hasen zu begreifen, als sie einmal auf einer Küchenbank ganz unbequem auf der vordersten Latte saß. Seither war sie verständiger und verständlicher geworden. Das müßte er merken. Sie war auch nicht mehr so leicht reinzulegen.
Der ungeheuerlichste Reinfall, ein unmenschlicher Reinfall, sollte ihr aber noch bevorstehen: der Reinfall auf sich selbst, würde frohlocken wollen jener Erzähler, der ihren Verfall haben will, aber rabiat. Und gewiß ist es ein männlicher Erzähler, das kann man sich ja denken. Unter seinem Borsalino hält er sich diskret im Hintergrund, um sie mitzuverfolgen.
Ob er einen dritten Ersatzhochzeitsring tragen würde? Aber so etwas wie einen Ersatzhochzeitsring dürfte es doch für ihn gar nicht geben. Er hatte seinen ersten Ehering einmal auf einer einsamen Brücke mit Absicht in einen goldenen Fluß geworfen, hatte einen nachgeschenkten Ring verloren, hatte all dies ihr anvertraut, war aber noch immer an der Seite seiner Frau, wenngleich immer wieder als Strohwitwer mit leichterem Herz in der Brust. Würde er sie schwach sein und kommen lassen? Ein Wink und sie kam, ein Wink und sie ging?
Kaum war der Nachmittag angebrochen, als ihn auch schon häßlicher Lärm zerriß. Nie war die Knallerei ein Freudenbollern in Lauras Ohren gewesen, und ginge es nach ihr, dann feierten die jahresmüden Menschen ihre Silvesternächte statt mit Lärm mit Licht. Mit unglaublichem Licht, das Kugeln, die lautlos in kosmische

Schwärze hineinschössen, im Zerplatzen aussendeten, so daß sich blendende Helle auf die Menschen niedersenke, sie läutere, verjünge und befriede. Sie würden ganz ruhig dabei. Magie verbreite sich einher. Die Nacht, ein stilles, riesiges Futter aus leuchtendem Weiß, im Kern dann die Menschen. Jeder geriete in eine Art entsetzliches Weiß, das alles Sehen auslösche, und des Menschen an Silvester so heftig auflebender Zerstörungswunsch habe sein Futter. Wo lebte Laura denn?
Früh in die Federn hatte sie wollen, weil der kommende Tag sie frisch und entscheidungsgewandt fordern würde. Eine Unzahl Fragen waren zu stellen und zu beantworten, und das richtig, zum richtigen Moment sowie in richtiger Reihenfolge. Sollte sie die Polizei überhaupt einschalten? Würden die Freunde und Helfer sie am Ende wegen Nichtanzeige belangen, statt gegen die schönen, sanftgesichtigen Parasiten vorzugehen, die brutal auf Lauras in die unabsehbaren Tausende gehenden Kosten schmarotzten? Würde sich nach einer Klingelattacke endlich ihre Wohnungstür öffnen? Einen Spalt zunächst, dann so weit, daß ein Blick in den Flur möglich wäre? Oder in Augen wie in Mündungen von Pistolen? Würden die in die Tiefe ihrer Wohnung gestaffelten Vietnamesen der Reihe nach Messer zücken? Wen könnte sie um seine Muskelkraft bitten? War dem bedürftigen Untendruntermieter mit seiner schlampigen Jeansbrumme zu trauen? Die beiden rauchten wie Schlote und wollten für einen zarten Feuchtigkeitsfleck an der Decke und Schweigen über das von Lauras Untermietergang unter Wasser gesetzte Treppenhaus blaue Scheine hingeblättert haben. Wie war bei ihrem ehemaligen Jobgeber Peter Drechsler ein Rechtsanwalt

auszugraben, nur mit einer Telefonstimme auszugraben aus Peter Drechslers Erinnerung, dann auszuleihen, jener Rechtsanwalt, den er ihr einmal in einem großherzigen Moment versprochen hatte?

In ihren frühen Berliner Jahren hatte sie für den eingefleischten Junggesellen als Stilistin gearbeitet, an drei Tagen in der Woche in seiner blendend weißen Grunewaldvilla an Texten für werbefinanzierte Magazine herumgebastelt und einem fidelen, älteren Herrn gute Stunden lang ihr großes, gefügiges Ohr geliehen, wenn er mit Delikatessen aus dem Kadewe ihr großzügige Pausen brachte. Sie hatte ein hübsches Ohr voll Zeit und Nicht-Können und Kompetenz verkauft. Im Grunde war er nicht ihr Brot-, sondern ihr Kuchengeber, weil sie sich für das hinzuverdiente Geld nur Schönheit und Luxusdinge gekauft hatte. Jahre später war sie auf eine Stellenanzeige hin wieder durch puren Zufall an diesen Herrn Privatier geraten, war erneut hinausgefahren in seine pompöse Residenz, an der er mit gesegneter Jungenfreude Renovierungsarbeiten vornehmen ließ. Dann hatte sie wegen der langen Anfahrtszeit nur noch am Telefon für ihn Texte korrigiert, wobei er sich die Zügel losließ und immer ins monologische Erzählen geriet, ohne ihr die kleinste Minute ganz unkulant von ihrer Arbeitszeit abzurechnen und sie tatsächlich glauben machte, er erwarte nicht mehr von ihr als ein paar Jas und Ahas und Hmms und Tjas und Ah-jas, die sie in sein Reden hineinapplaudierte.

Sie versuchte aus dem Fenster zu sehen. Tesa-Krepp flickte die Fensterscheibe nur notdürftig, und auch das Gitterwerk der Einrüstung behinderte den Blick, der in der trüben Stadtluft bald versackte und wieder zurück-

kroch in die Wohnung. Es drohte ihr jetzt ein Kampf mit einer Gorgonen-Nacht, der ein Knall nach dem anderen nachwächst. Auf jeden losgelassenen Knall würden gar mehrere folgen. Wie sollte sie sich wappnen? Der Kampf war von vornherein verloren, denn sie würde nicht siegen und Frieden und Schlaf finden auf der erlegten Nacht.
So beschloß sie, Dursan Deyria aufzusuchen. Sie wollte den beanspruchen, den sie verletzt hatte, weil sie ihm in einem Abschiedsbrief von Körpern gesprochen hatte, die sich gut verstünden, und von Köpfen auf diesen Körpern, die es nicht täten, nicht über längere Dauer. Und jetzt würde sie nach einem halben Jahr Verschwundensein hereingeschneit kommen, als wäre nichts geschehen. Normalerweise hätten sie diese und andere Überlegungen daran gehindert, Dursan aufzusuchen, doch befand sie sich in einem permanenten Alarmzustand, der sie handeln hieß. Sie sprach ihm eine krause Nachricht auf seinen Anrufbeantworter. Wäre er es doch gewesen, der ihre Wohnung zur Untermiete genommen hätte: Aller Ärger wäre ihr erspart geblieben.
Dann versuchte sie vergeblich, jene Entschlüsse für die kommenden Tage zu fassen, die zu den richtigen Momenten wie die Faust aufs Auge paßten. Die Wohnung war kalt und ungesund, denn sie hatte den Ofen nicht begriffen. Deswegen legte sie sich in das Bett in einem Zimmer, dessen rote Wände an Pompeji erinnerten, und hörte Portished und Piazzola, bis Dursan zurückrief. Er wolle auf die und jene Party da und dort gehen, ob sie mit wolle. Ja, sie hole ihn ab, sie mache sich gleich auf, wenn es ihm recht sei. Ja, sie solle sich gleich aufmachen, es sei ihm recht.

Sie schlüpfte in einen Rock aus Kunstfell, der wie von Reif besprüht aussah und changierte im Ton wie Samt. Er gab warm um Hüfte, Lende und Gesäß und ließ sie mit der beißenden Kälte ein wenig einverstanden sein. Das Nylon-Top hatte sie aus Strumpfresten zusammengenäht. Es war absolut bequem und verwirklichte noch dazu das einem italienischen Modemacher so liebe Lingerie-Motiv in der Abendgarderobe. Ihre Stiefel aus schwarzem Leder waren wie ein Korsett zuzuschnüren. Sie musterte sich in einem mannshohen Spiegel, der an die Wand gelehnt stand und ihr Bild nur verschwommen und mit blinden Flecken da und dort bedeckt wiedergab. Doch das Wesentliche war zu sehen, und keine Details der Gesichtszeichnung oder der Hände lenkten ab. Die Beine versprachen, in den zwei übereinandergezogenen Strumpfhosen glatte feste Wärme zu bleiben. Die pelzige Helle formte ihr das hervorspringende Gesäß einer Schwarzen an, verfremdete ihre Proportionen, zumal dunkel der Oberkörper aus ihrer Mitte hochstieg und Gazellenbeine nach unten das Ganze abschlossen. Sie schob den Rock mit dem Reißverschluß nach vorne und stellte sich unter Volontären mit Krawatten, Frauen in Jacketts und Männern in Anzügen vor.
Gegen Mitternacht radelte sie unter Peitschenlampen im Schußfeld von Knallern und Bierdosen über Glassplitter und Schlaglöcher zu Dursan, der um die Ecke wohnte. Hatten die verdammten Prols doch tatsächlich nichts Besseres zu tun als Radfahrer abzuknallern und Flaschen kaputtzuhauen. Sie war froh, heil und ohne Platten bei Dursan anzukommen. Sie kettete das Rad im Treppenhaus an, wo man ihr dann in aller Ruhe die

Ventile rausklaute. Sie nahm den Aufzug in den vierten Stock. Dursan bat sie ein wenig förmlich in seine Wohnung. Er hatte sich schnieke herausgeputzt mit der weißen Kleidung, in der er steckte, und stand einen Moment still und festlich leuchtend da. Er ist kein Mann, der brillant der Welt ein Loch schlägt, aber ihn anzusehen macht stramm, schätzte sie ihn ab. Er sah an ihr herab und breitete im gleichen Atemzug die Arme nach unten aus. Seine Augen verengten sich, seine Zähne glänzten, und Dunkelheit trat in sein Gesicht. Sie rührte sich nicht. Die Spannung wuchs. Sie ließ sie wachsen. Er verlor – wußte nicht, daß sie spielte, wußte nicht, daß er verlor. Er verlor, weil er der erste war, der reden mußte: den Abschiedsbrief nehme er ihr nicht mehr übel, jetzt, da sie da sei. Sie waren schon nah an die Mitternacht herangerückt und hatten gerade noch Zeit, die überschlanken Kelchgläser zu füllen. Sie stießen an, tranken und – Glas zersplitterte ihr zwischen den Zähnen. Scherben bringen Glück, sagte sie nach dem ersten kleinen Schreck. Nächstes Jahr würde sie Glück im Mund haben. Während er einen Wischlappen holte, spülte sie den Mund.
Danach hatte er noch ein kleines Geschenk für sie. Sie sollte aus einer Handvoll kleiner Päckchen wählen: sie wickelte eine rätselhafte Bleifigur aus dem Seidenpapier. Eine Fledermaus? Nein, ein kopfloser Engel. Natürlich. Dann war alles wieder sehr leicht und leise, denn jede Bewegung lief in die des anderen aus, schön, sanft und vollständig wie eine Welle im Sand. Und nichts mehr war der Krach der Silvesterlärmer, weil nur noch Laute von Körpern galten. Er nahm sie an der gleichen Stelle wie das erste, das letzte Mal in die Arme. Seine Woh-

nung maß keine hundert Schritte, weder in der Länge noch in der Breite, und es hätte nicht sonderlich viele andere Orte gegeben, an denen sie hätten anfangen können, sich zu finden. Doch sollte es nicht fahl oder schal werden, wie so oft, wenn man Orte, die man glücklich gemacht zu haben glaubt, weil man selbst dort sehr glücklich war, wieder aufsucht. Sie zogen das Finden in die Länge.

Einmal stellte er sie vor sich auf und nahm Abstand, um sie eingehend zu mustern. Was für ein schönes Material er da vor sich habe, grinste er. Idiot, zischte sie zwischen den Zähnen hervor und sprang ihn an. Er fing sie mit seinem Oberschenkel auf und plumpste aufs Bett. Sie saßen im Doppelsitz. Er jonglierte sie seinen Oberschenkel hoch und runter. Er war geschickt und witzig. Nachher berührten sie sich immer wieder an möglichst vielen Stellen zugleich. Ihre Körper paßten sich gefügig ineinander wie zwei gleich große Hände. Findig holte er sich ihre Trüffel, seine.

Sie gerieten in Szenen wie für Francis Bacon. Denn müßte der Maler nicht von ihnen herausgefordert sein, ihren zwei Körpern, die ineinander rotierten und sich verarbeiteten zu einer einzigen großen Muskelmasse, frei von festen Formen und den geltenden Gesetzen menschlicher Gestalt?

Während er einmal etwas zu trinken holte, warf sie eine Decke über die Wow-Männer im Fernseher. Er lächelte über sie und schaltete den Fernseher aus. Außenlaute drangen nur gedämpft zu ihnen, als fiele großflockiger Schnee. Sie lagen in jener nächtlichen Spanne Zeit, in der die Zunge gelöst ist wie jedes Glied. Wie es gewesen sei? Was sie gewesen sei? Das leichte Spiel auf der

Spitze von einem Springbrunnenstrahl, der in die Höhe zielte und immer heißer wurde. Sein akrobatisches Spiel, sein Gespiele, ohne Fallangst. Er habe sie tänzeln lassen, bis das Zittern, ein Herabstreichler, sie durchschauert habe. Dann sei sie auf ihn herabgefallen, in sich zusammengestürzt, sei ausgekühlt, erstarrt schließlich, und Formen hätten sie wieder gehabt. Aus wäre sie da gewesen. Schön aus. An ihrer Figur aus Fleisch und Blut solle er herumdeuten, so wie sie jetzt läge, vom Zufall geformt, solle er ihr das neue Jahr voraussagen. Was in zehn Jahren wäre, was in zehn Minuten?
Wie sie einer den anderen in der Erinnerung bewahren mochten. So machten sie Aufnahmen voneinander, die sich möglichst unauslöschlich ins Gedächtnis prägen müßten. Barock gekleidet in einem Pariser Café mit einem großen Hut, der Schatten und Geheimnis in ihr Gesicht werfe, malte sich Dursan sie aus. Barock wie Vivian Westwood, da treffe er sie erstaunlich gut. Aber er kannte Vivian Westwood nicht. Ja, solches Unlicht im Gesicht, das stünde ihr an, ging ihr durch den Sinn. Sie visionierte seine wohlgeformte Figur, von einem Lichtflaum umrissen, in der Weite einer Strandlandschaft mit neonblondem Sand und knackigem Felsen vor leerem Meer. Fragend überweidete sie sein Gesicht nach weiteren Anhaltspunkten. Ihr Blick blieb an seinen Lippen hängen, die kräftig hervorpolsterten. Er war ihrem Blick gefolgt. Ob sie den Knoten in seiner Oberlippe sehe? Sie nickte. Er sei eine Erinnerung an einen Tag in der Türkei, an dem sich zwei Jungen so heftig gestritten hatten, daß er sich einzugreifen gezwungen sah. Dabei hatte einer der kleinen Kerle doch tatsächlich mit einem Stein auf ihn gezielt. Und was zu merken gäbe

ihm der Knoten, fragte Laura. Er verstand sie nicht. Auch sie trug eine Narbe in der Lippe. Als sie noch tierlieb und ein Kind war von wenigen Jahren, war sie zu einem kranken Jagdhund in den Kofferraum geklettert, um ihn zu streicheln. Der hatte ihr's mit einem Biß ins Gesicht gedankt. Inzwischen liebte sie nicht mehr mit ihrem Kinderherz tausend Hunde zugleich. Weder tierlieb und schon lange nicht mehr recht menschenlieb war sie geworden. Dann wollten sie es wieder, schenkten sich weg, machten sich herrlich, dann fertig, aber sehr friedvoll.
Sie spielten ihr Spiel, bei dem jeder mehr Trümpfe in der Hand hielt, als wenn der Tag zu bestehen war. Früh genug würden sie wieder unter die weiße Sonne müssen, eingehen in die Zahl der Nietenzieher, wo er hart und geschickt und sie Stehauffrau sein müßte und wo sie die Aufmunterung stündlich zu sich zu nehmen hatte, daß das Glück den Kühnen lächle, daß immer nicht aller Tage Abend, daß alles nur halb so schlimm und doppelt so schön sei, daß Fliegen schließlich keine Elefanten und Menschen immer noch Menschen seien.
Zwei Tage später begleitete Dursan sie zu ihrer Unglückswohnung. Nach langem Klingeln öffnete ein Vietnamese. Weitere kamen barfüßig aus dem saunawarmen Hintergrund hervor. »Schluß«, sagte Dursan, »aus«. Die Frau hat die Wohnung gemietet. Der Frau gehört die Wohnung. Sie will ihren Fernseher und ihr Telefon. Ihr habt jetzt zwei Stunden zu verduften. Dann baue ich ein neues Schloß, o.k.? Dursans Ausländertum tat seine Wirkung, wollte sie glauben. Sie warf einen Blick in die Küche. Ein halbes Duzend Müllsäcke standen unter den Tisch gestopft. Andere quollen aus der

Speisekammer hervor, deren Tür obszön weit aufsperrte. Aus einzelnen Säcken stakten Zigarettenstangen. Sie begriff nicht, daß sie jetzt hätte unauffällig und lächelnd verschwinden müssen, die Treppe hinuntersteigen, den Innenhof durchqueren, und dann – sobald sie außer Sichtweite wäre – hätte sie rennen müssen wie Sau, zur Polizei, »Schmuggelgut« sagen, und schon wären jene stumpfgrünen Männer vom Stuhl aufgeschossen, die sich nicht vom Fleck rühren, wenn nur von Vietnamesen ohne Zigaretten die Rede ist. Aber Laura suchte ihr Telefon und ihren Fernseher. Und sie fand ihr Telefon und ihren Fernseher nicht. Sie waren nicht auffindbar, obwohl die Vietnamesen allesamt höflich mitsuchten. Wütend steckte sie heimlich ein herumliegendes Mobiltelefon ein.

Laura und Dursan drehten eine Runde. Als sie nach zwei Stunden zurückkehrten, war zwar sämtliches Schmuggelgut weggeschafft und die Küche leere Unschuld, es standen aber Kochtöpfe für Kompanien noch immer brodelnd auf dem Herd, und es räkelten sich ein paar Gestalten auf Matratzen in wohlig durchlüfteter Wärme, denn dem Fenster war – das bemerkte sie erst jetzt – eine Scheibe eingeschlagen. Die Vietnamesen wußten nur zu gut, daß sie nun im Falle einer Verhaftung bald schon wieder laufen gelassen werden würden, denn auch in den Gefängnissen war für sie kein Platz. Beschlagnahmte man bei ihnen allerdings illegale Tabakware, dann wäre der Spaß freilich aus und der freie Fuß auch.

Laura verlor keine Worte mehr. Dursan sah zu, wie sie ihren Stretchrock auf die Hüfte rollte, wo er sich wie ein Rettungsring ausmachte. Wie unförmig sie in ihren

Leggings und dieser Anti-Taille auch in den Augen von jedem Mann aussehen mußte, es scherte sie zum ersten Mal einen Dreck. Sie machte einen Knoten in ihr Haar, krempelte die Ärmel hoch, streifte rosa Gummihandschuhe über und räumte in Wut und Windeseile die Wohnung leer, und zwar auf dem Fensterweg. Sie kannte nichts mehr. Nach der Entrümpelungsaktion putzte sie die Räume im Nu präsentabel. Er hätte klatschen sollen, lachte sie Dursan nach getaner Arbeit aus. Er hatte sich unterdessen gemächlich daran gemacht, das Schloß auszuwechseln. Angesichts ihrer Rabiatheit war den Vietnamesen ihr ewiges Lächeln vergangen. Sie begriffen, daß hier jemandem die Zeit drängte, aber gehörig. Einer der Vietnamesen pumpte noch das lauwarme Duschwasser ab. Sein Kumpane schenkte ihr einen Schrott-Fernseher und Dursan das Sexvideo dazu. Ein dritter hatte noch eine Kassette Jodelmusik parat, als Geschenk des Hauses, das er ihr auf seinen kleinen Händen überreichte. Mit einem nervösen Auflachen quittierte sie das Präsent. Hitzeflecken hatten sich in ihrem Gesicht ausgebreitet. Sie war ramponiert.

Das Handy wurde vermißt. Sie gab es besser zurück. Der nun gar nicht mehr freundliche Gesichtsausdruck des Vietnamesen sagte, hier scherze keiner. Sie wollte die Vietnamesen endlich aus ihrer Wohnung haben. Punkt vier mußte alles leer und attraktiv sein, nachdem bereits ein erster Nachmieterschaftsanwärter die Räume abgelehnt hatte, als sie noch versiffter Umschlagplatz und Massenunterkunft für die Zigarettenmafia gewesen waren. Sie zielte einen letzten Topf aus dem Küchenfenster in das graue, schüttere Gras, in den Hinterhof

hinunter, als die Stille plötzlich über ihr zusammenschlug und sie Dursan vermißte.
Sie trat in den großen Wohnraum, in dem ihr lachsfarbener Teppich wieder zum Vorschein gekommen war. Im Dunkel ihrer Schlafkammer sah sie Dursan ruhig sitzen und rauchen. Sie konnte seinen Gesichtsausdruck nicht erkennen. Dort im Fensterlosen hatten sie sich vor ihrer Abreise auf Matratzen noch einmal mit einer Heftigkeit und befreienden Gleichgültigkeit geliebt, die sie der Ahnung verdankt hatten, es wäre das letzte Mal gewesen.
Sie kannte dank betuchtem Federico die teuren Suiten in Hotels namens Adlon, Admiral oder Ambassador an geschichtsträchtigen Plätzen oder auf Chausseen namens Hausmann, de Gaulle, Clemenceau, in denen Managern, Bankern und hohen Kongreßreisenden mit dem zuschlaglosen Doppelbett die Geliebte, quasi ein Präsent des Hauses, mitgestiftet wird. Sie war vertraut mit Musik, die Hotelgästen in das Toilettenkabinett nachläuft. Sie hatte sich mit bereitgelegter Badehaube in Badewannen gleiten lassen, die mit Haltegriffen auf Komfort und Sicherheit des Gastes bedacht sind und für den Oberkörper ausbuchten, so daß den Armen jedwede gewünschte Bewegungsfreiheit nicht verwehrt ist. Auch ihr Blick durfte auf Streifen Edelpapier ruhen, die zur Verfügung gestellt baumeln, um Lederschuhe auf Hochglanz zu bringen.
Laura hatte an einem teuren, geschenkten und sacharinsüßen Morgen in gefiltertem Licht gesessen, das Kerzen korrigierten, und war dabei umgeben gewesen von korinthischen Säulen, die den Raum rhythmisierten. Hinterstanden von Herren Mundschenks, hatte sie auf

edlem Polster gethront und war bedient worden aus einem Obstständer mit proppevollen Etagen. Jetzt dagegen legte sie eine Verschnaufpause ein, rastete in schonungslosem Licht und setzte eine Flasche Bier, die sie mangels Deckelöffner am Türrahmen aufgekriegt hatte, an den Mund. In dieser Küche hatte sie mit Federico gesessen, damals MBA in spe. Federico dankte sie aber auch für die kalten Böden Berlins, klamme Küsse, die nach Kohlestaub schmeckten, Vereinigungen, mit denen sie gegen Kohle und Kälte angekämpft hatten, und meist war es so gewesen, daß die Lust umso mehr zu ihrem Recht kam, je schäbiger und hoffnungsloser der Ort war, an dem sie anfing.
Sie bettete ihren Kopf in Dursans Schoß. Unter seinem Streicheln richtete sie sich auf, kam auf ihm zu sitzen und begann ihn gedankenlos und sacht. Es war doch nicht glaublich, daß Dankbarkeit und Sex die arge Bredouille, in der sie war, aufwiegen konnten? Daß Dankbarkeit für die Hilfe, die Dursan ihr ohne jedes Aufheben geleistet hatte, sowie das Lieben, das mit ihm von abergroßer Selbstverständlichkeit war, all die Galle, die sie spuckte, den Haß auf Menschen, der mit einer für sie erschreckenden Gewalt in ihr entbrannt war, den tollwütigen Ärger über den beträchtlichen, bisher noch gar nicht abzuschätzenden Geldverlust sowie die Wochen zuvor, die ihre Nerven schleichend zermürbt hatten, aufwiegen konnten, so daß sie gar stolz dachte, es sei die Sache wert gewesen?
Das Läuten von Eamon O'Whell unterbrach sie. Sie stieg aus einem Brunnen, war noch heiß bis in die Augen, als sie die Tür zu ihrer Wohnung öffnete. Sie sagte dem irischen Bauarbeiter auf Anhieb zu. Sie ließ

ihm Kühlschrank, Waschmaschine und Stehkabine, wenn er unterschriebe, er übernähme dafür sämtliche Renovierungsarbeiten. Am Tag darauf gelang mit mehr Glück als Verstand die Übergabe ihres Mietvertrags rückwirkend ab 1. Januar, und am übernächsten Tag würde Madame vor ihren netten Studenten wieder mit noch so gar nicht vollkommener Kompetenz und noch so gar nicht hundertprozentiger Autorität etwas Ordentliches vorstellen und erklären, daß man sich in Deutschland am Telefon mit Namen meldet, sich in Briefen nicht mit langsätzigen Höflichkeitsfloskeln verabschiedet, würde Zeiten und Konjunktionen erklären und eine Seminareinheit über die Lage der Ausländer in ihrem Land veranstalten.

9

Die letzten Wintermonate vergingen leicht und rasch. Im Frühling wurde sie zu einem Auswahlgespräch eingeladen. Ein erfolgreich bestandenes Aussiebverfahren hätte ihr den bronzenen Posten, den sie besaß, versilbert, hätte ihr Herz höher schlagen lassen für weitere vier Jahre. Doch dumme Pannen passierten. Wegen des von ihr umgelegten Termins stand sie vor der falschen Saaltür. Das sorgte für Ruhe im Blut! Und dann verkaufte sie sich herzlich schlecht, umsonst die Kaiser und Könige in ihren Karten, erklärte sie sich den Mißerfolg. Die Niederlage traf sie mit härterer Wucht, als sie es für möglich gehalten hätte. Die Gleise lockten. Einen hilflosen Reflex Sturzlust hatte sie. Aber sie hielt sich. Sie dürfe jetzt nicht labil sein. Sie setzte sich und schloß die Augen. Die Tiefe saugte stärker, zog an, dunkel und anonym wie das All.

Aber der Schlag wirkte nicht lange. Und ein halbes Jahr später sollte ein Glücksschlag kommen, wenn man sie im späten Oktober von der Reserveliste herunterholen und Hals über Kopf in die untere Hälfte Frankreichs schicken würde.

Im Zug wich ihre Niedergeschlagenheit erst der Wut, dann großer Gleichgültigkeit, und ein Klammergriff um Herz, Hals und Hirn lockerte sich. Vieles verlor an Gewicht. Sie richtete ihre Gedanken auf Zukünftiges. Warum sollte sie Augusto Federicos Einladung nach Paris nicht annehmen? Es würde sie auf andere Gedanken bringen. Noch am gleichen Abend rief sie ihn an.

Sie sagte, sie käme als gute Freundin. Sie brauche als nichts zu kommen denn als Laura. Eine Woche später nahm sie den Zug nach Paris und ließ sich von einem Taxi ins Hotel Admiral fahren. An der Rezeption bekam sie Auskunft über Señor Moreiras Zimmernummer erteilt. Sie stieg langsam die mit Teppich ausgelegten, breiten Treppen hoch. Sie klopfte und er öffnete, in einen schaumweißen Bademantel gehüllt. Zuallererst fiel ihr das Hotelemblem auf der Brusttasche ins Auge. Federico mußte sie Zeitung lesend auf dem Bett erwartet haben. Sie wollte den Raum wahrnehmen, ein paar Worte wechseln, das Ankommen auskosten. Er wollte sie wahrnehmen, keine Worte zulassen, das Ankommen in ihr auskosten. Er drängte sich ihr auf, und nur mit einem plötzlichen Aufschrei sowie dem Lachen, das sei doch nicht möglich, konnte sie sich von ihm losmachen. Sie flüchtete ins Bad, schloß sich ein und nahm ein ausgiebiges Bad. Er las währenddessen auf dem Bett ausgestreckt den lachsfarbenen Wirtschaftsteil der Zeitung weiter. Sie stand vor der Entscheidung, sofort abzureisen oder nicht und eine Rolle zu spielen. Nach einer Stunde öffnete sie die Tür, ins flauschige Badetuch gewickelt stand sie ihm entgegen. Er lag noch immer in dem Frotteeschaummantel ausgestreckt auf dem Bett. Er blickte auf, sein skeptischer Blick traf sie. Wackelte er nicht Häkchen mit den Zehen und sagte wortlos: Komm her, Kleine. Sie war benommen von dem heißen Bad. Sie ertrug ihn nicht und ließ das Handtuch fallen. Sie hob die Arme über den Kopf und vertrug ihn noch weniger. Aber die Skepsis war ihm vergangen. Sie schloß die Augen und atmete so tief ein, daß sie die Eingeweide auf den Beckengrund preßte. Dann bog sie sich in eine S-Form und dachte fest daran, wie eine Grazie dastehen möge. Sie verschränkte die Arme im Nacken, näherte sich ihm langsam, wiegenden Schritts und ging Kreuze mit den Beinen. Dann kroch sie mit den Lippen auf seinen Mund zu, von den Füßen aus.

10

Sie wartete. Hatte sie vor Tagen, die sie noch an der Hand abzählen konnte, in einem Palais von Hotel nichts als Schaum an und Paris um sich, in einem guten Ankunftsmoment nichts als Paris und in einem unguten Moment nichts als Schaum an, auch vergehende Scham und kaum Essen in sich, sowie Wohlgeruch, eine duftlose Hotelrose, den Glanz von Kacheln, Spiegeln und Señor de Moreira um sich, zeichnete ihr Blick jetzt in der Fremde von einem muffigen Zimmer Schmutzkonturen auf einer Wand nach, machte glücklich einen Fußabdruck aus, stieß sich ab, kürzte alsdann in schneller Kurve über das Dunkel einer Zimmerecke hinweg, landete in großblumigen Vorhangbahnen, die vor Staub nur so starrten, stürzte eine Stoffschlucht herab, ratschte hart am Stuhlbein einer wackeligen Sitzgelegenheit entlang, stürzte in ein Loch, das Fäulnis in den Boden gefressen hatte, kam wieder hoch und hervor, krabbelte ans Licht, in die Luft, tastete über einen frisch gebügelten Kleiderstapel auf einem Küchenstuhl hinweg, erreichte das Fensterbord und blieb dort eine Weile im Zwielicht zwischen einer Schraubenmutter und trockener Vogelkacke liegen. Sie hatte Zeit.

Sie wartete auf einem Bettsofa, das nicht viel länger maß, als sein Besitzer groß sein mußte. Unter sich hatte sie eine filzige, braune Zotteldecke, umgeben war sie von engem Raum, und vor ihrer Nase baumelte ein selbstfabrizierter Boxersack wie ein Türsteher in die schmale Öffnung, in der sie ihren Nachbarn jeden

Augenblick zurückerwartete. Sie hörte ihn beim Teekochen in der Küche werkeln. Er wollte ihr etwas zeigen, mit diesen Worten hatte er sie in sein Zimmer gelockt. Sie wippte mit dem Fuß und sagte Tja. Der Raum war schnell abgegrast. Sie hatte Zeit über.

Sie kontrollierte ihre Fingernägel: keine Klauen, nicht eingerissen und brüchig, kein Lackpfuschwerk, ohne Trauerränder, fest genug, Preisschilder abzukratzen und Kratzer zu hinterlassen, sollte Verteidigung nötig sein – aber sie würde es ja mit Liebe zu tun haben. Sie schlug das Bein über und kreuzte die rechte Hand über das linke Handgelenk. Ob er einen Sinn haben würde für das Perlmutter, wie es so gut harmonierte mit der Lilafarbe – Parmaveilchen hatten Pate gestanden. Ob er ihre Stoffe würde benennen können. Die Isabellfarbe des Gürtels mit seinem Relief, das ihr gerade Ranken in die Taille prägte. Das niveaweiße Organza von ihrem Unterkleid, wie deutlich auch immer es durch den Florentiner Tüll des Oberkleids schimmerte, wäre wohl bei ihm verloren. Sie wußte es, daß sie ein wenig abseitig, langweilig und lächerlich war, wie sie so wartete. Aber sie war es ja nicht alle Tage. Sie hatte zu viel Zeit.

Sie trug Wirkung, mehr als Schnitt oder Stoff: gewissermaßen nur Mantel und Unterkleid mit nichts dazwischen. Das würde ihm entgehen. Aber es machte nichts, daß ihm auch das Creme der Strümpfe entging, das einen guten Hintergrund für ihre Hände abgab, wenn die Finger hinausrutschten über das Blütenband, das sie auf den Saum gestickt hatte. Woher hatte sie nur all die Zeit? Die Spitze ihres Zopfs, in das sie ein altgoldenes Band geflochten hatte, lief in einen Herrenwinker aus und gesellte sich zu dem Handstilleben in ihrem

Schoß. Ob er wohl wisse, was Nature morte oder Ikebana sei? In ihrem Rücken vibrierte krötengrün ein Gruselfilmplakat, günstig ergatterte Kinowerbung, die auch die Zimmer seiner Freunde schmückte. Das kriechviehische Grün verdarb ihr den Farbzusammenklang. Sie fand das aber gut so. Denn modetantisch war sie nicht. Sie füllte sich nur die Warteminuten aus.
Er kam mit dem Tee und stellte ihn auf einer Art Ablegevorrichtung aus rohem Holz ab, auf der seine Anlage fast den gesamten Platz einnahm. Einen Schreibtisch gab es nicht. Er suchte ihr Musik aus, die wie Herumrammen war. Riesige Enceintes beherrschten den Raum, Schwangerdinger, dachte sie zum Behelf, weil ihr das deutsche Wort im Moment in ein Loch gefallen war, beherrschten den Raum. Manchmal dröhnte er sich mit Musik so zu, daß er alles und jeden überhörte. Deswegen hatte er ein rotes Lämpchen installiert, das aufblinkte, wenn jemand bei ihm klingelte.
Schimmel ziert sein Zimmer, fusselvolle Pullis trägt er, und sein Linoleum ist vom vielen Rein und Raus seiner Freunde immerschmutzig. Augusto Federico ist jetzt Señor und ganz deutlich gewiß ein »von« Moreira und hat in Madrid goldenen Staub im Winkel der Augen, wozu er nicht mehr Anzüge seines Vaters trägt, die er sich auf Maß hatte zurechtschneidern lassen. Auch Alvaro ließ sie Revue passieren. Vor ihm, den sie fern wußte und o so weit oben im philosophischen Bau, war sie stets blank vor Bewunderung gewesen, blank und hilflos, noch wenn er Fleisch so briet, daß es zu zähen Schüsseln zusammenschnurrte, jedoch unerschütterlich guter Dinge dazu experimentierfreudig Fenchelstäbchen mit Avocado anmachte. Lionel Lejenette belustigte sie eher.

Lange vor seinem Namen hatte sie den gepflegten Ernst seiner Galanterie gekannt. Es war angenehm, jemanden so Gesitteten in allernächster Nähe im selben Haus wohnen zu wissen. Es trug bei zum guten Hausgeist. War sie mit elend billig knisternden Tüten die Treppe herunter gekommen, war er wie von ungefähr aufgetaucht, um ihr das Tragen abzunehmen. Das viele Aquamarin ringsum im Treppenhaus hatte ihnen jede gesunde Fleischfarbe aus der Haut und eine sterile Frische anreflektiert, als hätte man ihnen die Gesichter aus Alabaster gehauen. Hinterfangen waren sie gewesen von weißen Spritzern, die dynamische Akzente ins Blau setzten. Es war nichts als abgeblätterter Putz, herausgestoßene Farbe oder Ratschspuren von Möbeln. Das Treppenhaus war so eng, daß jeder, der einzog, seine Zeichen in dem neonblauen Putz hinterließ.
War es für Lionel zum Lastentransport zu spät gewesen, hatte er sich ihr doch noch als beflissener Mülltonnenaufmacher andienen können. Er hatte den Deckel bis zum Schlag so klaffend weit aufgerissen, daß ihr eine Wolke Übelgeruch ins Gesicht geschwallt war. Dazu war er stramm und angespannt gestanden und hatte auch das Zuklappen nicht vergessen. Einmal war sie mit einer sperrigen Pappe angekommen. Die hatte er ihr abgenommen, um sie kurzerhand mit dem ganzen Gewicht seines Ganymedkörpers zu einem mülltonnengerechten Packen zusammenzuknien und dann in geschicktem Wurf glücklich in die Abfalltonne zu bugsieren.
Kam sie die Treppe herauf, nahm Lionel in großen Sätzen die Treppe zurück, die er bereits heruntergestiegen war, selbst wenn er weit mehr hochzusteigen hatte

als sie herunter. Laura ließ sich auch den Privatportier gefallen, den er ihr machte, wenn er sie vom Fenster aus beim Heimkommen erspähte. Dann summte die Tür und klackte mit einem satten Laut auf, und ihr war das unelegante Schlüsselsuchen erspart geblieben. Vielleicht war Lionel tatsächlich keine Spur zu ritterlich, stellte sie ihn neben andere Bewohner der Stadt, die ihr Scheine zu Geldstücken verkleinerten, ohne eine Bitte ihrerseits erst abzuwarten, wenn sie um Münzen verlegen vor Fahrkartenautomaten zögerte. Und kam sie nicht recht frisch aus der Stadt der unfreundlichen hohen Häuser, der rohen Stimmen und kargen Lächeln? Da könne sie höfliche Herzen nicht anders als überbelichtet sehen.
Lange Zeit hatte sie willkürliche Herrinnen ihre Gedanken sein lassen: in Lionels markanter Courtoisie stecke eine wahre Symphonie an Spielarten. Das Mark in Lionels Knochen müsse aus weichem Marmor sein, hatte sie gesponnen, und in seiner Beflissenheit läge Intelligenz. Sein Körper müsse wie seine Umgangsart eine große Geschmeidigkeit besitzen. Lionel an seinem Sekretär im Raum keine Mannslänge unter ihr müsse ein hurtiger Wissensfreund, auf Erkenntnis erpicht, ein Jäger sein und als Ehrengast in Buchseiten wie in einem Club zu Hause, hatte sie phantasiert.
Jetzt sah sie ihn aus nächster Nähe, während er ihr Musik, die er hörte, vorspielte. Auge, Nase und Mund betteten sich sauber in einen reinen Teint. Aus leicht geschlitzten Augen leuchtete klar ein hellblaues Licht noch in Dämmerungen. Nichts stand in seinem Gesicht geschrieben. Man müßte Urlaub machen können in solch einem Gesicht. Seine gestanzten Nasenlöcher schienen ihr winzige Spielbälle seiner Lippen, seiner wie

trainierten Lippen, tat sie ihm Gewalt an mit wieder einmal einem ihrer Bilder aus abwegiger Stunde, mit denen sie herumtouchierte, frisierte und kaschierte, als sei so den wirklichen Dingen beizukommen. Lionel selbst fand, er habe Pferdenüstern. Ihm stehen noch Wege in alle Richtungen offen, wollte sie meinen. Leicht geöffnet wie seine Lippen sei auch alles locker und geöffnet an seinem Körper.

Die nur für ein geübtes Auge schiefe Zahnreihe zog ihm zuweilen einen schurkischen Zug ein. Er besaß kein geübtes Auge, keins wie Lauras an tausend Gemälden und hundert Skulpturen in Rom, Venedig, Paris, London und Madrid und bei aberdutzenden Defilees geschultes Auge, und er sollte es auch nie besitzen. Seine Haut war ohne Makel und glatt gespannt über hohe Wangenknochen, sein Sinnen ohne Tadel, als kenne er keine Brutalität, kein Beißen in Fäuste, keinen Kopf gegen die Wand, keine Mittellosigkeit und keine Sorge. Kernig war sein Lachen unter Freunden. Doch wenig bekam sie ihn so mit, vermied seine Freunde, die nicht ihre waren. Sie nahm einen Freund, der hereinschneite, zum Anlaß, um zu gehen.

Sie war noch lange Zeit blind vor den Jeans, die über den klumpigen Schuhen wulstige Falten ablagerten und ihm eine Goofygestalt beibrachten. Sie sah nicht sein Bubiprofil und mißdeutete die Spannung, unter der er stand, denn sie nahm sie für einen ihr verwandten Tiefsinn, der intensiv war, kompakt, und Lionel jene akkurate Härte verlieh, die auch einem gut geschnittenen Anzug zu verdanken ist.

Er kam ihr vor Jugend und Armut frei und unverbraucht vor. Er wurde gebunden, brach, wurde verloren.

Sie tat es: ihn binden, brechen, verlieren. Er wurde das Werk von ihren Gefühlen und Nichtgefühlen, ohne daß sie es wollte. Er gab mehr, als er besaß. Er hatte Empfindungen, die seine Kräfte überstiegen. Dabei hatte ihr zunächst völlig unausdenkbar geschienen in ihrem alten kleinen Kopf eine Brücke, ein Steg, ein Weg, ein Sprung über die Kluft, die das Jahrzehnt Altersunterschied zwischen ihnen aufriß. Auf jeden Fall habe sie sich zu hüten, ihm etwas von ihren akademischen Graden und den vielen Lenzen und dem vielen Herbst auf ihrem Buckel zu verraten. Ihr Zweisein, wäre es denn je, würde nicht von Dauer sein können und wäre schon in jedem Anfang getrübt von der Furcht vor dem unausbleiblichen Verlust seiner gerade erst gewonnenen Nähe, seiner zahmen Intimität, seiner ungetrübten Augen, seiner harmlosen Worte, seiner kleinen Vergangenheit, seiner Lippen, seines Gliederbaus, seiner Rätsel, seiner ihr anvertrauten, geheimen schrecklichen Wunde, seiner Zukunft.

Der französische Sommer war nun voll da, der voluminöse, üppige, gierige Sommer. Im Schatten des Sommers spiele sie sich gerade ab, vielleicht, hing sie müßigen Gedanken nach. Im Schatten der Wüste des Sommers, da war nur Schatten und Wüste und Sommer und sie darin ziemlich frei. Alle Kollegen waren längst verreist, die Universität verödet, und von ihren Blutsverwandten trennten Laura Hunderte Kilometer, unvorstellbare Massen Wasser, Erde und Luft, auch eine Menge Desinteresse, einige Male der Krebstod, Egoismus schließlich und Lionel. Sie sah wochenlang nur drei Personen, mit denen sie Worte wechselte: ihre Vermieterin, Monsieur Jean Somerville, einen stämmigen Handelsvertreter in Sachen Verpackungsmaterial, der fast täglich an ihren runden Tisch kam, teuren Unterricht in Wirtschaftsdeutsch zu nehmen, dazu Kaffee sich servieren zu lassen, runde lebhafte Äugelchen zu machen und einen herzhaften Small talk zu pflegen. Und der dritte im Sommer, in der Wüste, im Schatten war der unerhört junge Lionel mit seiner Lehmbruckgestalt.

In ihren Träumen floh sie in jener Zeit über farblose Ebenen zu auf einen Horizont aus einer weißen, fast unsichtbaren Linie, über die hinweg Himmel und Erde ineinander verschwammen, nicht sich küßten. Hinter sich hörte sie gewaltige Tore zuschlagen, und jedesmal durchhallte ein Schuß das leere All, von dem getroffen sie ihre Kräfte schwinden fühlte und hinzusinken drohte. Wandte sie dann aber in letzter Minute ihr Gesicht einer extremen Sonne zu, half das Licht, das sie frontal traf und ihrem Gesicht die Schatten des Alters abfräste.

An einem Sonntagmittag kam sie vom Markt mit buntem Obst, einem knusprigen Hähnchen, frischen Tulpen und weißem Leder für einen Sommermantel zurück und stand vor einer Haustür, die eisern im Schloß klemmte. Und wen schickte der Zufall die Treppe herunter? Von innen war der Riegel mit etwas Gewalt aufzuschieben. Er öffnete ihr die schmale Tür bis zum Anschlag, als gehöre die Bläue des Himmels zu ihr und sei eingeladen, mit einzutreten. Ein Gespräch entspann sich. Ihre Sätze waren kurz und gekappt, als würfen sie sich Bälle zu, die Linien zeichneten, die eine unausdeutbare Figur der Geometrie zwischen ihnen entwarfen. Er erbot sich schließlich, ihre Sprechanlage instand zu setzen, was sie erst für ein paar Tage später zuließ, um es ihm mit einem frischen Kuchenimbiß danken zu können.

In den kommenden Wochen hatte er so viel Zeit für sie, als stünden ihm doppelte Tage zur Verfügung. Mit tausendundeinem Reparierdienst brachte er sich in ihre Nähe. Er holte ihr scharfe Bilder in den Fernseher, pumpte mit bloßer Hand den Abfluß ihrer Badewanne frei, reparierte mit seinen langen Gynäkologenfingern, das hatte er von seiner Mutter, von der Sprechanlage über die Herdplatte bis zu ihrem überwinternden Herz alles. Er hatte noch gar nichts Zusammengefaßtes an sich wie Berufsmänner, wie Federico zum Beispiel in seinen gefällig geschnittenen Anzügen, mit der erstarrten Mimik dazu. Gern kleidete sich Lionel in Braun oder Schwarz, neu und ausgewaschen, und Schmuck dazu stand ihm gut. Ein silbernes Armband schlackerte um sein schmales Handgelenk. Sein Name und seine Blutgruppe standen darin eingraviert. Ein dünnes goldenes Kettchen um den Hals mit einer Scheibe, die nicht größer war als ein flachgehauener Tropfen Gold, beschützte ihn auf die gleiche Art. Doppelt war auf ihn aufgepaßt, sollte ihm ein Unfall zustoßen. Sie selbst wußte ihre Blutgruppe nicht einmal.
Ihrem Fotoapparat hätte er eine Fernbedienung eingebaut, wie einst einmal einem Kumpel. Er verbrachte eine halbe Nacht damit, den Apparat wieder zusammenzusetzen, wovon er ihr dann freudigst berichtete, obgleich es mit der Fernbedienung nichts war. Sie dankte ihm seine Hilfsdienste mit Einladungen zu Mahlzeiten. Es gab Auftakte: Die beiden ließen voreinander alle möglichen Dinge fallen, bevor sie sich selbst zusammen fallen lassen würden. Korken, Serviette und Messer fielen, und fast stießen sie aneinander, als sie sich in schnellem Reflex zugleich bückten, um den Korken, die

Serviette, das Messer aufzuheben. Er ging nie, ohne einen neuen Termin mit ihr ausgemacht zu haben. Dabei konnte sie einen Blick in seinen Terminplaner werfen. Ihr Name tauchte fast jeden Tag darin auf. Im Laufe der Wochen war er gewachsen. Lionel hatte ihn mit immer größeren Buchstaben geschrieben. Gemalt wäre bald das richtige Wort. Er würde über den Tag hinaus wachsen, schließlich die Kalenderseite sprengen.

Lionel verlor Freunde. Eric habe er heute wohl zum letzten Mal gesehen, nachdem er am Vortag Gaston losgeworden sei, weil er nicht mit ihm ins Kino hatte wollen, um Geld für Blumen zu sparen. Da war aber noch Macker Thoma, ein Anmachertyp und Sportsfreund. Da war bis vor kurzem noch gewesen Bastien, einer der wirklichen Freunde und ein Schrank von einem Mann. Das war er nun in der Armee. Francisque hatte die Armee auch schon längst. Der behäbige Bruno war noch da, stellte noch immer jeden Tag erfolglos den Frauen nach und besaß in Kartons schmutzige Videos, die er auslieh. In Brunos Begleitung schäme er sich in Grund und Boden, beteuerte Lionel Hand aufs Herz. Aber Pferde seien mit ihm trotzdem immer noch jeden Tag und jede Nacht zu stehlen, auch für sie. Den Intelligenzbolzen Manu und den Compufreaky Benjy, der auf sein Äußeres keinen Wert legte, obwohl er in Geld schwimme, habe er auch früher nicht so oft gesehen. Nicht weh täte er dem harmlosen Joel in seiner Dachkammer, für den Frauen Bomben und Kanonen waren und der folglich als Bildschirmschoner eine Bombenkanone hatte. Daneben gab es noch den treuen Farid mit den warmen, blutunterlaufenen Augen. Für Jolly war mit seinen x Computerspielen, die sämtliche Fen-

ster zustapelten, ausgesorgt. Von Daniel, dem zukünftigen Bullen, der Lionel zu seinem großen Ekel nach einem bierseligen Geburtstagsabend auf die Lippen geküßt hatte, hielte er sich ohnehin lieber fern. Und Igelkopf Antoine war, ist und werde ihm immer ein täglicher Bruder sein.
Sie unterhielt ihn mit ihrem Gesicht, in dem er in einem Nasenwinkel einen Rest Schwarz entdeckt hatte. Im Grammatikunterricht gerate sie immer ganz schön ins Schwitzen, fasse sich wohl hundertmal ins Gesicht, lege wohl x-mal den Finger an die Nase oder zupfe gar an einem unsichtbaren Kinnbärtchen: »soweit« sei eine konditionale Konjunktion, habe sie heute verzapft. Laurent habe sie korrigiert, es sei eine »temporale« Konjunktion, was sie aus dem Konzept gebracht habe, weswegen Laurent entschuldigend hinzugefügt habe, das sei nicht schlimm. Monsieur Ce-n'est-pas-grave, hätte sie ihn lachend taufen sollen, denn es war nicht das erste Mal, daß er sie mit ebendiesen Worten zu begütigen suchte. Herrin von Situationen aber war sie nie gewesen. Am Ende der Stunde habe Marjolaine sie beim Rausgehen auf ihre schwarze Nase hingewiesen. Ihr Schornsteinfegergesicht täte ihrem Charme aber keinen Abbruch, habe Jean-Marie hintendrein gegrinst. Brav hörte Lionel zu. Er hatte sich unbequem auf den kleinen Klappstuhl gepackt, und sie war froh, ihn wieder stehen zu sehen. Er inspizierte die Steckdosen, und im Gehen sagte er, morgen seien ihre Steckdosen dran. Sie wußte gar nicht, daß sie kaputte Steckdosen hatte. Sie wollte ihn den Petinismus abfragen oder ihm bei seinem Referat über eine große Persönlichkeit der Geschichte helfen: Brandt hatte er ausgewählt.

Aufmerksamkeit ließ er folgen auf Aufmerksamkeit, und sie hatte im Laufe der Wochen schließlich einen Haufen an Aufmerksamkeiten zu ihren Füßen, auf den sie ein wenig ratlos herunterlächelte. Verdiente er sich eine Faustvoll schwarzes Geld in die Tasche, indem er für die Hausbesitzersfrau die Tür neu strich in einem stumpfen Blau, das in der Seele kratzte, und erzählte sie dann unbedacht von ihrer ganz in Lackweiß getauchten Wohnung in Berlin, so strahlte am nächsten Morgen die Tür in feuchtem Weiß, war seine Tasche und die seiner Mutter leer und stand ihr behelfsmäßiges Namensschildchen in adretter Handschrift neu geschrieben.
Er bat, sie zur Bibliothek begleiten zu dürfen. Noch nie sei er dort gewesen. Sie konnte es ihm nicht schon wieder abschlagen, sich mit ihm in der Öffentlichkeit zu zeigen. Doch erledigte sie ihren Bibliotheksgang hastig, während er draußen wartete. Auf dem Heimweg gab es niemanden mehr in der Stadt, denn sie sah keinem Passanten in die Augen. Sie benahm sich wie ein Kind, das sich versteckt glaubt, wenn es sich die Augen zuhält.
Sie bestritt das Gros des Gesprächs, sprach beifällig vom Filmschlager »Titanic«. Er nahm's als Wink mit dem Zaunpfahl und lud sie für den nächsten Abend ins Kino ein. Als es dann im Kino keine Plätze mehr gab, nahmen sie die in einem Abendcafé.
Sie ließ sich zu Cola im Mund mit Place Rihour im Blick und Lionel im Ohr einladen. Alles einher war in frühe Pärchenzeit getaucht. Lionel war zum Tresen gegangen, um zu bestellen, und hatte gezahlt, noch bevor ihnen überhaupt serviert worden war. Sie ließ sich zum Rotanlaufen einladen, denn er lief an. Woraufhin sie mit einfiel, sich aber dann kurz die Faust gegen die

Schläfe schlug, wie um das Rot aus dem Gesicht zu schubsen. Sie steigerten aber einander ihr Rot nur. Sie sollten besser ein Spiel finden. Welches auch immer, hatte sie gedacht, und er wäre, auf welches auch immer, eingegangen. So spielten sie »Ich sehe was, was du nicht siehst, und das ist rot!« Berühmt rot und haltbarer als ein Menschenleben und uns unerreichbar, wie tief wir auch in unsere Taschen greifen? Ein Porsche. Berühmt rot und uns allen jede Sekunde erreichbar? Das leuchtend rote, strotzende und prall vor schönen Rundungen stolz sich brüstende, glänzende Herz, das schlägt für ein zweites, leuchtend rotes, strotzendes und prall vor schönen Rundungen stolz sich brüstendes, glänzendes Herz. Sie behielt ihren Kitsch für sich und gab ihm statt dessen ein anderes Rätsel auf. Ein gerade dagewesenes Rot? Ein Faltenrock. Blutrot und doppelt und ganz sicher im Gleichtakt?, konnte sie ihre Herzen nicht in Ruhe lassen. Sie selbst. Scharlachrot? Nichts in Sichtweite. Braunrot? Die Cola. Dann: Ich weiß etwas, was du nicht weißt, und das ist rot? Le coeur a ses raisons que la raison ne connaît pas. Im Kalender angestrichen? Rot geflaggt? Rot eingefärbt? Auf rot geschaltet? Rot angekreuzt? Dies ganze Jahr, mein ganzes Leben. Sein ganzes Leben seit ihr!? Sie ließ damit das Rot rot sein.

Seine Hände waren unruhig wie Kinder. Ihnen sah man ihr frühes Zupacken bei umstandsloser Arbeit an. Weich und belohnt in diesen Händen sein, die auf so viele Ecken und Kanten täglich stoßen, sehnte sie sich ein wenig schmalzig. Wenige Jahre später wäre sie froh, wenn sie so etwas noch wünschen könnte. Sie dachten keine Sätze mehr zu Ende. Ohnehin stießen sie ständig einander Sätze in angefangene Sätze, als würden sie sich

pieksen oder befechten. Er habe etwas aufgestöbert, das er ihr zeigen müsse. Damit brachen sie auf.
Eine Woche später waren sie pünktlich im Kino. Er bekam vom Film kaum etwas mit, weil er drei Stunden lang nicht wagte, ihr die Hand aufs Knie zu legen. Und sie erlöste ihn die ganze Zeit nicht. Sie gingen zu Fuß zurück. Den kürzesten Weg heim nimmt er nicht gerade, wiewohl er ein Kind der Stadt ist, stellte sie fest und machte ihn auf die blauen Lichthubbel aufmerksam, die ins Trottoir eingelassen waren, Pflasterakne, Noppen, Hökerchen, Sicherheitsvorrichtungen, rührende Frauenbeschützer, öffnete sie ihm lauter Türen, damit er einfalle in ihr Gespräch. O.K., blau leuchtende Hubbel, nicht mehr. Orangen flutete Licht aus hohen Laternen in die wohlig eingedunkelten Straßen. So konnte sie ihm seinen Nullbeitrag zum Gespräch nicht übel nehmen. Was sie auch bemerkte zum Film, es ging ihm noch nicht einmal ins eine Ohr rein. Unvermutet fragte er dann, ob er Chancen habe. Sie stellte sich dumm, fragte, was er meine, und beschleunigte den Schritt. Dann standen sie auch schon vor der Haustür. Er stieß den Schlüssel ins Schloß und schubste mit seiner Schulter die Tür auf. Im Treppenhaus wollte sie ihm seinen Schal zurückgeben. Er wünschte, daß sie ihn behalte. Sie fing mit dem Schal seinen Kopf ein, ließ dann aber die Enden los, statt Lionel zu sich zu ziehen. Vor seiner Tür traten sie auf der Stelle. Endlich brachte er hervor, wozu er Lust habe. Ich möchte dich küssen. Sie lenkte ab mit blödem Ratespiel: Lust seit wann? Seit je? Eh? Seit ein paar Minuten? Seit die Hormone dirigieren? Seit er denken könne? Seit er lieben könne? Und sie habe jetzt Lust auf Wein, meinetwegen mit ihm. Ein paar

Jahre später wäre sie froh, wenn sie überhaupt noch so etwas erwidern könnte, froher noch, wenn sie etwas anderes erwidern könnte als: sie habe jetzt Lust auf ein Glas Wasser oder auf Staub oder auf gar nichts, nein, im Grunde habe sie Lust auf Lust, aber das sei ja unmöglich.

Er nickte und folgte ihr die Treppe hoch. Mit einem Bitte, begleitet von einer Handgeste, ließ sie ihm den Vortritt in ihre Wohnung. Mit der blau-weiß-gestreiften Tapete, der Dachschräge, den Strohsesseln und dem Wachstuch in der Farbe einer Eidottersonne nahm sie sich wie ein geräumiger Strandkorb aus, wie ein gut aus den Fugen geratener Strandkorb. Sie hätte ruhig düsteres Licht, Schaben, Dreck und Farben ohne Klarheit haben können, und mit dilettantischen Möbeln hätte sie zugestellt sein können, Lionel nahm ohnehin nichts wahr. Die Tür klackte ins Schloß. Er beugte sich zu ihr hinunter, während sie sich an der Türleiste hochschob. Er nahm sich ihren Mund vor. Aber wie. Sie stöhnte innerlich: Warum mußte er gleich mit der Zunge küssen und die Lippen auslassen und den Atem ignorieren und die Luft davor nicht kennen? Sie kämpfte gegen seine Zunge an, versuchte, seine Küsse aus der Tiefe von ihrem Mund zu stoßen, an den richtigen Ort, ohne daß er es merkte. In ihren Händen zerkrallte sie seine steife, schwarze, klamme Jeansjacke, als wäre sie zu bearbeiten wie Papier, das man weich knäulen kann, wie sie es einst mit Briefen an Alvaro getan hatte. Wenn er genauso liegend liebt, wie er stehend küßt, ging ihr durch den Kopf. Sein arges Küssen hatte sie auf den Hosenboden gesetzt. Lionel würde diesen Augenblick später einmal als den schönsten heraufbeschwören, ihn in Gold fassen

und über sein Bett hängen. Am Ende freute sie sich tapfer darauf, mutiger ihm gegenüber sein zu können, und zuckte die Achseln bei dem Gedanken, daß ihm wohl viel beizubringen sein werde.
Am nächsten Tag wurden sie von einem Freund zum Apero eingeladen. Es gab Cola und Zitronenlimo aus Dosen und Chipsberge auf Papptellern mit Tintin-Figuren. Lionel trug zu einem olivgrünen Hemd braune Jeans. Er streckte seine langen Beine von sich, schlug sie übereinander, sparte aber eine schmale Raute Luft aus. Die Hand mit der Zigarette aufs Knie gestützt, erzählte er sich froh und sicher den ganzen Spätnachmittag entlang, während Laura wohl viel schön war und viel schwieg und viel Schokolade aß und sich belustigte. Dann führte man sie ins Videospielen ein. Warum auch nicht. Sie hielt die Fernbedienung falsch herum und wurde nettest ausgelacht, als sie sich als Tarzan-Lady eines Gorillakerls, dessen Muskelpakete blitzten, wohin man nur blickte, zu erwehren hatte und dabei die kritischen Mannszonen immer schön danebentraf. Am Ende läge sie am Boden, das sahen Lionels Kumpanen schadenfreudig voraus, statt ihr Bein auf einer Mannsbrust zu plazieren, die eigene Brust mächtig hervorzuwölben, in einem Schwung die Haarmähne in den Nacken zu werfen, um sich den Applauswind der Zukunft voll ins Gesicht wehen zu lassen, dreinzuschnalzen und lachend Siegerinnenzähne zu zeigen. Als Laura dann in ihre kleine Wohnung unterm Dach hochstieg, war sie froh, wieder ein schönes Wenig traurig, allein und von einer Melancholie sein zu können, die zähmte. Sie wartete in einer Sänfte auf die Dämmerung und die Nacht.

An jenem späten Märzabend war der Himmel starr vor Kälte und von einem Schwarz wie aus nächtlichem Eis. Die Sterne waren zu winzigen Pünktchen zusammengefroren und bargen sich gleich fossilen Einschlüssen im Nachtgestein. Lauras Klappfenster ließ sich endgültig nicht mehr zuwuchten. Sie sah sich gezwungen, fremde Kraft in Anspruch zu nehmen. Sie stieg einen Stock hinunter, klopfte an Lionels Tür. Der Vater öffnete, während der Sohn schon aus dem Hintergrund hervorkam. Vater und Sohn entschuldigten ihren Aufzug und strahlten trotz später Stunde nichts als Freundlichkeit und Hilfsbereitschaft aus. Ihr Problem stieß auf vier offene Ohren. Man bat sie um einen Moment Geduld, und präsentabel kamen die beiden wenig später hoch, um sich an ihrem Klappfenster abzumühen. Es wollte ein Kinderspiel nicht sein. Lionel mobilisierte in seiner Löwenbeflissenheit eine derartige Kraft, daß Holz splitterte. Damit würde jede Versicherung wegen Gewaltanwendung keinen roten Heller zahlen, und sie gab ihre Kaution verloren, sorgte sie sich schon, umsonst, denn Lionel würde ihr Handwerker besorgen, die einmal auch Fenster für nichts als Mädchenhaftigkeit, Zöpfeziehen – jeder ein Mal – und ein paar lächelnde Worte reparierten.
Sie bedankte sich überschwenglich und freute sich auf eine wohlig warme Nacht voll ruhiger Stille. Bevor sie die Augen zutat, klopfte es noch einmal. Lionel. Ein Werkzeug war vergessen worden. Ob sie ihm mit einem Glas Wein danken könne. Sie habe es vorher ganz versäumt, und es sei ja eigentlich auch schon unmöglich spät. Er nahm an, und dann begannen sie endlich einander. Er habe gefürchtet, sie sei mager, stehe aber nun

überrascht vor ihrem Körper. Nichts zum Wegschmeißen sei an ihr. Er hatte die Bewegungen eines jungen Tiers, das sich sein Nest zurechtmacht, so suchte er ruhelos stundenlang die beste Lage an ihr. Er war zunächst sehr unsicher, bald sehr erleichtert und später sehr glücklich. So glücklich, daß er glaubte, leicht eine große Last loswerden zu können. Er müsse ihr etwas anvertrauen. Sie dürfe es aber nie weitersagen. Jeder Mensch habe ein großes, schreckliches Geheimnis, wollte sie mit Goethe höflich und hilfreich sein. Er zögerte noch immer. Wer A sage, müsse auch B sagen, und für ein C und D habe sie auch noch ein großes, geduldiges, offenes Ohr. Diese Nelly, brachte er endlich über die Lippen. Sie nicht, aber – Laura stützte sich auf den Ellenbogen und forschte in seinem Gesicht. Nein, sagte er. Wieder verstummte er. Er selbst. Er brachte weiter nur Bruchstücke über die Lippen, aus denen sie sich keinen Reim machen konnte. Sie schloß die Augen, drückte sich an ihn, machte es sich mit ihm noch dunkler, fuhr ihm durch sein weiches Haar. Im April vor einem Jahr. Langsam wurde ihr klar, was verbrochen worden war. Sie war schockiert. Die eigene … nein. Es war nicht vorstellbar. Wie kaputt er sein mußte. Wie hilflos sie war. Wie hilflos sie waren. Solange er sie nur liebte und sie ihn, brachte sie endlich hervor. Sie forschte vergeblich in den Mythen, welcher Trost zu spenden wäre. Ihm war leichter zumute.
Sie ließ ihn die Nacht über bleiben. Seine zarten, im Erwachen noch sanft verlorenen Gesten am Morgen taten es ihr sehr an. Dann redete er mit ihr die ganze Zeit, durch alle Türen. Ob sie wisse, warum der Hahn der Nationalvogel der Franzosen sei, kam es aus dem Bad.

Dieses absolut unmajestätische, mickrige Tier sei ein wahrer Fehlgriff, das stehe für sie fest. Lionel verriet die Antwort: weil er der einzige Vogel sei, der auf einem Misthaufen singe.
Als sie beim Frühstück auf sein Abitur zu sprechen kam, verkroch er sich hinter der großen Kaffeetasse, die er mit beiden Händen umfaßt an den Mund preßte. Ob sie ihn nicht Geschichte abfragen wolle. Sie nickte. Ohne das Geschirr zusammenzustellen, gingen sie hinunter. Bald lagen die Blätter, auf denen Frankreichs Geschichte geschrieben stand, rund um sie herum auf dem Boden verstreut, wie die Blätter einer Blume, die sie umkreiste und deren jedes Blatt nur das Eine sagte oder zu dem Einen aufforderte: aime, mußte sie denken, wollte aber einen Strich durch sich machen, weil sie sich dabei unsäglich fand, und konzentrierte sich auf ihn, um über sich Kitschregisseurin hinauszukommen.
Danach zeigte er ihr Fotos, auf denen sie ihn nicht erkannte. Der reinste Fettkloß. Die Augen versenkt im Fett, seine hervorstehenden Wangenknochen untergegangen im Fett. Schwammiges, abstoßendes Fettgewebe, wo der Mensch? Ein Wabbelwanst auf x-beinigen Elefantenstampfern mit Krummachse, stand er linkisch da. Und jetzt sah er wie von Michelangelo gemeißelt aus, wie von Michelangelo in die Existenz geküßt. Und er konnte Spagat, weil er Karate lernte, und natürlich demonstrierte er es ihr. Kein ganz astreiner, aber immerhin. Ein Fettkloß im Spagat, das ginge nicht. Gewiß, er war ein anderer geworden. Seins- und redselig. Weiß Gott kein Tänzer, aber ein Kampfsportler, verteidigte er sich vor ihr mit plötzlicher Kraft im Ton seiner glatten Stimme. Schade, daß es keine messerglatten Stimmen

gibt, dachte sie. Aus seinem Wortschatz isolierte sie die Sätze »Red keinen Stuß« oder »Ich hab' mich gekugelt vor Lachen« oder »Ich habe mich nicht mehr gekriegt« und packte sie hinein in ihren Speicher weißer Masse. Ob sie die Fotos zerreißen dürfe. Wie hätte er ihr etwas abschlagen können. Sie warf ihm die Handvoll Fotoschnitzel über.

Er war neugierig und unbändig, täglich. Sie bekochten einander, wobei sie ständig das Essen anbrennen ließen, so daß das ganze Haus nach ihrer Liebe roch und der Geruch ihrer brennenden Liebe noch lange drin hängen würde. Wann immer später Brandgeruch in ihre Nasen stiege, wach wären sie vor Erinnerung und nicht vor Alarm, waren sie ganz vorfreudig vergnügt. Von einer ihrer kompakt geratenen Nachspeise sagte er »Plumps« und »Bleibt am Herzen kleben«, und damit sprang er weit vor dem letzten Bissen auf. Wie wäre es mit einem Capuccino eine Etage tiefer? Sie ließ das dreckige Geschirr dreckiges Geschirr sein und folgte ihm einmal wieder die Treppe herunter. Er setzte Wasser auf und bat sie, sich eine Sekunde zu gedulden. Er verschwand, um zurückzukommen mit einem Packen zerknitterter, vergilbter, eingerissener und befleckter Papiere in der Hand, die er ihr vor die Nase auf den kreisrunden Familientisch klatschte: seine gesammelten Zeugnisse. »Lernt seine Lektion nicht und ist ganz zufrieden dabei«, hatte ein Lehrer vermerkt. Wäre er Fontaine, notierte ein anderer Schulmeister, dann hätte er Lionel als Siebenschläfer ein Denkmal gesetzt. Als dieses Urteil über ihn gefällt worden war, da war Lionel noch zu wabbeligen Kilos alt gewordener Babyspeck gewesen, der sein Denken und seine Knochen wie dichter, ver-

klumpter Nebel umgeben haben mußte. Die Schule müsse ihn unendlich langweilen, verzweifelte ein Dritter. »Sieg«, schrie ein Vierter und schrieb's in Blockschrift quer über die Anmerkungslinien ins Zeugnis: Lionel habe alle im Jahresverlauf geforderten Arbeiten auch abgeliefert!
Auch einen völlig zerfledderten Fetzen hatte er hervorgekramt, den Ausweis, die jederzeit offene Tür zum Rektor für ihn als Schülervertreter. In seinen frühen Schuljahren habe er als Klassenprimus Preise eingeheimst. Dann sei es immer schlimmer mit ihm geworden. Der beunruhigte Rektor, schwer o.k. der Mann, un type bien quoi, habe seinen Vater gesprochen. Doch nichts hatte es geholfen. Es war ein weiteres Mal geschehen. Wieder hatte es nichts gefruchtet. So flog er, träger, blasser, großer, dicker, dummer Junge, eines Tages wegen Schwänzerei von der Schule, erzählte Lionel fröhlich und wollte mit so wenig Schulwissen auf dem Kasten, so gar nicht fester Erde unter den Füßen, mit so aberviel Nichts um sich herum eine Welt mit ihr bauen, in deren alle Ecken er ihr Kinder setzte. Er wollte arbeiten, damit sie schreiben könne. Er war ein unmögliches Reich an Vertrauensseligkeit. Schlanker Hand in den Wind geschlagen hatte er seines Vaters Rat, doch über ihn Stillschweigen Laura gegenüber zu bewahren, sonst würde er seine heißgeliebte Freundin verlieren.
Sein Vater war vor dreizehn Jahren noch ein in Zeitungen gefeierter Friseur gewesen, da, immer da zur reinsten Freude der Frauen, erging sich ein Journalist in Jubeltönen. Dann aber hatte eines schwarzen Tages das Schicksal zugeschlagen, in Gestalt eines üblen Halun-

ken von Geschäftspartner (bestimmt ein Verwandter von unserem den Lauratod begehrenden Erzähler), der zu nachtschlafender Zeit mit seinem Zweitschlüssel in den Laden gedrungen war. Er hatte die Kasse geleert und auch noch den Schmuck, den Lionels Mutter im Friseurladen ausstellte, hatte er aus den Auslagen geklaubt, dieses gemeine Aas, und auf und davon über alle Berge hatte er sich gemacht, in den Erdboden, der ihn verschluckt hielt. Die Steuerschuld von seinem Vater sei zu immensen Höhen aufgelaufen: fünfzehn Millionen Franc sei sein Vater wert, prahlte ihr Kleiner. Den Geschäftswagen fahre er seit Jahrzehnten ohne Versicherung, setzte er obendrauf. Eine Polizeikontrolle und es sei aus. Krank werden dürfe sein Daddy nicht. Kurz: Sein Vater existiere nicht.
Sie war erneut betroffen, und wieder war das eine Wahrheit, die sie gerne wie die Fotos zerrissen hätte, um Konfetti aus ihr zu machen. Sie half sich mehr schlecht als recht mit vagen Vermutungen. Der Betrüger hoffe inzwischen vielleicht vergeblich von blendenden Südseefarben, daß sie ihm das Gewissen ausbrennen, mit dem schlechten, wenn es sein müsse, auch das gute, da er ohnehin nicht mehr seines Lebens froh werden könne. Der gemeine Mensch hoffe vielleicht von greifbar nahen Südseefrauen, daß sie ihm das Denken nehmen, und manchmal vielleicht von Südseewassern, daß sie ihn endlich in sich saugten.
Nach und nach bekam Laura Lionels Freunde zu Gesicht. Er hatte Freunde, die das Wort pejorativ nicht verstanden, nicht schwimmen konnten und auch Rad nicht fahren, nicht wußten, daß Bergamotte Herrenbirne heißt. Schlackerschnee gab es an ihnen vorbei,

und daß Wetter schmaddern kann, gehörte nicht zu deren Wissensschatz. Er hatte Freunde, die Mäntel Jacken nannten, die schwarz CDs brannten, die Humphrey Bogart für einen Baseballspieler hätten halten können, denen auf immer entfallen war, was ein Dativ ist, und die ihren Freundinnen ihre kleinen Zimmer mit Rosen zuschenkten.

Auch einen herrenlosen schwarzen Kater mit weißen Pfoten zählte sie zu Lionels Gefährten. Das kastrierte Tier suchte immer wieder ihre Nähe. Eines Abends lagerte es sich auf die Seite, streckte alle viere von sich und ließ die Wärme aus einem Radiator ganz auf sich eindringen. Sie hatten diese etwas schickere Ausführung von mobilem Wärmespender, der einer Vermählung von Leuchtturm und Lampe glich, nahe ans Bett gerollt, obwohl er penetrant roch, weil er mit Petroleum lief. Er war aber bei Mensch wie Tier willkommen wegen der bulligen Wärme, die wohlig einlullte und sich schön verbreitete in dem kleinen Durchgangszimmer, das bei größeren Herrschaften Flur hieße. Der Kater verschlief die beiden.

Später wurde Laura das Tier unheimlich, weil sie sah, wie es sich im Dreck suhlte, sich am Treppengeländer rieb und sich in die Ecken staubiger Pappkartons verkroch. Lionel drang vergeblich in sie, den Kater doch zu adoptieren, sie würde sich weniger alleine fühlen.

Die Zeit ging auf verliebten Füßen weiter. Lionel und Laura legten sich lange schon keine bunten Steine mehr in den Weg und errichteten nur noch kleine Hindernisse, Appetithappen für den Spieltrieb. Sie spürten, von welchem jungen Tier jeweils der andere das Blut habe. Welche unklassifizierbaren Tiere aus magischen

Fabeln er aus ihr herausholte und was nur für kontrolllose Bewegungen! Sie gaben sich, als wären ihre Nächte doppelt lang. Sie hatte gar nicht gewußt, daß man so viel geben kann. Waren seine Hände anfangs blind, konnte er sie inzwischen, gab er an, auf eine beliebige Stelle von ihr legen und sagen: Das bist du, nur du und keine andere.

Sie verloren Maßstäbe, mußten es vielleicht, um weiterzukommen oder auch nur anzudauern. Hätte sie ein Alter näher an dem von Lionel gehabt, vieles wäre leichter gewesen. Könnte sie sich doch nur entzweihauen, mit Haut und Haar, mit Jahren und allem, fluchte sie in jener Zeit. Er müsse registrieren, wie die Kluft zwischen ihnen immer weiter aufklaffte, waren doch so unterschiedlich die Welten, in denen sie aufgewachsen waren. Um ihn nicht zu verlieren, müßten sich ihre Körper immer näher kommen, um diese andere Distanz wettzumachen. Diese Theorie ging auf. Sie verloren ihr Alter, ihre Gesundheit, fanden sie wieder, setzten Werte aufs Spiel, weil sie keinen Sinn mehr für Wichtigkeiten hatten, sondern glücklich Getriebene waren, sicher und seltsam aufgehoben. Sie gewannen Namenlosigkeiten, verspielten Namenlosigkeiten und waren oft stark, als ob ihre Körper lächelten, waren weise und ungerührt. Sie fanden Weilen, in denen neue Wägbarkeiten galten. Die Sonne war schwarz und quadratisch, Zeit war kein Geld mehr, und Schmutz war schön dreckig und harmlos wie für Kinder Schlamm, mit dem sie Eroberungsburgen bauen, auf die sie kleine bunte Plastikritter hochreiten lassen, die dann stolz Fähnchen hissen. Und ganz zuverlässig war an jedem kommenden Morgen auch für ihn und sie jeder Himmel immer wie-

der hell, heil und leuchtete von Engeln saubergeküßt. Sie gerieten in die Täler ihrer morastigen Naturen, pfiffen, waren herausfordernd, waren sicher, weit genug gelangt zu sein, auf zwei Horizontalen, die immer wieder eine wurden, geradewegs weit genug in einem Tann, in dem es nur noch ein Vorwärts gab und Steigerung.
Eine Zeitlang nahm sie zum Ausgangspunkt den Eindruck, der Menschen in gotischen Kathedralen befällt, und baute an der Erfahrung, alles in sich hochstreben zu fühlen, aus möglichst tiefen Gründen in möglichst hohe Höhen, immer deutlicher und konzentrierter mit jedem Mal das Aufsteigen zu registrieren, an Höhe zu gewinnen, bis dann immer eine stark aufschießende, unerbittliche Kraft ihre Achse durchpfeilte, sie anhielt, woraufhin sie ihren Körper zusammenbiß, um ihn zu halten. Andere Male riskierte sie frech den frühzeitigen Verlust, schüttelte sich, zitterte wie ein Tannenbaum, der alle Nadeln verlieren will, und zerschüttelte den Höhepunkt. Dann wieder versickerte er nicht rasch und spurlos, sondern zerstob, verging in einem Zersprühen und versiegte nicht wie sonst plötzlicher, als er gekommen war. Dann wieder polterte sie zusammen wie eine nette kleine Spielfigur, die nicht mehr stramm auf einem Podestchen steht, wenn man von unten den Daumen gegen eine Spirale drückt, womit die im Innern der Holzfigur gespannten Fäden erschlaffen. Es war ein hübsches Herunterzerfallen und am Ende ein Daliegen wie ein schönes Häuflein Befriedigung, das dann doch mir-nichts-dir-nichts wieder aufrecht stehen konnte. Manchmal stürzte sie sich von einem hohen Felsen hinunter in ein immenses Meer, löste sich darin völlig auf, war vollkommen formverloren, bis ihr dann irgend-

wann doch wieder eine neue Gestaltkraft Umrissenheit verlieh.

Oder sie zerarbeitete sich zu dicker, zäher Musik, innerer Masse, die an Hitze zunahm, bis die Tönerei ausklang und sie dem Formwerk mit einem Zipfelauslauf ein Ende setzte. Sie arbeiteten beide an einem Größer, Länger, Tiefer, Schöner, Extremer und Intensiver. Ihre Höhepunkte waren ein jeder immer so anders vom vorherigen, daß Laura den Eindruck hatte, sie unterschieden sich mehr voneinander als ihre Tage in der Rue de Valenciennes, die einer nach dem anderen auf so viel farblosere Weise kamen und gingen.

Sie verabsolutierten miteinander Preisgabe, übertrieben Haltlosigkeit, kultivierten Gipfel und erlitten Wut beim Stoß an die Grenze einer Lust, die zu steigern dem Körper nicht, dem Kopf aber wohl möglich war. Doppelt nackt wollten sie sein, dreifach, mehrfach nackt, und es war einfach kein Ding der Möglichkeit. Wie sollte das nicht ähnlich niederschmettern wie das Nichtbegreifenkönnen von Wissen, das über ein bestimmtes Maß hinausgeht, wie weit man auch schon vorgestoßen war, was sie als Studentin im eigenen Kopf erfahren hatte, als sie kapitulieren mußte vor den unaufbrechbaren Siegeln vor Wissensreichen und ihren Kopf in aller Bibliotheksöffentlichkeit in die Armbeuge niederstürzte, mitten unter so viel mehr siegenden Alvaros als verlierenden Lionels.

Einmal wachte sie auf mit der Hölle im Bauch, krümmte sich zusammen, atmete schwer. Sie konnte nichts zu sich nehmen, sah schwarz: Tee würde in ihrem Magen zu Teer verklumpen. Lionel klopfte. Bevor sie sich richtig begrüßt hatten, ließ sie ihn wissen, daß sie sich nicht mit ihm dem Aidstest unterziehen könne. Er möge sie allein lassen. Er ging, doch nur, um bald schon wiederzukommen mit der ärztlichen Bemerkung, sie mache ihm Feuer unter dem Hintern, und der Bitte um ihr Quarkkuchenrezept. Wie weggeblasen war ihre Unpäßlichkeit, als er zurückkehrte. Er holte sie auf seinen Schoß, wo sie ganz aufging in einem Stilleben: französisches Beige, Bysusseide, Kleid im Fluß über Schwarz von Jeans und Pullover, zweimal klares, blasses Augenblau. Bald wieder war sie mit ihm im Kuß, in der Umarmung, in der Welt. Als er dann gegangen war, stellte sich das Unwohlsein wieder ein, wogegen sie Aspirin und Piazzolla nahm.

Wenige Stunden nach seinem Gehen rief er an und schlug ihr ein Wochenende ein paar Straßen weiter in der Wohnung seiner Mutter vor. Je eifriger er seiner Mutter beim Großreinemachen helfe, desto früher verschwände sie aufs Land und überließe ihnen das Feld. Er drang in Laura mehrmals vergeblich, doch fünf Minuten früher zu kommen, damit sie seine Mutter kennenlernen könnte. Sie blieb taub.

Der Familientisch bordete über vor Eßwaren, als sei tatsächlich eine Familie zu Tische erwartet, groß und lieb mußte sie sein. Lionel servierte ihr zwei Sorten Foie gras. Welche sei die von der Gans, welche die von der Ente, wollte er ihren Gaumen kennenlernen. Dazu öffnete er eine Flasche Montbazillac und testete ihren Weinsinn. Auch Froschschenkel bot er auf, jedoch die mit Nieren, aufgetaute und mit gar nicht knapp gekappten Schenkeln, wie sie erleichtert feststellte. Dann wollte er unbedingt ein Foto, auf dem sie zu zweit zu sehen wären. Schließlich gingen sie in sein Zimmer, das so gut wie zur

Gänze von zwei Betten ausgefüllt war, so daß man sich zum Fenster quetschen mußte. Es war kein Platz zum Gehen, nur zum Fallen. Als sie umgezogen war, hatte sie ihr altes Bettgestell loswerden wollen. Er hatte es an sich genommen, mit einem Freund zu sich getragen und Decke über Decke gelegt, um den Höhenunterschied zu seinem eigenen Bett auszugleichen. Es war ihr peinlich, Fotos von sich an die Wand gepinnt zu sehen. Der Fernseher gab nichts her.
Er trug das schwarze Seidenhemd, das sie ihm endlich genäht hatte, nach Jahr und Tag. Er hatte es oft schon getragen wie eine Trophäe unter seinen Freunden. Es war ihm zu eng, und im Grunde mußte er froh sein, es ausziehen zu können. Auch verfing er sich jedesmal in den Fäden, die unversäuberte Nähte zogen. Sie war zu ungeduldig gewesen, wollte zu früh schenken. Als sie Durst hatte, kam er mit Orangensaft in fußlosen Champagnergläsern, die sie leerten und auf dem Kopf abstellten. Irgendwann übermannte sie der Schlaf. Noch nahm sie es ihm nicht übel, wenn er sie nachts weckte. Dann brachte sie ihm erneut etwas bei: Höre, jetzt, wenn wir zu zweit ein Stelldichein haben, im Schatten unserer Körper, tief unter der Nacht, umschützt von stummen Wächterwänden und dem wenigen Wissen, das wir noch voneinander haben, unter nächtlichen Wolken, nicht unter hämischen Menschenblicken, hinter Jalousien, da geht etwas schlicht und rein auf. Es ist redlich und gehört nur uns. Aber auf der Straße wären wir ausgesetzt den Augen, den Gedanken, den öffentlichen Dingen. Dann wäre es mit einem Schlag nicht mehr. Es wäre nicht nur aus, an seine Stelle träte lästige Besorgnis. Eine Kollegin könnte mich sehen und Ruf-

schädigendes von mir denken. Verärgerung könnte mich unterminieren, daß du auf dieses blöde Rumspazieren auf Teufel komm raus bestanden hättest. Gehetztheit könnte mich beherrschen, als würden wir dem Tag sein Licht stehlen. Unruhe würde mich treiben, nur ja bald wieder entzogen zu sein. Trauer würde einsetzen, daß du – unselig wie Psyche – uns hast sehen wollen unter Leuten. Wir sind nicht dazu gemacht, sichtbar zu sein im Draußen. Vielleicht hätte ich mit üblem, dreistem Zurschaustellen reagiert, überreagiert. All das ist vieles, was dazu angetan wäre, zu zerstören, was fluchtbereit und fragil zwischen uns sich eingestellt hat. Bleiben wir ein Geheimnis. Lassen wir das allesfressende Ungeheuer Öffentlichkeit nicht an uns heran. Im Augenblick weiß ich keine andere Möglichkeit, uns zu erhalten. Vielleicht werden mehr Menschen einmal mutig und stark sein wie Rosa Luxemburg und wie sie einer weltbewegenden und zugleich den einzelnen Menschen wie eine Welt bewegenden Sache verschworen sein, Mutter einer zu ihrem Recht gekommenen Arbeiterschaft und Geliebte eines um eine Generation jüngeren Mannes, der ihr Sohn hätte sein können. Tun wir uns weiter auf unserer Insel Geschenke an, daß sich Hüllen, Schalen, Gedanken und Gesten um uns ablagern, uns einnesten, fahren wir fort miteinander, umreißen wir einander, gehen wir uns kräftiger an, bis sich Späne um uns her ablagern, bis wir immer wieder so sehr verschwunden sind. Lionel sagte, er könne alles verstehen. Es waren aber die Katzen, die er verstand, und Freundschaft und Sohnsein, von denen er etwas wußte. Sie versteckten sich vor den anderen, sie versteckten ihre Hoffnungslosigkeit in der Sprache, mit den Worten, die

sie geschickt wählte, während er nicht aufhören konnte, kommende Zeiten für sie auszumalen. Sie verbot ihm schließlich, Fragen zu stellen, mit denen er nach ihrer Zukunft fragte, wie sie selbst schon lange keine Fragen mehr weder dachte noch stellte.
War sie mit ihm verabredet, ließ sie ihn nun warten, wohlwissentlich, wie sehr jede Minute an seinen Nerven zerrte. Immer stand die Tür schon einen Spalt offen. Manchmal war sie nur angelehnt, obwohl die zwei gar nicht verabredet waren. Ob sie etwas trinken wolle. Nein. Ob sie sicher sei. Ein Glas Milch, gab sie nach. Ob sie nicht lieber Orangensaft oder Cappuccino oder ein Glas Wein wolle. Nein, Milch sei sehr gut. Er zog die unsäglichen, flaschengrünen Vorhänge zu und stellte ihr eine Tasse Milch auf die Blümchentischdecke. Ob sie sich nicht setzen wolle. Er lenkte das Gespräch schon bald auf ihre absterbenden Gefühle. Er zog sie an der Hand auf seinen Schoß an sein Gesicht unter seine Augen in seine Traurigkeit, griff an ihr Herz. Sie stürzte Küsse in sein Gesicht, nahm Abstand, stürzte sich wieder in sein Gesicht, bis diese hoffnungslose Verlorenheit aus seinen Zügen gelöscht war. Dennoch begann in seinen Augen wieder ein seltsamer Glanz aufzuglimmen. Sie bot mageren Trost auf. Es sei noch nicht zu Ende. Sie lebe oft Geschichten über Jahre hinweg. Sie wollte sich selbst trösten, ahnte aber nicht, daß sie im Grunde nichts tat, als Geschichten über Jahre hinweg zu zerleben, zugrunde zu leben und sich selbst dabei mit. Er stand auf und trat ans Fenster. Der Tag hinter den Gardinen war immer noch hell. Sie blieb noch lange, konnte ihn nicht allein lassen in dem Gefühl, mehr ihm zerstört als aufgebaut und im Grunde die Büchse Pan-

doras ihm geöffnet zu haben. Er würde keiner nach ihr mehr so rückhaltlos vertrauen können. Er wolle sie atmen lassen, schöpfte er neue Hoffnung. Er wolle warten, bis sie ihn anrufe. So würde sie merken, ob er ihr fehle. Sie könne immer anrufen, zu jeder Tages- und Nachtzeit. Das wisse sie doch. Er wolle sogar zu seiner Mutter zurückziehen, damit sie sich nicht ständig über den Weg liefen.

Damit machte er sich auf zu einem Freund. Ein junger Tagedieb bettelte ihn um einen Franc an. Er erwiderte in einem rüden Ton, er habe keinen Franc, und bekam's übel heimgezahlt. Zusammengeschlagen wurde er ins Krankenhaus eingeliefert. Nachdem Laura eine Woche lang nichts von ihm gehört hatte, rief er sie an, um sein Mißgeschick zu erzählen. Sie erschrak. Ob er sie sehen könne, ob sie sein verunstaltetes Gesicht ertrage. Er wolle ihr etwas zeigen. Als sie die Tür öffnete, war sie erleichtert, kein Blauauge, keine Zahnlücke, kein gelähmtes Gesicht, keine Schürfwunden, keine Jammergestalt vor sich zu haben. Kaum war er in die Wohnung getreten, griff er auch schon in seine Jackentasche, aus der er eine amerikanische Faust hervorzog. Er steckte sie an und begann mit bewaffneter Hand ihren Arm über die Beuge und Schulterkuppel ihren Hals hochzuspielen. Was sollte sie Widerstand leisten? Was sollte sie reden? Jede solche Gelegenheit müsse man ergreifen. Sie kämen gar nicht so oft. Wer hatte es gesagt? Alvaro doch nicht? Nein, es mußte eine Frau gewesen sein. Feste waren ja auch zu feiern, wie sie fielen.

Noch hatte sie anzugehen gegen leise Skrupel. Seine Hand war immer noch seine Hand, die Dürer hätte Modell liegen können. Seine Hand arbeitete seinem

Mund die Brust frei. Sein Kiefer knackte. Sein Kiefer knackte ihr Herz auf. Die Stuhlgelenke knirschten, und die Stuhlbeine ratschten einem späten Freitagnachmittag Zeichen ein. Die Holzlaute gaben den Takt an. Der von der Straße aufgelesene Stuhl würde für immer eine wackelige Angelegenheit bleiben. Ungewöhnlich still war es, nachdem wüster Wind den Morgen gebeutelt hatte. Der Himmel zog sich zu. Ich mag unsere Geschichte, sagte er, trotz allem. Sie machte ihn auf die erstorbenen Straßen aufmerksam. Vielleicht gäbe es ein Fußballspiel, vermutete er. Es gab tatsächlich ein Fußballspiel. Frankreich wurde Weltmeister. Sie blieben sich an diesem Abend noch lange erhalten, vermieden die Worte. Es ginge nicht an, sagte sie zum Abschied, daß ihre Neins ihm Knochenbrüche und Krankenhäuser einbrächten. Das müsse er doch einsehen. Ob er das verstanden habe. Er solle sich mal vorstellen: Jedes Nein eine Narbe in seinem Gesicht, das sei doch unsinnig. Ich bewundere dich, sagte er nur.

Am nächsten Tag zog er mit Dimitri, Thierry und seiner Freundin Caro auf ein Musikfest. Sie wartete eine spätere Stunde ab, um sich zum Magischen Spiegel aufzumachen, einem Pavillon mitten in einem Park, den die Tangotänzer sich ausgeguckt hatten. Unterwegs hatte sie vergeblich versucht, Lionel in der musikseligen Menge auszumachen.

Der hagere, blasse Gaston tanzte bereits, konzentriert und cool, abweisend und sehr gut. Er hatte schwarze Augen und das Haar im Nacken zu einem Schwanz zusammengebunden. Alinas Füße waren beweglich wie Hände. Ihr Gesicht war an seines gelehnt. War in ihrem Atem Tango? Streichelten sie sich mit ihrem Atem?

Seine Hand hatte in ihrem nackten Rücken leicht Halt. War es nicht, als drückten die Beine aus, was im Kopf vorging? Gaston beugte sich über Alina. Die lange, schwarze Hose aus flüssigem Tuch reichte bis weit über die glänzenden Lederschuhe. Ob er seine Sohle mit Marseiller Seife eingerieben hatte? Seine Schritte waren geschmeidig. Er hatte schon zehn Jahre das Gehen gelernt. Er konnte, was selbst in Buenos Aires nur eine Handvoll Tänzer beherrschen: mit der Hüfte führen. Seine schwarzen Beine formten Buchstaben einer unbekannten Sprache. Er kannte das Ende des Tangos, und haargenau paßten seine Schritte auf eine langsam in der Angel quietschende Tür, die dann zuschlug. Angetrunkene Jugendliche äfften die Paare nach, klebten ihre Gesichter aneinander und stießen mit vereintem Arm vor.
Laura ließ Worte auf sich einfallen: Tengo miedo del encuentro, Con el pasado que vuelve, A enfrentarse con mi vida: Tengo miedo de las noches Que, pobladas de recuerdos, Encadenan mi soñar. Pero el viajero que huye, Tarde o temprano detiene su andar. Y aunque el olvido que todo destruye, Hay matado mi vieja ilusión, Guardo escondida una esperanze humilde, Que es toda la fortuna de mi corazón. Morgen dürfe sie noch nicht aus Lionels Leben raus, denn es brächte Unglück, am Vorabend einer Abreise »Volver« gehört zu haben. So glaubte sie doch richtig mit den Argentiniern? Im Tango mit Alvaro! Sie wäre eine Göttin, und wenn auch nur für sich, es genügte für eine neue Welt. Und jetzt zerbrach nur alles. Im Pavillon gab es keinen Tänzer für sie. Sie hielt sich nicht mehr aus, eilte weg mit einem Schritt, bei dem sie die Hacken in die Erde schlug.

Fünfzehn Mieten standen aus, und seinem Vater drohte der Rausschmiß. Lionel drängte ihr ein Bügelbrett auf, auch eine primitive Waschmaschine, die sie in die Badewanne stellen konnte und die sich als Krachmacher und Platzwegnehmer entpuppte und den Schmutz in der Wäsche nur gleichmäßig zu verteilen schien. Auch mit Schubfächern kam er an. Juwelen, mehr als Juwelen, Schmuckstücke, die seine Frau erfunden hatte, um für ihren Mann zu glänzen, mochten einst in ihnen gelagert haben, Schildpattknöpfe würde Laura später hineinordnen. Sie solle alles nur erst einmal annehmen. Nach ihr käme nur noch der Müll. Er erzählte von dem elenden Loch, in das sein Vater hat ziehen müssen, den Einbruch kurz nach Einzug, wo doch nichts zu holen war außer dem Fernseher, dem einzigen abendlichen Gesellschaft-Leister. Ein anderer hätte sich vor die Gleise geworfen.

Lionel machte mit ihr aus, sich nur noch drei- oder viermal in der Woche zu verabreden. Einmal sah sie ihn mit Freunden an einer Ampel warten. Sie fuhr auf dem Rad über den grünen Zebrastreifen für die Fußgänger. Sie trat kräftiger in die Pedale und rauschte vorbei, grüßte noch nicht einmal mit einem kurzen Seitenblick und schämte sich später elendiglich. Seine Freunde sagten ihm, er habe einen wirklichen Narren an ihr gefressen, nach allem, was er sich von ihr gefallen lasse. Weit weniger als er legte sie inzwischen auf die Waagschale, was er nicht wahrhaben wollte, aber wahrnahm und auf die schwere Schulter.

Er war jung genug gewesen, um sich rasch zu verändern. Es bestürzte. Er lachte nicht mehr frei heraus in ihrer Gegenwart. Er ging daran, die Zukunft zu planen. Er wurde schweigsamer und verlor nicht mehr unbekümmert den Faden beim Reden. Er erzählte ihr nicht mehr, was für ein ungewöhnlich breites Becken er habe, weswegen er beweglich wie die Asiaten sei. Wollte er Küsse, schürzte er nicht mehr schmatzend die Lippen, als locke er Vögel oder andere scheue Tiere an. Er verlor seine verschmitzte Art, bitte zu sagen, mit der er viel hatte abkosen können. Er packte endlich den Führerschein, vielleicht weil er so verrückt danach war, sie ans Meer ausführen zu können. Sie aber fürchtete einen Unfalltod, bevor sie Alvaro noch einmal gesehen hätte. Er schmiß seine Cowboy-Stiefel auf den Kehricht, auch ohne ihren Rat. Er lernte Telefonieren auf der Suche nach einer Ausbildungsstelle. Das Wort Legasthenikerin entfiel ihm nicht mehr. Er spazierte nicht mehr nackt an ihrer Fensterfront entlang. Er verlor seinen schönen, animalisch ausdruckslosen Blick. Er würde nie mehr unendlich jung und geschwind wie ein Wiesel sein. Er nahm die Treppenstufen nicht mehr rasch in großen Sätzen. Er schmierte sich Gel ins Haar und probierte einen Bart aus. Er glaubte nicht mehr, einen Körper zu kennen, wenn er ihn nur erst einmal nackt gesehen habe. Er wollte ihr auch keinen kleinen, schwarzen Hund mehr schenken und begriff, daß sie keinen kleinen, keinen großen und keinen Menschenhund wollte. Er legte es nicht mehr darauf an, Laura im Bett des Vaters zu lieben, daß es in allen Gelenken knarre und über den Estrich ratsche, um die junge Nachbarin es nur ja wissen zu lassen nach dem alttestamentarischen Prinzip der gleichen Münze, die für die gleiche Münze heimzuzahlen sei. Er merzte *J'hallucine* und *Arrête de fumer la moquette* und *coller au cul* aus seinem Wortschatz. Vor allen Dingen wiederholte er sich nicht mehr endlos, so daß sie nicht mehr linken Arms mit dem Zaunpfahl zu winken und rechten Arms die imaginäre Leier zu drehen brauchte. Er stieß die Gabel beim Schneiden nicht mehr senkrecht ins Steak, wobei er mit der Faust den Stiel umschlossen hielt und sein Säbeln begann. Er räumte das Messer nicht mehr im Brot auf, in dem er es bis zur Zwinge in den Laib rammte. Er wäre nicht mehr betroffen und verletzt gewesen, wenn sie von ihm einen Test verlangt hätte, um sicher zu sein, daß er keinen Tod für sie im Blut habe. Er würde die Freunde wechseln. Er ließ ihr keine Blumengestecke mehr zustellen, die sie nur mit beiden Armen fest umpackt tragen konnte und die ihr über den Kopf ragten, so daß sie nur noch zwei Beine war und Blumenpracht und so zweigeteilt nicht als Schmerz vor Erinnerung.

Nur noch auf der Kippe korrekt war sie auch gegenüber Somerville. Die Lektion ging über Terminvereinbarungen und Rendezvous. Er streckte die Deutschstunde immer ein wenig über die Zeit hinaus. Sie hatte sich verleiten lassen, ihm von ihren Zukunftsträumen zu erzählen. Er berichtete daraufhin von einem Seminar in Dingen Karriereplanung, an dem er zusammen mit einem Piloten, einem Schuster, einem Museumsleiter, einem Manager, einem Anästhesisten und einem Showman teilgenommen hatte. Wie man wünschen müsse, fragt ein kleiner Junge einen alten Mann, um etwas zu bekommen. Der alte Mann packt den Jungen, stößt ihn kopfüber ins Wasser und hält ihn so lange unter Wasser gedrückt, bis der kleine Junge bedenklich prustet und heftig zappelt. Da läßt der alte Mann ihn endlich los, der Junge japst nach Luft, und plötzlich hält er mit

einem letzten Japser den Atem an, weil er merkt, wie überglücklich er am Leben ist. So, wie du Luft zum Atmen willst, so mußt du etwas wollen, um es eines Tages auch zu bekommen.
Ein anderes Mal kommt der Junge mit einem Vogel, den er in seinen Händen verschlossen hält, und fragt den Alten: Du bist doch so weise. Dann sag mir, ob der Vogel in meinen Händen lebendig ist oder tot. Der Alte antwortet, wenn ich sage, lebendig, dann hältst du ihn so lange in deinen Händen, bis er tot ist. Sage ich aber tot, dann öffnest du die Hände und läßt ihn fliegen. Die Lehre, erklärte Jean: Das Leben ist wie ein Vögelchen, das man in den Händen hält: entweder man läßt es fliegen oder man tötet es.
Die Geschichte mit Lionel lief weiter. Laura tat gar nichts mehr, rührte keinen Finger, schlug mit keiner Wimper. Sie ließ ihn sich geschehen, legte die Hände und die Blicke in den Schoß, ließ allem seinen Lauf in der faulen Gewißheit, Gefühlsgeschichten regelten sich am besten von alleine. Das hatte Alvaro irgendwann einmal vielleicht nur so hingesagt, vielleicht im So-hin-Sagen gar weggeschmissen, sie aber hatte es zu einem ihrer ehernen Grundsätze gemacht.
So dauerten sie noch eine Weile an. Lionels Gedanken waren transparent. Was dahinter stand, las sie auf seiner Stirn in großen Buchstaben geschrieben. Sie sah alles an ihm. Sie wußte zuviel. Er habe Gelegenheiten. Die Frisöse habe ihn so angeblickt, daß er vor Verlegenheit nicht mehr gewußt habe, wohin mit dem Blick. Manchmal war er ihr peinlich.
Er hörte mit dem Beschenken nicht auf: ein Anrufbeantworter heute, Blumen samt Blumenvase morgen,

einen Roman von Stendhal übermorgen. Auch nahm er den Anrufweiterleitdienst in Anspruch, um für sie auch immer erreichbar zu sein. Sie wußte, es würde kein einziges Mal nötig sein, und schwieg zu seiner Ankündigung. Er ließ ihr die Hundekette für den Fall eines erneut verstopften Staubsaugerrohrs. Er drängte ihr sein feines goldenes Halskettchen auf, nachdem er es ihr lange ausgeliehen hatte. Er ließ seinen Pyjama bei ihr, auch ein Schachspiel aus Plastik, das sie nie spielten, und auch ein Tarotkartenspiel samt Anleitungsbuch. Monsieur Fol geht im Nichts seines Lebens spazieren. Weit hatte sie sich nicht hineinvertieft in die bunten Karten. Er ist auf ewiger Suche nach dem, was sein Dasein erfüllen könnte. Auch einen Schlafsack brachte Lionel mit und ließ ihn wie aus Versehen da, nebst Zange, Kofferradio und einer Probensammlung Herrenparfüms. Eine Zeitlang hatte auch sie lauter Dinge bei ihm gelassen, so daß eines schönen Tages, wenn es in schöner Weise mit ihnen weitergegangen wäre, ein jeder bei sich zu Hause wie im Zimmer des anderen gelebt haben würde. Diese Zeitlang war schon lange vorbei.
Er hätte alles hergegeben. Es ging Bodenlosigkeit von ihm aus, bei der ihr unbehaglich wurde. Wie arglos er Jugend hergab. Er wollte älter wirken, um ihr näher zu sein. Sie hatte sich vor ihm an der Leutemachkunst von Kleidung begeistert und zum Beweis eine kleine Modenschau vollführt. Da wünschte er sich zu seinem Geburtstag einen Anzug, und er bekam von seiner Mutter, die ihm nichts abschlagen konnte, die ihm zu seinem großen Unheil nichts abschlagen konnte, das wußte Laura ja jetzt, einen Anzug, in dem er schrecklich verkleidet aussah, obwohl eine Nähmamsell im Kauf-

haus Abänderungen vorgenommen hatte. Steif, wie gefangen stand er schief lächelnd da, als sie ihn knipsen mußte.
Ärgeres als nichts: lästig war er ihr geworden, mußte sie sich jetzt eingestehen. Er kam ihr manchmal vor wie ein Ertrinkender, der seinen Rettungsanker auf sie werfe. Mit seiner Mutter habe er sich so heftig in die Haare gekriegt, daß er ausgerissen sei. Mein Gott, mit über zwanzig noch feige ausreißen, stöhnte sie auf. Was der Grund gewesen sei. Seine Mutter habe ihm vorgeschlagen, doch einmal überraschend bei Laura aufzutauchen. Dann würden ihm die Augen aufgehen über seine ach so Heißgeliebte. Und ob er nicht genug habe davon, krank und kränker zu werden, bis zur Unzurechnungsfähigkeit Schlafpulver zu nehmen. Die Schwester sagte, eine Frau, die Mutter und Schwester ihres jungen Liebhabers noch nicht ein einziges Mal guten Tag gesagt habe, behandle ihn doch nur wie Dreck. Wie Spielzeug. Er sei also ihr Dreckspielzeug, wiederholte sie verächtlich. Ein blasser, orangener Ring stand wie ein Bart um seinen Mund. Er hatte sich oft übergeben müssen. Es sprießen die roten Pünktchen in seinem Gesicht.
Kein halbes Jahr war vergangen, und schon tröpfelte sie schwarze Tinte in das Wasser der weißen Rosen, die Lionel ihr noch immer schickte, als sei er heimlich ein Herrscher über ein Reich von Rosenwäldern. Es mußte doch verdammt nochmal helfen können ihr Wille zur Poesie. Sie setzte sich vor die riesigen Rosen auf dem runden Familientisch, stürzte das Gesicht in die Hände und verzweifelte, so gut sie konnte. Verzweifelte herunter bis zu den Sohlen, ging auf die Knie nieder wie vor dem Altar eines Toten. Sie psalmodierte in Gedanken

eine Litanei: Nicht mehr heiß werden meine Augen, nicht mehr rot ist mein Hunger. Ich habe immer einen schwarzen, schönen, warmen, kühn ragenden Felsen gesucht, mit dem ich weit hinaus aufs Meer blicken kann. Du aber bist halb Welpe, halb junger Mann, bist ohne feste Füße, so ganz und gar nicht gediegen, zu aufgabebereit und ein aus dem feinen Sand allzu großer Jugend gemachter Mensch. Sie wollte nicht mehr die Welt umarmen und dem Himmel sein Blau zerspringen und die Sonne durchküssen und Tiere zu kleinen Herrlichkeiten aufpäppeln. Jetzt trat sie Ameisen tot, trat tägliche Ameisen mit jedem Atemzug tot, begann die Grautöne zu mögen und dem Mond sein Licht zu loben.

11

Da klingelte es. Es war Jean Somerville, um seine letzte Stunde bei ihr zu nehmen. Sie habe den Termin völlig verschwitzt, rief sie aus dem Fenster auf die Straße hinunter. Sie rieb sich ihr Gesicht mit eiskaltem Wasser ab, schnappte den Schlüsselbund, eilte die Treppe hinunter, spritzte ihrem Schüler ein frisches, wunderschönes Guten Tag ins Gesicht und eskortierte ihn in ihren Salon. Sie hatte nichts vorbereitet, schon gar nicht einen krönenden Abschluß, zu ihrer Schande, wie sie sagte. Aber ohnehin sei sie für schnelle Abschiede. Sie halte es da mit ihren Landsleuten, die von nüchternem Schlag seien. Sie wollte die letzte Stunde wie die erste begehen und ihm Deutsch beibringen. Er war aber nicht recht bei der Sache und stellte plötzlich einen abgebrochenen Satz mitten in den Raum. Er habe Lust … Sie beendete ihn kurzerhand x-beliebig. Dann dozierte sie lehrmeisterinnenhaft: Damit die Syntax in diesem Satzanfang richtig zu Ende regiert werde, müsse er einen Infinitiv bilden, z. B. »ins kalte Wasser zu springen«. Und sie erklärte gleich atemlos hintendrein, daß die Deutschen sagten, ins »kalte« Wasser, während die Franzosen nur sagten, »ins Wasser«. Damit habe er jetzt einen Baustein Interkulturalität gelernt. Er habe Lust, ließ er sich nicht beirren, ihr zu küssen. Oh! stieß sie aus. Das klinge, nun ja, besonders harmlos. Aber ohnehin müsse er erst den Satz korrekt sagen, ließ sie ihn grillen. Dann gäbe es Belohnung wie für einen Hund, war sie zweideutig. Zwei Fehler steckten drin. Er probierte alle

Personalpronomen durch, auch das richtige nannte sie falsch. Die Situation sei cocasse, sagte er schließlich. Verfahren, spaßig, spaßig verfahren, suchten sie eine Weile nach der angemessenen Übersetzung. Sie war dann mit ihrem Latein am Ende. Er habe sie arg in Verlegenheit gebracht, schließlich würden sie sich ja noch nicht einmal duzen. Damit könne binnen kürzester Lieferfrist gedient sein, sagte er und fügte hinzu, er sei in solchen Angelegenheiten immer linkisch gewesen. Sie suchte nach richtigen Worten. Sie wies ihn auf die ganze Kompanie Engel hin, die gerade vorbeischwebten. Dann meinte er, es wäre wohl am besten, wenn er ginge. Sie sagte, wenn die Firma seinen Antrag auf Sprachunterricht genehmige, müßten sie sich aber wiedersehen. Sie nähme ihm nichts übel. Dann klingelte es. Sie entschuldigte sich und war schon weg.
Eine Botin: Lionel ließ ihr ein Riesenbouquet schicken. Sie versteckte das Gesteck im Hausflur. Dann kam sie in ihr Apartment zurück, und bevor noch irgendein Wort gewechselt war, packte Jean sie um die Hüfte und zog sie an sich, dann auf seinen Schoß, bearbeitete sie mit kleinen, zarten Küssen, die im Widerspruch zu seinem klobigen Körper standen. Sie mußte diese Disharmonie und einigen Widerwillen überwinden, aber dann ging's schon, na siehst du, höhnte ein vorbeischwebender Erzengel (den der Herr unterm Borsalino schickte), ein im Fallen begriffener Engel, und Laura glitt in eine warme, erregende Bewegung hinein, und alles, was nicht dazugehörte, schaltete sich – wie von selbst – aus (auch jeder Erzähler), und nur noch war: ein Mann, ein Schoß, eine Frau, eine Brust, eine Hand, eine lange Kehle, ein Männerkopf, und immer wieder, wie

seit ewigen Zeiten, seit Weltgedenken, ein Mann, eine Frau. Dann wurden die Küsse größer, es war, als hätten sie Muskeln. Da sagte sie: Hören wir auf, sonst … und stand auf. Er zog sie zurück, mit der Kraft eines Bären, benutzte richtiggehend Gewalt. Sie setzte dem einen Punkt, indem sie plötzlich verharrte, was auch ihn anhielt. Dann löste sie sich rasch und sagte: hören wir auf, sonst hören wir nie mehr auf. Sie sahen sich nicht an, als sie die Kaffeetassen wegräumte und er seine Sachen packte.

Im Schutz und im Schatten der Haustür sagte er, ein ganz anderer Mensch sei sie geworden. Sie wurde rot vor Glück. Und weil es sich doch unmöglich um Glück handeln konnte, verdarb sie den Moment auch sogleich, indem sie ihm ins Gesicht sagte, er brauche sich nicht einzubilden, daß sie ein schlechtes Gewissen habe. Mit ihren Gefühlen sei es nämlich nicht so weit her, daß seine Ehe in Gefahr sei. Er würde auch nie seine Familie aufs Spiel setzen, bestätigte er. Jetzt hätten sie ja beide eine längere Auszeit, um nachdenken zu können. Sie biß sich auf die Lippen, verdammt, jetzt sei eine anständige Geldquelle versiegt.

Am nächsten Tag teilte sie Lionel am Telefon mit, sie sehe keine Zukunft, schon lange, weder eine nahe noch eine ferne, und werde verreist sein, noch bevor er am Tag darauf die Augen aufschlage, stellte sie ihn vor vollendete Gefühle. Zwei Wochen bliebe sie auf einem Hochplateau, das im Massif central zwischen dem Lot im Norden, dem Orb und dem Hérault im Süden und den Cevennen ein Z zeichnete. Sie schlug ein Zelt im Schatten von einem Steinhaus auf, das im Besitz ihrer Vermieterin war. Hohe, schlanke, dunkle, elegante Bäume

wiegten sich nicht tändelnd im Tanz. Hügelwellen luden den Blick nicht ein zum sanften Surfen. Bunt war rein gar nichts. Es war zum Neonlicht vermissen. Aber sie vermißte nichts und niemanden. Kleine, von grauem Mittagsstaub erstickte Büsche übersprenkelten die Landschaft, soweit das stumpfe Auge reichte. Aus dunklen Steinen, die in der zerfurchten Landschaft festklemmten, wuchs borstiges Graswerk mit Stacheln, die in alle Herrgottsrichtungen hervorstießen. Häßliche Warzensteine jagten ihr einen Ekelschauer über den Rücken. Häuser duckten sich tief in die Landschaft, panzerten Laura ein schuppiges Dach entgegen, ließen keinen Eingang sehen und hatten nur winzige Fensterlöcher, gerade groß genug für ein Lauerauge. Es gab längst nicht zwei Fenster, samt Tür und Jägerzaun, kein Vergnügen für das Auge, kein Pünktchen, Pünktchen, Komma, Strich, fertig ist das Frohgesicht. Und die wenigen Flüsse waren keine Flüsse, waren nur Rinnsale, die als Runzeln die Landschaft durchzogen.
Sie schlief tief und bleiern, als betäube die massive Stille und als wäre jede Nacht ein kleiner Winter. Irgendwo im Morgen zog sie gen Westen los. Nebel schwebte meist noch dicht über der Ebene und hatte sich in manchen Büschen zu haarigem Flaum festgesponnen. Es fehlten nur noch die gespenstigen Menschen der kalten Jahreszeiten, die gebückt auf der Suche nach dem Himmel über die weiße Landschaft irren. Laura fand den Himmel jeden Tag, seine Nähe, seine Leere, die Kälte seines Blaus, fand jedoch sein Ende ebenso wenig wie seinen Anfang, und sie suchte ihn zu ertragen. Er schien so tief niedergesenkt, daß sie mit dem Kopf im Blau unterwegs Gott zu stören glaubte.

Hin und wieder stieß sie auf ein Dorf, das in Stille eingewickelt war. Ein Glockenturm ohne Glocke wachte über die extreme Lautlosigkeit in dem Weiler, der einfach wie eine Kindermalerei unter dem Himmel lag. Auch dort hielt es Laura nicht. Mechanisch setzte sie Schritt vor Schritt und zog weiter. Ab und an erhob sich mächtig ein Schloß, gebaut aus Unzugänglichkeit. Am Horizont wartete nicht Meer, sondern erneut Himmel. Sie durchwanderte den Flecken ungastlicher Erde, so weit sie ihre kleinen Beine trugen. Ziellos irrte sie über die hundert Quadratkilometer versteppten Hochplateaus. Doch das Terrain war zu klein, um sich richtig zu verirren. Und es war zu groß, um sich selbst groß zu fühlen. Sie stolperte über Steine, schürfte sich die Haut auf, war wund, wurde wunder, verfing sich in Unkrautfallen, ritzte sich auf und zog sich Narben zahllos zu. Es war einerlei. Allmählich wurde ihr Schritt sicherer wie der von Schäfern. Aber auch das war ja ganz gleichgültig. Die Menschen dieses Stücks Erde, besann sie sich, arbeiten und säen und pflügen mit dem Traktor Muster in die Erde, als wollten sie den Himmel unterhalten. Und sie nehmen sich immer fremde Frauen aus großen Fernen. Sie begriff es nicht.
Sie gelangte zu Tempeln und Oratorien, die über Abgründen hingen, zu massiven Burgen und Bollwerken und Kapellen. Immer war da der Zutritt offen, und sie tauchte aus dem überhellen und überweiten Tag ein in einen Quader oder einen Kubus oder einen Kegel voll kühler, dunkler, ruhiger Schwärze. An solchen Orten leerte sie sich. Nichts Dunkles im Menschen konnte Bestand haben, träte er nach längerem Verweilen wieder heraus aus solchem Nichtlicht. Es würde Rettung be-

deuten, warf sie einen Anker aus der Leere ihres Kopfes in die größere Leere einher, wenn sie eine Sprache erlernen könnte, die aus Kuben, Quadern, Kegeln, Kugeln und Prismen gebaut wäre.

Nach und nach stieg sie in die Höhe auf windungsreichen, fast zugewachsenen Pfaden, die Menschen und Schafe und Tiere seit unvordenklichen Zeiten ausgetreten hatten. Manchmal überquerte sie auch Halsbrecherpässe, die mutige Männer in den Stein gehauen hatten und die nur unerschrockene Frauen überstanden. Sie traf schließlich auf eine aus ausgebleichten Steinen geformte Schlange, der schon ein paar Körpersegmente abhanden gekommen waren. Was sollte sie die Stelle abklopfen, um Vipern zu vertreiben. Drum barg sie sich sogleich in einer der Windungen, erschöpft, wie sie war. Keinen Anruf, keinen Alptraum, keinen Überfall fürchtete sie und fiel sofort in Schlaf. Eine Schlange kroch auf sie zu, sie machte einen Satz in die Höhe und fiel rückwärts in die Spinne, plumpste unsanft auf den Boden und erstarrte von den Fußspitzen bis zum Scheitel. Je näher das vibrierende, glänzende Untier kroch, desto mehr zerging sie selbst zu einem Wasserwabern, in das die Schlange schließlich Wellen hineinschlug, und Gischt peitschte auf, als würde das Wasser lang und üppig bewimperte Augen öffnen.

Kaum war sie von ihrer Requiemreise heimgekehrt, als ihr Jean Somerville anbot, ihm zur Abwechslung einmal Unterricht auf einer seiner Dienstreisen zu geben. Er verliere so weniger Zeit, und sie könne die Bretagne kennenlernen, in seinem gelben Porsche: das wären zwei Fliegen mit einer Klappe, sagte er. Warum nicht, sagte sie und stieg keine drei Tage später in ein Gipfelkleid,

stieg eine Treppe runter, dann in einen gelben Porsche. Sie schaute sich um. Lionel war nicht zu sehen. Jean erzählte von seiner Leidenschaft für den Porsche. Dem männlich-wohlig-tiefen Aufbrummen des Motors. Den für Augen und Hand gefälligen, lackglatten Rundungen. Der Rasanz, dem Rausch der Schnelle, den Wagen bis zum Arsch aufzureißen, der Lust, Frauen hübsch Angst in die Glieder zu fahren.
Während Monsieur Jean seine Geschäfte erledigte, tat sie sich in Erwartung des Abends in der Gegend um. Natürlich suchte sie wieder nur ein Fleckchen, diesmal war es bretonische Erde, wo sie ungestört einnicken konnte. Früh kehrte sie ins Hotel zurück und schlief eine zweite Siesta. Am Abend holte er sie zum Essen in ein chinesisches Restaurant ab. Sie wählte, was er wählte: panierte Fleischbällchen, übergossen von süß-saurer Soße zu grellem Wein. Sie unterhielten sich über die deutsche Küche. Er wollte erklärt haben, wie man bayerische Weißwürste esse. Sie lenkte das Gespräch auf Verpackungen. Er gab ein Geschäftsgeheimnis preis: Eine Verpackung, die sich verkaufe, müsse eine Seele haben. Auch Kleidung sei Verpackung. Ob ihre Kleidung Seele habe, fragte er sich, und begutachtete sie. Ob sie aufstehen solle, fragte sie, damit er auch richtig urteilen könne, ob sie auf den Tisch solle? Sie fand sich blöd in der Rolle, die sich ihr so unter der Hand aufgedrängt hatte, die sie übergeworfen bekommen hatte wie ein Netz, und sie lenkte zu einem anderen Thema über, indem sie sich nach seinen Anfängen als Hausierer in Jeans und Turnschuhen erkundigte. Er gab die Überraschungen, die er mit seinem ersten Anzug erlebt hatte, zum besten. Die Kutte mache den

Mönch nicht, wußte er aber. Er hatte den Leuten Ansichten von ihren Häusern aus der Vogelperspektive verkauft und damit eine Illusion von Bedeutung, einen falschen Weltmittelpunkt, die Ansicht ihres Hauses, wie Gott es sehe, dachte sie. Danach hatte er es mit Wasserweichmachmittel versucht, also nicht Chemie, sondern Liebkosungen für die Haut, Streicheleinheiten auf Wunsch, Tag und Nacht, in jeder Farbe im armen Nordfrankreich, Badewannenränder überbordender Schaumluxus, aus dem nur Aphroditen stiegen. Wie er die zwanzig Stufen Jahr für Jahr hochgestiegen sei, wollte sie wissen. Er überlegte. Welche drei Stärken er zum Beispiel seinem neuen Arbeitgeber genannt habe, griff sie ihm unter die Arme. Willenskraft, Kreativität und Verantwortlichkeit, weil das Eigenschaften seien, die in Lauras Heimatland und in seinem Metier geschätzt würden. Welche drei Schwächen: die ebengenannten Stärken, wenn er sie übertreibe, weil er dann mit Scheuklappen arbeite. Sie redeten über Bürgersinn, die Deutsche Mark und die drei Tiere, die eine Frau brauche. Sie kenne doch das Dreigestirn, den Hermelin um die Schultern, den Jaguar in der Garage und den Esel, der Goldtaler schisse. Zuletzt bestellte Herr Jean Sake in kleinen Porzellangläsern, auf deren Hubbelgrund sich ihm eine Frau und ihr ein Mann darboten, die sich an sich selbst gütlich taten, solange der Alkohol noch über ihnen stand und nicht die Kehle der freiwilligen und unfreiwilligen kleinen Voyeure hinuntergeronnen war. Er stand auf, um zum Zahlen an die Theke zu gehen, kam zurück, um sie vom Tisch abzuholen, setzte seine Brille mit den dunklen Gläsern wieder auf, steckte die Gauloises in die Jeanstasche, zog

seine neonorangene Sportjacke an und führte sie zu seinem Porsche.
Sie kehrten ins Hotelzimmer zurück. Sie nahm eine Weinflasche aus der Minibar. Die Milch der Alten, sagte sie, das kenne er doch, und die Milch für die Mädchen wie sie, er verstehe sie doch. Er ging nicht auf sie ein. Sein Blick stürzte an ihr herab, klomm an ihr hoch, hielt, rutschte ab, kletterte erneut hoch, in seinen Augen stand Höhenlicht. Ob er Zigaretten hole, schickte sie ihn auf die Straße hinunter. Die Dämmerung brach herein und machte Laura wie eh und je in unveränderlicher und gewisser Kraft mürbe, festlich, besänftigt und ließ sie gut wie in einem Ritual die Waffen strecken. Nichts war ihr so treu wie die Dämmerung. Konnte sie das sagen? Nicht einmal ihre Liebe zu Alvaro sollte ihr treu bleiben. Aber das ahnte sie noch nicht. Sie würde sehr erschrecken. Sie sollte noch eine Weile ohne Erschrekken leben.
Vorerst ging sie noch flink ans Werk. Sie kleidete sich rasch um, schlüpfte in mauve Charmeuse, fröstelte und packte sich ins Bett. Ein tiefes Wohlgefühl kam auf, nahm sie gefangen. Sie gab ihm einen Namen: Heimfremde, völlig ausgeliefert in der Fremde zu sein und doch bei sich daheim, sobald sie ausgestreckt lag. Es war eine Art Daheimliegen in der Fremde. Daunen, Erwartungsfrohsinn und weiches Zwielicht lullten sie ein. In ihre schlafwandelnden Hände kam das Leben von jungen Tieren. Finger ummalten ihre Brustknospe, bis sie wie das Werk von Wind und Kälte war. Als Jean zurückkam, stand er eine Weile nur da. Sie taxierte ihn: seine eindeutige Größe, sein Koloßkörper, seine alltägliche Unschönheit, seine behäbige Großzügigkeit. Sein

Jackett zielte er in den Sessel, die Krawatte sauste in dieselbe Richtung. Der Gürtel folgte. Dann holte er sie aus ihrer warmen Kuhle herauf auf seinen Schoß. Es stehen viele Zeichen in seinem Gesicht, ihres scheint unberührt von Erfahrung und ohne Weltschliff. Sie schalten ihre Gesichter aus, indem sie in die Küsse gehen. Seine Küsse sind röhrig. Play Woman, sagt er einmal, Playbabe dann. Ihr Haar fließt. Er stockt davor. Barbiegirl. Er drückt sie nach unten. Es knackt in seinen Knien. Sie legt ihr Ohr an seine Kniescheibe. Sie hört nichts rauschen. Sie ist still. Er schnalzt. Sie handelt aufgefordert. Er holt sie wieder hoch, setzt sie auf sich zurecht. Und sie tut, was sie nicht langweilt. Sie kommen voran. Die Sitzgelegenheit ist zu stabil, als daß ihr eine Erinnerung in Form von Knarren und Wackeln hätte beigebracht werden können. Die Liegegelegenheit ist zu weich, als daß an wirkliches Schlafen zu denken wäre. Er legt sie sich auch dort zurecht. Er hat ein Vielfaches ihrer Kraft in seinem vierzigjährigen Körper. Es geht ihm gut. Es geht ihr gut. Gehörig greift er ihr in die Wolle. Überrascht schreit sie auf. Er hält ihr kurz den Mund zu. Er ist schwer wie zwei Menschen. Ihre Worte sind leicht. Wie die von Halbwüchsigen. Seine rauhe Haut schmirgelt ihre heiß und glatt. Er schniffelt in ihr Ohr. Er legt sich zurecht. Sie ist leicht wie ein halber Mensch. Sie benimmt sich gelenkig. Einmal dann wird ihr die Lust heiß und fast materiell. Sie ist nicht mehr zu halten, läuft über, zu viel ist in ihr drin. Sie bleibt eine Weile ausgebreitet. Und stundenlang ist sie auf eine tiefe und vertrauensvolle Art überall sehr wach gewesen.
Jean sah sie nie wieder.
Einmal wieder reiste sie nach Rom.

12

In Rom verstecken sich die Vögel, bevor sie sterben. Laura wollte einen solchen Vogel aus Rom, wollte sehen, wie sie das machen. Schön sein, bevor sie sterben. Eine letzte schöne Geste haben, bevor sie sterben. Oder was sollte das bedeuten, sich verstecken, bevor man stirbt? Es ist häßlich zu sterben. Warum auch sonst Rom besuchen? In Rom einen Freund behalten? Fester an sich binden? Eine Geschichte, die bereits eine Dekade dauerte, in neue Atmosphäre tauchen? Waschen, eine Geschichte? Laura handelte kaum noch grundlos. Sie hatte immer einen Strauß von bizarren Gründen in der Hand, mit dem sie vorstieß, für jeden Schritt, den sie tat, zu knapp bemessen wußte sie seit Lionel ihre Zeit. Alle Wege führen aus Rom, wenn man jung dort ist. Keiner raus, wenn man alt dorthin zurückkehrt?

An Kleidung legte sie zu den Gründen im Proviant eine Bluse, die zum Zerreißen genäht war, einen Rock, der es auch tue, der zerplatze wie ein Luftballon, wenn sie kunstgerecht in die Hocke ginge, etwa einmal, um ein Stück Ruine aufzulesen, quasi für grobe Jahrmarktsgaudi ohne Kinderglut. Oder wenn sie in die Hocke ginge, um Lust aufzufinden, wobei dann ein behaarter Arm ihr aufhelfen würde. Und ein Kleid für den Dorn einer Rose, das Schwert in einem Lachen oder einen trockenen Zweig, der einsam und spitz, sehr spitz, wie eine Akupunkturnadel, in einen römischen Sommertag rage, sie piekse, als wolle er ihr Heilung antun, oder an ihr entlang fahre, um ihr nur einen feinen Kratzer einzuritzen,

ihr, ihrem Leben voll so vieler Kratzer, daß ein weiterer nun auch nichts mehr ausmache. Oder ein Kleid für eine Hand, die ein unverschämt einfaches, verächtlich leichtes Spiel haben sollte? Wobei sie selbst dann zum Inbegriff von Hohn und Heillosigkeit geriete?
Reisen, um ausgesetzt gewesen zu sein, und dann: um irgendwo ganz unendlich geheilt worden zu sein, an einem inneren Ort, der arkadisch wird und an den man glaubt? Reisen, um fern von dem Ich zu sein, das den vertrauten Gegenständen anhaftet, die man täglich zu sehen bekommt, und fern auch von dem Aber-Ich, das aus den Gesten und Gedanken schaut, die einem den Tag aufbauen. Um in Meilenfernen geweilt zu haben? Um zu sich geflüchtet zu sein, zu einem ungeahnten Zu-sich. Um in andere Bilder zu geraten, unter andere Stimmen sich zu mengen, an Orte wirklicherer Möglichkeiten gekommen zu sein und um schließlich aus der Chaosfreiheit oder Eindrucksvielfalt nach zurückgelegten Zeiten in ein fest umrissenes Zuhause voll trauten Arbeitens heimzufinden und sich dort hinein verlieren, weil es notwendig sei, da schon die kühlen Monate kämen, um mit Arbeit einher sich zu schützen gegen einen großen Winter?
Oder reisen, um sich zu finden, aber auf seltsame Art, im Verlieren sich finden. Ins Verlieren sich schicken.
Zurückkehren aus Rom mit einem Plastikpapst im Koffer oder Marmorkirschen und glücklich sein. Heimkommen mit nachvollziehbarem Bildungsgut im Kopf oder Heimkehren mit Wissen wie dem vom Sterben der Vögel in Rom?
Raymondo di Padua holte sie vom Flughafen ab und ersparte ihr die Zugfahrt in die Stadt. Auf dem Weg zu

seinem Auto musterten sie sich neugierig und unverhohlen, wobei sie zwar ständig das Ende ihrer Sätze verloren, jedoch gleich umstandslos neue anfingen. Er fuhr sie ins Schlafviertel Portuense zur Wohnung seiner Eltern, wo er noch immer wohnte. Vom Balkon aus zeigte er ihr die Stadt, die ihnen mit ihrem Lichterschmuck zu Füßen läge, hätte nicht ein Gesetzloser, dem das Hemd lieber war als der Rock, einen Wohnblock hochgezogen, als käme er so an das Gold im Himmel, in wer weiß welchem Himmel jetzt, und später gäbe es doch kein Gold mehr im Himmel, für ihn nicht und für niemanden. Sie solle sich zu Hause fühlen, lud er sie ein, auf einer Couch Platz zu nehmen, die ein schmucker Überzug schonte. Sie lupfte den Schonbezug, fand ihn aber mehr nach ihrem Sinn als die rostfarbene Couch darunter. Ray selbst versank in einem Sessel, der frontal ihr gegenüber stand. Von dort aus ließ er sich erst einmal Neuigkeiten erzählen: der rosige Himmel über ihrem plüschigen Weg als Designerin, die ohne jegliches Bewußtsein abgefahrener Züge unterwegs wäre in Kleidung, die sie an sich selbst erfunden hätte, in ganz besonderem Triumph unterwegs auf glücklichen Beinen, wenn die Kleider aus Fehlern entstanden waren. Fehler waren ihre Inspiration. Brava, sei brava, setzt er den Schlußpunkt. Zeig, fordert er sie da auch schon auf. Sie steht auf, stellt sich unter das Licht der Lampe, hebt die Arme und dreht sich vor ihm ruckweise wie eine mechanische Figur: Kleidung, die verstecke, lautet sein Urteil. Er ist ohne Auge für den schmeichlerischen Luxus der flüchtigen Eleganz, die aufscheint, wenn Stoffe fließen und im Gehen Knöchel umkitzeln.

Er stand auch auf, näherte sich ihr, tastete Gewebe an, verlor keine Worte über das Material darunter, das er prüfen müsse, ging sie übergangslos an, war jäh, faßte den Stoff, raffte ihn, griff ihn in seinen Fäusten zusammen, packte die eine Faust in den Nacken und dehnte den Stretch bis zum Zerreißen. Die andere Faust hatte er aus dem Griff in die Kniekehle entwickelt. Schenkelaufwärts hatte er sie in eine Gesäßmulde gezogen, in den Grund von einem Rücken, den er sich zurechtbog. Er hatte dann zwei handgerechte Ballen, mit denen er beschmirgelte, abmassierte.
Wieder gehörte alles nur einer einzigen Richtung, wurde unaufhaltsam und beschleunigte auf ein Ziel zu, das sie im Laufe der Jahre immer weniger rasch hatte da haben wollen, weswegen sie sich Sekunde um Sekunde Verzögerung abrang. Ein Zweiter mußte aber mitspielen. Immer länger war sie unterwegs zum Siegen. Immer heimischer wollte sie im Unterwegssein werden. In unberechenbarer und flexibler Bewegung arbeiteten die zwei mehr gegen- als miteinander. Was für eine mordsmäßige Flexibilität mußten sie gehabt haben, jeder des anderen so völlig neue Serie an Reaktionen aufgefangen zu haben, wollte sie stolz sein können, um nicht sehr klein zu sein. Sie konnte nichts haben gegen seine Durchkreuzungen, mit denen er sie immer wieder abbrach. Ein uneingespieltes Paar. Gleichwohl hatte jeder am Ende dem anderen das Seine abgerungen, und sie waren fertig geworden einer am andern. Dann lagen sie da, stumm, ausgehöhlt und erwartungslos. Nach langem öffnete Laura die Augen, und es fiel in sie der im Nachtlicht glänzende Lüster, das marionettengroße Hochzeitspaar und das rote Lämpchen unter der Madonna auf dem Wandaltar.

An ihrem ersten Morgen in Rom wachte sie auf von einer Frau, die sang, und einem Mann, der pfiff, vielleicht auch – wenn sie das doch von ihrer Mutter haben könnte, kam sie absurdes Heimweh an – vom Geruch des Kaffees, den Ray kochte. Sie trat in die Küche, die bereits hinter zugezogenen Jalousien im Halbdunkel lag. Ray legte ihr noch eine klebrig-süße Schnitte Aprikosenkuchen auf einem Cleenex bereit, bevor er ihr den Weg in die Stadt erklärte, einen Treffpunkt nannte und dann aber endlich ab zur Arbeit mußte. Es hielt sie nicht lange im Haus. Zuallererst suchte sie die Tiberstelle auf, an der sie den Italiener vor rund zehn Jahren kennengelernt hatte. Sie mußte ein wenig suchen. Dann fand sie den damaligen Ort. Da, ja, genau da. Ein flüchtiger Schreck durchfuhr sie, ein Schreck, der ohne Ton, ohne Farbe, ohne Name war, der ungreifbar war, wie sehr sie ihn auch packen und schütteln wollte, um ihm ins Gesicht zu sehen, um ihn festzuhalten, um zu wissen, was es mit ihm auf sich habe, als wäre so der Schrecken über sein Weg, Aus, Tot zu vernichten. Zehn Jahre: vorbei wie nichts, ein Leben: wie nichts, der Tod: das Nichts. Sie lehnte sich über die mannsbreite Tibermauer und hätte sich übergeben wollen, sich über-geben, hätte all die letzten zehn Jahre und die zuvor hintendrein in den Fluß speien wollen. Der Tiber kam ihr verwilderter vor, mit grünem Strubbelbart, gekrümmter in seinem Verlauf. Ein Schlängelpfad an seinem Ufer war von trockenem Buschwerk fast zugewachsen. Keine Menschenseele, kein Paar spazierte den Weg dort entlang. Die Romantik dort unten stank wohl. Zikaden zirpten so massiv, als wollten sie Laura beprasseln, bombardieren. Sie sagte ihren Namen, Lau-

ra, und dann seinen, Ray, hinunter und hinein in den schmutzigen Tiber. Dann nahm sie sich zusammen, konzentrierte sich auf eine Luft, die sich an ihr in Flußrichtung vorbeistreifte, und damit war auch schon alle Tragik wie Spuk vorbei. Die Ampel schaltete auf Grün, Motorenlärm brauste auf und rieb sich an ihr vorbei flußabwärts. Laura wurde wieder konturenlos. Sie hätte die restlichen Romtage, ja Monate, gar ein Jahr dafür gegeben, von einem Moment der Vergegenwärtigung gefangen zu bleiben, einen Moment, der den Atem anhielte und alles umher auslöschte, der sogar stärker wäre als das Geschehnis einst selbst. Aber längst war alle Vergangenheit, die nicht Wissen war, aus und vorbei. Laura kehrte dem Ort den Rücken und mischte sich unter die Menschen.
Sie folgte eine Weile einer aschblonden Aphrodite von hohem Wuchs und mit schönem Lendenfall, bis sie einen noch schöneren Menschen fand, dem sie nachging, und so, immer dem Schöneren nach, käme sie vielleicht zu den Vögeln, die sich verbergen, bevor sie sterben. Der Hosensaum der zweiten Passantin, zu der Laura übergegangen war, als liefe sie gemächlich Staffel, schleckerte den Schritten nach, und weiß stob Staub auf. Mauern nahmen für eine Weile die langgezogenen Schattenkonterfeis von zwei nachmittäglichen Frauen auf. Das Hasch-mich-Spiel sonnenvoller Kindertage, bei dem einem anderen in den Schatten zu treten war, während zugleich der eigene Schatten vor dem Drauftritt eines Dritten zu retten war, huschte ihr durch den Sinn. Schließlich rastete sie auf dem Podest einer Madonna mit Jesusknaben, denen Tunichtgute mit Lippenstift die Münder zu blutrünstigen Mäulern zer-

malt hatten. Und ganz zuletzt suchte Laura Michelangelos Madonna im Petersdom auf.
Am Abend wartete Ray in der Bar San Calisto auf sie. Rom sei nach all den Städten, die sie zum Bewohnen verbraucht hatte, kleiner geworden, überblickbar wie das Liniengeflecht in einem Handteller, teilte sie ihm mit. Auch ernüchternd und nicht mehr großartig wirke die Stadt auf sie. Wohl nicht die Stadt, sondern sie selbst sei anders geworden, meinte er. Die absurde Hoffnung habe sie befallen, sie könnte am Fuß der Bank unter den Schirmpinien, auf der sie zum ersten Mal einem Mann auf-gesessen hatte, die gelbe Emailblume von ihrem Klippohrring wieder finden. Aber sie hatte den Ort gar nicht erst aufgesucht.
Die zwei luden sich gegenseitig zu Bier, Chips und Eis ein, während die Nacht tiefer blaute und sich mit Menschen füllte. Dann stieg sie schon bald auf Rays Skooter, und er fuhr sie heim durch die schön bevölkerte Nacht. Er kochte ein frugales, doch mundendes Mahl. Der Fernseher auf der Anrichte lief. Ob es sie störe? Er sehe auf Arbeit pausenlos Nachrichten, und was tue er zu Hause? Pausenlos Nachrichten sehen. Warum? Er gehe zum Beispiel auch stundenlang nachts auf und ab, das komme vor, und rede mit sich selbst, das komme eben vor. Auch liege er oft gern bis in den frühen Nachmittag hinein im Bett, esse Zigaretten, rauche Musik, höre fern. Ob er denn keine Frau an seiner Seite, keine Tochter, keinen Sohn wolle, Kinder, die zwischen vier Familienbeinen tollen, Kinder im Hüftsitz, süß im Nacken? Er wußte es mit seinen vielen Jahren ebenso wenig wie sie. Daß er eine Familie nicht auf einem zweifelhaften Altar der Kunst opfere wie sie mit ihren

Stilistinnenflausen, stehe fest. Wie der Petersdom auf seinem Fels, übersetzte sie sich das Sprachbild, das er benutzte. Ja, er wolle sich mit einer Frau abends um das Fernsehprogramm streiten. Mit der neuen Wohnung, die er sich bald kaufe, werde es doch leichter sein, hoffte sie sein Gesicht aufzuhellen. Er zuckte die Achseln. Was? Er wolle aber nicht wie sie etwas Bestimmtes sein. Weder ein Künstler noch ein Fußballfan noch sonst wer. Er redete wie für sich: Ich bin ohne Etikett und Schlüsselloch und in keiner Schublade eingesperrt, und deshalb bin ich frei. Ich kann alles sein. Ich bin anders als die gewöhnlichen Leute. Es ist alles eine Frage der Wahl. Ich gehe zum Beispiel nicht an die Orte, an die alle gehen, wo die Einfaltspinsel und die zufriedenen Leute unter sich sind. Ich frage mich auch nicht mehr, ob ich dies oder jenes mag. Es ist mir gleichgültig. Ich zucke mit den Achseln. Ich hebe nicht die Augenbrauen. Ich schniefe und schnaube durch die Nase. Mag sein, daß ich arrogant bin. Das ist mir egal.

Am zweiten Tag besuchte Laura stundenlang eine Ausstellung über einen Modefotografen. Gegen sieben Uhr traf sie sich auf dem Campo dei Fiori mit Ray, der einen Freund mitbrachte. Sie rissen eine Stadtführung an. Sie begannen mit einem Innenhof, mit Borromini, der eine täuschend weit in die Tiefe führende Galerie erfunden hatte, die man durch eine Bibliothek hindurch zu sehen bekommt. In großer Ferne steht eine Skulptur, die winzig ist, die aber durch kunstvoll betonte Fluchtlinien Menschengröße zu haben scheint. Wie gut für die Menschen, daß sie nicht an die Figur heran können, bemerkte sie, so bleibt ihnen die Enttäuschung erspart, daß das Göttlein, oder was es ist,

keineswegs monumental ist, sondern wohl kaum in Wadenhöhe reicht.
Genau wie es hier geschehe, so schaute sie zurück auf Alvaro, ahnte sie. In Wirklichkeit ist er für sie vielleicht winzig klein. Am Nachmittag ging das Dreiergespann auf ein Volksfest, wo Kommunisten sich an einen Tag vor vielen Jahren erinnerten, weswegen sie sich mit fettem Essen mästeten, wie Ray erklärte. Bauchladenverkäufer kamen heran am laufenden Band und boten Nippeskitsch und andere Unsäglichkeiten feil. Ray griff eine nackte Frau heraus, betätigte die linke Brust mit einem Daumendruck, woraufhin die rechte Brust Feuer spie. Bah, alles schon bekannt, lehnte er den Kauf ab und setzte die Minifrau zurück in den Bauchladen. Weiter ging es mit Postkarten, Schlüsselanhängern, Rosen, Kettchen, Kettchen, Postkarten, Schlüsselanhängern, Rosen. Vorzeitig brachen sie auf. Ray begegnete einem Schulfreund Ezio mit seiner Frau, die ihr Baby auf dem Arm wiegte. Das fünfte, war stolz der Vater, heiße Carlo. Ray sagte zu dem Baby: Was für ein Prachtgesicht. Wangen, knackig wie Pobacken, bestätigte der Vater.
Am dritten Tag versuchte Laura, sich von Römern den Weg durch die Stadt weisen zu lassen. Von einem Römer zum anderen ließ sie sich den Weg zeigen. So würde sie vielleicht ihr Ziel finden. Sie beugte sich deutlich über das Rosa und Grün der Stadtpläne, das ebenso ungeduldige wie ansehnliche Frauen in Touristenkiosken Passanten aushändigten. Auf wandelnde Wegweiser wollte sie angewiesen bleiben den ganzen Tag lang. Der erste Römer erklärte ihr lang und breit den Weg, als kenne er ihn wie seine Hosentasche. Ein anderer formte virtuos an einem Weggebilde mit seinen

Händen direkt vor Lauras Aug', Nas' und Mund und tippte ihr zu krönender Letzt auf die Nasenspitze. Und weg war er. Ständig schlug sie neue, andere Richtungen ein. Manchmal ging es den eben gekommenen Weg wieder zurück. Aber was machte das schon? Auf großzügigen Umwegen gelangte sie so an Orte, die sie sonst nie aufgenommen hätten: überdachte Gassen, die in Flure verliebt waren. Gerade breit genug für Pärchen waren sie und mündeten unter Spitzbögen in hellere, buntere Straßen. Große Kerzenscheiben, die direkt auf die Pflaster plaziert waren, markierten den Weg zu lauschigen Restaurants. Sie geriet in einen Innenhof, den Konzertmusik füllte und den doppelstöckige Arkadengänge einrahmten. Sie verweilte auf Triangelplätzen mit Brunnen aus Stein für Wasser. Einen nahm sie, um ihren schweren Beinen Kühle zu geben. Das Wasser stauchte ihr die Beine zusammen und verbog sie. Gliedmaßen wie die von Rubensleibern, durch einen Zerrspiegel gesehen, höhnte sie sich zu. Ein Rosenverkäufer näherte sich, um seinen Strauß in das Wasser zu tauchen. Er rührte das Wasser auf, zu einer großen Wasserrose. Wasserwirbel umquirlten Lauras Raupenbeine. In einen Kokon sich einspinnen! Wäre es dem Menschen doch möglich, alle sieben Jahre in einen Kokon sich einzuspinnen! Sie zog weiter auf wenigstens frischeren Beinen, bis sie sich erneut setzte, und dachte an Alvaros Marotte, sich immer und überall setzen zu wollen, in U- und S-Bahnen, in Parks auf Bänke, auch Sofas und Couchs. Diesmal ließ sich Laura Pferdezähmern zu Füßen nieder. Mit gigantischer Eleganz ragten die Mannsgestalten in den Himmel. Ihren Kopf hatte sie direkt unter den Hufen von Hengsten, die auf die Sonne oder ihren Feuertod oder Alvaro zugaloppierten. Doch noch ehe sie diese Szene als Stilleben und ihren allerbesten Ort darin erfassen konnte, kamen Ordnungshüter in Uniformen mit roten Streifen, die seitlings die Figur herabliefen, um ihr nach gar wenig geraumer Zeit mit einem entschiedenen »Entschuldigung« das Beinebaden zu verweisen. Sie schlüpfte zu eilig in ihre Sandalen, als daß sie sich mit selbstverständlichen Gesten und einem in sich versunkenen Tun verschwistern hätte können dem Dornauszieher, der er war, bevor ihn das Bewußtsein von der Anmut seiner Geste und seiner Haltung verdarb. Dann war sie weg, und es herrschte wieder staatlich verordnete Harmonie und staatlich kontrollierte Rechtmäßigkeit.

Am Abend lud Ray sie zu einem Fernsehbericht über den dreißigsten Geburtstag einer Revolution ein. Ob sie Melone dazu wolle. Wenn er auch welche esse. Er habe sie gefragt, ob sie Lust auf Melone habe, nicht, ob sie Lust habe, die Melone mit ihm zu teilen oder ihn höflicherweise beim Meloneessen zu begleiten, reagierte er schroff. Da war sie ihn satt. Nach der Dokumentation gab es fast nur noch lächerliches, ärgerliches oder schmutziges Programm, und sie hoffte auf einen guten Film, den er auf Band habe. Habe er, kündigte er an, bückte sich in den Videoschrank unter dem Fernsehapparat, kramte ein wenig und legte schließlich ein Band ein. Ein junger Mann von keinen zwanzig Jahren erscheint auf dem Bildschirm. Er fährt mit seiner minderjährigen Freundin ans Meer. Sie radelt ihm voraus. Zerflirrung. Verschwimmerei im Stil von David Hamilton. Die Kamera fährt auf ihren Sattel zu. Sein Blick haftet auf den schwarzen Dessous, die sich unter dem

milchig transparenten Hemdkleid abzeichnen. Sie suchen sich eine einsame Stelle am Meer, wo Wind tost und Wellen dunkel an Felsen schlagen. Als die See am höchsten steht, drückt er sie an sich runter und nimmt ihren jungfräulichen Mund. Soft!, war Lauras Kommentar. Daraufhin zeigte Ray ihr ungefragt einen anderen, einen gesteigerten Streifen. Alles wurde in krasser Lehrstundendeutlichkeit gezeigt, zu ihrem Hohn noch dazu in ihrer Muttersprache. Sie erstarrte zunächst, blieb vor Widerwillen gebannt, reaktionslos, griff dann mit dem Beschleuniger ein, und die Bilder überstürzten sich. Er meinte hämisch, es sei nichts so, rein gar nichts. Sie flüchtete auf ihr Nachtlager, krümmte sich in die Laken, biß sich in die Faust. Eine Weile verging. Dann kam er, blieb einen Moment am Bettrand sitzen, ohne etwas zu sagen. Schließlich machte er sich an ihr mit seinem hageren, für den Raum, den sie ihm gab, zu sperrigen Körper zu schaffen. Er gitterte sie ein mit seinen klappernden Gliedern. Seltsam, dachte sie, noch immer riecht er wie der Morgen. Er wußte nichts aus keinen Filmen. Er bediente sich schnell und ohne sich oder sie zu schüren. Sie bekamen wenig voneinander mit, erlebten sich als Fragmente.
Noch lange lag sie wach und glaubte ganz schrecklich an Worte, die Ray zu sagen wären: Was haben wir getan? Etwas Namenloses, das unmoralisch, beschämend und niedrig war? Zwei Stücke Mensch, dazu dienlich, einem jeweils völlig Fremden ein kümmerliches Etwas an Lust zu verschaffen? Haben wir unseren Egoismus auf den anderen losgelassen? Selbstzerfleischenden Egoismus? Glaubten wir voreilig, es würde uns Gleichgültigkeit gelingen? Oder gar Befreiung, so daß wir fort-

an ungerührte Lächler vor jedweden Abgründen wären, in die wir hineinspuckten, bevor wir sie übersprängen mit einem großen, elastischen Satz? Oder soll ich weiter ein müdes Rätsel bleiben?
Ist Zumdingmachen passiert? Das wäre vielleicht gar nicht einmal so schlecht gewesen. Aber es war wohl noch nicht einmal dieses Stück miese Horizonterweiterung. Es ist so unmöglich viel hohles Nichts darin gewesen. Und doch gehört auch das zu mir, muß ich denken in meiner Erfahrungsarmut. Eine Kleckermenge, ein Scherzelchen an Erfahrung. Auch das noch habe ich jetzt hinzugesammelt. Habe mich ausgestattet im Laufe meiner kleinen, aber vollzählig wie jedem Menschenkind mit dreihundertundfünfundsechzig Tagen ausgefüllten Jahre mit immer mehr Geschenken, die man mir bringt, oder Sachen, die man mir beibringt, oder Dingen, die man mir antut. Und die Räume, die jeweils waren, sehe ich wie Geschenkpapier, die umhüllen. Und mein Schicksal ist es eben, auch Geschenke zu bekommen, die bös sind und weh tun. Alvaro hat mir nie auch nur ein einziges Geschenk gemacht. Ein Geschenk von Alvaro! Was ist das? Eine Schachtel, purpurrot. Ich ziehe die Schleife auf, lüpfe vorsichtig den Deckel, schaue zu Alvaro auf, bevor ich weiter öffne, mein Gesicht zeigt einen neugierig gespannten Ausdruck und dann! Au!! Nein! Ein Teufelskopf schnellt mir als Faust ins Gesicht? O nein, so wäre Alvaro niemals!
Anschaffen wollen hab ich mir nur Dinge, die ich am eigenen Leib erfahren kann. Und hing dran an diesem Tun, als würde irgend etwas Großartiges eines Tages damit bewiesen werden, von dem ich bis dahin nichts

gewußt hätte. Immer zahlreicher sind die Räume geworden, die ich bewohnt habe. Bald muß doch Alvaro endlich darin verloren gehen.

Im nachhinein habe ich mir jetzt den kümmerlichen Trost verabreicht, es wäre zumindest ein Moment gewesen, der stark war, mächtig genug, das Einerlei so vieler Verrichtungen, die vernichtende Lächerlichkeit und die große Müdigkeit, die zunehmende Müdigkeit, die unbegreifliche Müdigkeit, die von mir mehr und mehr Besitz ergreift, auszuschalten. Der Moment ist voll und nicht klein gewesen, es ist ein Moment gewesen, in dem ich mich wach gefühlt habe mit jeder Faser und Fiber. Um welchen Preis? O Dämon, der mir Gesetz macht! Ich will schlafen.

Am folgenden Morgen weckte sie Autolärm. Am Frühstückstisch begrüßte Ray sie mit der Frage, ob sie sich habe übergeben müssen. Ob er das Messer noch brauche, fragte sie zurück, nahm es, ohne eine Antwort abzuwarten, und schnitt sich ein großes Stück staubtrockener Himbeertorte ab, die ihr in den Schoß bröckelte. Sie war in ein knöchellanges Kleid gestiegen, das sie sich in einer ungeduldigen Stunde aus weißem, gestreiftem Gardinenstoff genäht hatte und das Ray als Leichenkutte abqualifizierte. Er müsse, sagte er und verließ die Wohnung.

Sie zog bald schon in den bereits drückend heißen Vormittag hinaus, weil es gut tat, unterwegs zu sein. Einmal verfingen sich ihre Füße im Saum, und sie stürzte. Kein Mensch war schnell genug, ihr aufzuhelfen. Sie mußte jetzt unbedingt Engel suchen, Engel finden, Engel aufnehmen. Und seien sie noch so schwarz wie im Gegenlicht der Winzling auf der Engelsburg. Wie groß

müßte der aber in Wirklichkeit sein, wenn man fliegen, wenn man hinauf könnte.
Sie überlegte einen Kartengruß für Alvaro: Wann immer ich einen Engel sehe, muß ich an uns denken. In Rom gibt es unzählige: steinerne, lebendige, beunruhigende, solche, die all die Weite des Himmels für sich haben, und andere, die in einer Sehnsucht gefangen sind, die ihren Körper wie ein Nimbus umhüllt. Meine Erinnerungen an Dich sind wie Engel, sie kennen keine Hindernisse, sind todlos, sind plötzlich, machtvoll, schrecklich und extrem, wissen nichts von Lügen und Lücken. Überfällt mich die Erinnerung an Dich, bin ich wie sie, ohne Hindernis, todlos, plötzlich, machtvoll, schrecklich und extrem.
Sie lief sich Blasen an die Füße, schürfte sich die Sohlen durch, so sehr lange ging sie ziellos und nur dem Anschein nach zielbewußt drauflos. Als ihr rechter Schuh vorne aufklaffte, erstand sie ein Paar zehenfreie Pantoffeln, wie sie ganz Rom in dieser Saison trug. Auch die Fersen waren frei, und wer nicht so genau hinschaute, mochte mit Laura glauben, hier ginge ein Volk barfuß durch den Tag, barfuß durch den Sommer. In der Plateau-Ausfertigung, die sie gewählt hatte, mußte sie trippeln wie Kinder und Greise. Blicke hätten damit länger haften können. Aber sie ging unter Menschen von großer Schönheit wie in einem verlorenen Zuhause einher. Keine Blicke, die sie hätten steigern können, trafen sie mehr. All die Blicke, die sie nicht trafen, bremsten sie, flößten ihr Tod ein, setzten ihr mit Sterberei zu. Sie flüchtete sich in die steinige Stille der Ruinen und ließ widerstandslos heißes Blau zu. Daß es sich ruhig, wie es wolle, über sie ergieße. Sie dämmerte kurz weg und

kniete einer kolossalen Madonna im Schoß, in dem Bemühen, ihr das verwischte Rot vom Mund zu küssen. Irgendwann ging sie dann benommen mit rotglühendem Gesicht weiter und wollte sich mit aller Gewalt wach kriegen mit Löffeln voll gefrorenem, süßem Koffein. Nichts als Kampf stand ihr noch bevor. Reiner Kampf mit der brütenden Hitze, dieser fleischfarbenen, feuchten Hitze, diesem Hochsommerengel Roms. Sie benutzte hilflose Waffen gegen den verkrampften Schmerz hinter ihrer Stirn mit den zahllosen Bechern voll zuckrigen, eisigen Alkaloids, die sie leerlöffelte – bis zum Übergeben: glücklich nah war das Buschgrün eines Parks. Und dann trug sich weiter nur noch weiter Kampf in ihr aus. Kampf auch für ein Stück Reibungslosigkeit zwischen Ray und ihr. An Feindesort gereist sein! Das war nur eine Spielart von ihrem unbegreiflichen Wunsch, in einer Stadt zu leben, die sie nur noch mehr von Hoffnung entblößte. An diesem Tag verlor sie den letzten Rest ihres Glaubens an einen Ort, den es auch für sie gäbe, an dem auch sie glücklich sein könnte. Sie versuchte trotzdem, ihn sich auszumalen: heimisch und versteckt auf dem Land, als Kern eine romanische Kirchenruine mit Weihwasserbecken in Kinderhöhe. Maler singen, Piloten tanzen, Schauspieler führen Kinder spazieren. Politiker spielen Schach auf Brettern, die nach Rosenholz duften. Verheiratete glückliche Philosophen oder Manager oder Anästhesisten, oder freie Maschinenbauer oder Dissertanten suchen glücklich ihre glückliche Geliebte in Tempeln und Lauben auf. Man selbst und alles ist immer irgendwie umstanden und gerahmt, etwa von Bäumen, die zugleich blühen und Früchte tragen, oder Blumen, die so stark

blühen, daß sie sich zu Tode blühen. Es gibt Kerzen, die in den Büschen und Bäumen wachsen, die von beiden Enden abbrennen. Und sind sie abgebrannt, macht das nichts, dann gibt es neue Kerzen, die von beiden Enden abbrennen. Doch es gibt auch Früchte, die so geruhsam ausreifen, daß zwei Jahreszeiten verstreichen, und es gibt dicke, fette Kerzen in den Lauben und Tempeln, die mehrere Lauraleben bräuchten, um abzubrennen. Es gibt auch Licht von den Früchten, die den Neonfarben von Amazonasfischen aus dem Laub hervorleuchten. Rosen hört man dort duften, und Rosen besiegen allein mit ihrem Anblick die Zange in Lauras Schläfen und die Erschütterung in ihrem Kopf bei jedem Schritt. – Nichts mehr zog.
Am Ende wartete Laura viel zu früh im Calisto. Ray brachte eine seiner nordeuropäischen Netzbekanntschaften mit: ein dralles, braunes, überreifes Mädel, das im Hotelgewerbe einem Beruf nachging. Ray redete fast nur zu diesem Energiebündel mit Namen Amalia Koltbus, das neben Tranfunzel Laura sprühende Wirbelwelt war. Laura sollte es recht sein. Dann brach man auf. Sie wolle noch ein wenig in der Stadt bleiben, verabschiedete sich Laura. Sie wüßte nicht, wann sie heimkäme. Man solle nicht auf sie warten. So chauffierte Ray diesmal Amalia auf seinem Skooter nach Hause.
Einige Eisdielen hatten auch nach Mitternacht noch offen. Laura ging zielstrebig auf Matteo an der Theke zu, grinste ihn an und sagte: Inzwischen habe sie sich erinnert, er habe recht, sie seien sich zwar nicht gestern, wie er irrtümlich gemeint habe, aber vorgestern sehr wohl begegnet. Ob er ihr zeige, wo es war, dann wisse

sie, daß es kein Anmachetrick gewesen sei. Er fragte, ob sie sich noch eine Viertelstunde gedulden könne, und hielt ihr ein Doppeleis entgegen: zwei dicke Himbeer-Eisballen. Sie solle schon nehmen, es sei spendiert. Sie willigte ein: ein bißchen Stärkung wäre vielleicht gar nicht so ungut. Die Viertelstunde war eine ganze geschlagene Stunde. Dann zeigte er ihr auf seinem Motorrad die Stadt bis zu seiner Wohnung, zeigte ihr sein Zimmer, seinen Tisch, seinen Stuhl, sein Bett, den Lichtschalter, seinen Boden, sein Lid, mit dem er zucken konnte, wie andere mit ihren Ohren wackeln, fuhr fort mit seiner Brust, und mit ihrer, gab ihr seine Rute zu sehen, zeigte ihr seine Zähne, gab's ihr zwischen die Zähne, zeigte ihr seine Potenz, seine Macht, bis sie eine wäre mit Haaren auf den Zähnen, wenn er schon längst wieder fort wäre, weit weg in seinem schnarchenden Schlaf. Lächerlich kam sie sich vor beim Gedanken an so ein mieses Abenteuer. Stundenlang lief sie eiligen Schritts vor sich selbst weg durch menschenbelebte Straßen.

Als sie spätnachts wieder bei Ray auftauchte, betrachtete Amalia gerade Fotos seiner Griechenlandreise. Laura blickte stehend über mehrere Schultern in die Aufnahmen. Entweder war es zuviel Licht oder zuviel Schatten, die sie verdarben. Das Weiß eines Fensters, Tordurchblicks oder einer Straßenflucht nahm den schattigen Partien ihr Licht weg. Es gab kein Safran, kein Knallweiß und kein Grasgrün, kein strotzendes Purpur und kein leuchtendes Aquamarin in Rays Blick mehr. Er wollte keine poppigen Farben mehr festhalten. Farben überhaupt wollte er weghaben. Außerdem verhöhnte er die Vertikalen und Horizontalen, doch feierte er wild die Diagonalen, die Bruchlinien, und das Kreuz-und-quer-Drein war seine Richtung. Er hatte wahllos in die Ansichten um sich her hineingehackt. Er mußte seine Knipse unauffällig in der Hand gehalten und ab und zu im Gehen bei schlenkerndem Arm ausgelöst haben. Er hatte des Zufalls habhaft werden wollen. Anders war Ray nicht zu erklären. Er hatte ein Loblied auf Schwammigkeit und Formverlorenheit geknipst, als verstecke sich der glückliche Zufall darin. Er hatte dem Zufall eine Chance geben wollen, hervorzukommen, aber er war vom Zufall im Stich gelassen worden. Als auch das zwanzigste Foto nicht endlich den gelungenen Schnappschuß bot, entlud Laura eine Lachsalve auf Ray. Amalia fiel mit ein, und auch sie bespritzte den Unglücksfotografen mit hämischem Gekicher. Ray reagierte nicht, bediente sich von Amalias Zigaretten, ohne zu fragen, und griff dann quer über den Tisch die Flasche Wein am Hals und haute ab auf den Balkon. Amalia verschwand im Bad. Laura zog sich in eine Couchecke zurück, um an ihrem Kleid eine Naht zu verstärken.

Amalia blieb nur eine Nacht. Für ein paar Tage später war lose abgemacht, bei Amalias Freunden Sylvia und Roberto zu Abend zu essen. Als Ray und Laura zu fortgeschrittener Abendstunde ankamen, rückte man ihnen Stühle an den bereits halb abgedeckten Tisch. Man bot ihnen zu trinken an. Getränke kann man nicht essen. Essen gab's nichts. Nichts sagte Roberto, der spülte. Spülte, sich an ihr vorbeilächelte und duschen ging. Ray begann mit dem amerikanischen Freund der Freunde von seiner Freundin, der Kurzfilme drehte, zu reden über seinen eigenen Film. Seit Jahren habe er ihn nicht zu Ende gedreht. Er brauche den Winter und habe nicht die Lire, aus einem Sommer einen Winter zu machen. Aber mit der Handlung war er schon lange fertig. Zwei Freunde gehen am Meer in Ostia entlang. Während der eine von seinem zunehmenden Lebensüberdruß und seiner ihn dichter und dichter überwuchernden Melancholie redet, hört der andere nur zu. So setzen sie stundenlang Fuß vor Fuß, wobei der eine Gefährte immer weiter vom Weg neben seinem Freund abkommt. Er gerät immer tiefer ins Meer hinein, und schließlich ertrinkt er.

Fertig werde der Film nur im Winter. Der Winter war noch nicht da. Da war Brot. Brot kann man essen. Essen mußte Ray, nahm eine Scheibe Brot, schlug Schinken drauf, drückte den Imbiß Laura in die Hand, die das Brot hastig herunteraß. Dann machte er sich selbst einen Happen. Als er sich ein zweites Mal bedienen wollte, klappte Amalia den Schinken vor Rays Nase zu, stellte die Flasche Wein drauf, und zuletzt zielte sie lachend Papierkügelchen, dann Salzkörner auf den hungrigen anderen am unteren Tischende. Da schnappte der Wehrlose aggressiver sich die letzten Bissen Brot aus der Hand, duckte sich unter der Befeuerung hindurch zur Tomatenpaste, in die er das Stück Brot so heftig stampfte, daß Amalie um ihr weißes Top fürchtete. Der arg wunde Abend brauchte bald die Verarztung durch den Schlaf.

Auch am sechsten Abend trafen sich Ray und Laura im Calisto. Sie löffelte ihr Granita di caffé. Er fragte nichts. Sie sagte ihm schließlich, daß ihr Kommen ein Fehler gewesen sei. Sie verstünden sich nicht, so wenig wie Öl und Wasser. Sie hielten es keine Stunde miteinander

aus, ohne gereizt zu werden. Sie hätten sich im Grunde nichts zu sagen. Da trat tatsächlich Traurigkeit in Rays Gesicht und wärmte sie. Er habe sie eingeladen, weil er gedacht habe, sie würde eine schöne Zeit in Rom verbringen. Sie könne machen, was sie wolle, und auch wenn sie sich nur fünf Minuten täglich sehen würden, sei das für ihn in Ordnung. Du kannst ja tun, was du willst, ohne mein Urteil zu fürchten. Ich urteile nicht mehr, schon lange nicht mehr. Ich finde nichts mehr gut und nichts mehr schlecht. Du brauchst dir keine Gedanken zu machen, was ich denke. Nur du selbst bist dir Rechenschaft schuldig, wenn überhaupt. Laura, hör, ich mag dich sehr, ja, nur ist mir vieles gleichgültig.
Er habe in letzter Zeit das Gefühl, die Leute, die er um sich habe, verdiene er nicht. Es sei ungerecht. Er habe sich natürlich gefragt, ob es an ihm oder an den anderen läge. Er sei zu dem Schluß gekommen, es läge an den anderen. Er ahnte nicht, daß seine Gleichgültigkeit andere wie Schläge ins Gesicht schmerzte, daß seine fünf Minuten einem Rausschmiß glichen. Sie fragte sich, ob Ray einer sei, der irgendeine geheime Statue anspucke, ob er in anderen Zeiten das Zeug zu einem König gehabt hätte, ob er das Volk um sich habe, das er verdiene? Sie konnte ihn nicht fassen. Er blickte, während er redete, einher, ohne sie anzusehen. Ihre Disharmonie läge wohl daran, daß für sie Höflichkeit zähle, fuhr sie in einem wärmeren Ton fort, während sie für ihn offenbar nichts zähle. Höflichkeit, die ist wie Worte, die Sonne geschrieben hat, sagte sie, während er mit dem Messer eine Tomate vom Teller piekste. Wenn man jung ist und höflich, dann ist Zukunft fast ebenso sicher, wie wenn man jung und schön ist, wohin man auch

trete. So sei es doch, oder? Seine Art, allen Dingen die gleiche Größe zu verpassen, ertrage sie schwer.
Es interessiert dich keinen Deut, was ich heute getan, gedacht, gesehen, gefühlt habe. Nähe bedeutet dir nichts. Neugier nichts, nichts pure Menschlichkeit. Wie kannst du mich da einladen! Austausch wäre natürlich gewesen. Ich hätte dich fragen wollen, ob auch du in der angeblichen Art der Römer den Soldaten nicht Soldaten nennst, sondern armen Muttersohn. Ob du von deinem Vater, der auf Totenbesuch ist, sagst, er sei zu den Zypressen gegangen. Ob Rom für dich wie ein lebendiger Friedhof ist, in dem man in Pyjama und Pantoffeln spazierengeht und mit der Zunge schnalzt oder vor Lebenslust Plopps mit dem Finger aus dem Mund holt, so hätte ich dich mit meiner Frage lebendig im Erzählen haben wollen. Provozieren wollte ich dich, um in deinem Widerspruch zu erfahren, wie Rom vielleicht wirklich sei, von dir geborenem Römer!
Sie schwieg eine Weile und sprach weiter in einem Italienisch, das zu verstehen er sich zu viel Mühe hätte geben müssen und es wohl hinnahm wie Vogelzirpen, Verkehrsgeräusch, Stimmenkulisse: Ein paar banale Worte am Morgen über das Wetter, über nächtliche Mückenjagd oder Träume und am Abend über den verbrachten Tag wollte ich mit dir austauschen. Zu Pizzas, deren Teig dünner und größer als Teller sind, wollte ich dich einladen, zu richtigen Pizzas. Von der Art und Weise, in der ein Mann eine junge Frau anredet, hätte ich dir Geschichten erzählen wollen: Hier geht's lang, junge Frau, gleich dort drüben ist St. Peter. Da will ich aber gar nicht hin. Macht nichts. Hier lang, in die dunkle Gasse, den Schattengestalten nach, nur zu und

mutig munter runter, der heilige Peter mit seiner soliden Wünschelrute wartet schon. Auch von den Freundlichkeiten deiner Stadt wie den vielen Trinkwasserstellen hätte ich dir Mitteilung machen wollen, mit-teilen, hörst du. Mit den kühlen Brunnen hätte ich bei dir sein wollen. Mit meiner Freude über den symbolischen Obolus, den man für eine großzügige Stunde Fahrt zahlt, das Äquivalent zu einem Schluck Kaffee, wohin auch immer man fahren will, hätte ich dir ein Stück deiner Stadt mit nach Hause bringen wollen.

Sie versank immer tiefer in Gedanken. Nichts ließ er sich geben, auch nicht die Ruinenmünze, die sie all die Tage in der Hand getragen und gerieben habe. Sie müsse jetzt schierer Glanz geworden sein. Er stand auf und meinte, er werde sich Zigaretten besorgen. Ob er ihr etwas mitbringen könne. Sie blieben dann nicht mehr lange.

So frisch das Brot gewesen war, das er am Tag zuvor noch um Mitternacht zu besorgen gewußt hatte aus einer Bäckerei, die für Restaurants und die kundige Straße bäckt, so porig und hart wie Travertin waren die Mehlscheiben, die er nun am Abend in Wasser einweichte, mit Olivenöl beträufelte, mit Tomatenscheiben bekrönte, mit Salz garnierte, mit Basilikum verzierte und mit dem Hinweis servierte, es sei eine alte Tradition, kein Brot wegzuschmeißen. Sie erzählte von den Knödeln aus eingeweichten Brötchen, die ihre Mutter mit Gewürzen, Zwiebeln und Eiern vermatscht habe. Nach dem Essen schlug er ihr die Engelsburg vor, dort gäbe es Musik und Bücher. Mitten in der Nacht Bücher kaufen!, versuchte sie sich zu begeistern. Das ist todtraurig, stellte er fest.

Sie nahmen sein Vespino. Auf der Engelsbrücke fuhren sie Schritt. Sie hörten eine Weile mit einem Bier in der Hand im Stehen der Combo zu. Dann gingen sie an den erleuchteten Bücherständen vorbei, und er erzählte, daß er die Musiker aus ihrer Anfangszeit im Metrountergrund kannte und daß sie sich gemacht hätten. Als er dann nach der Uhrzeit fragte, merkte sie, daß sie wieder dort standen, wo sie ihren Rundgang begonnen hatten. Sie waren im Kreis gegangen, und sie hätte geschworen, es sei stetwegs geradeaus gegangen.
Eine Tür fiel ins Schloß und öffnete ihr die Augen. Ihr Blick wanderte vom Fernseher zu den Boxen, zu der offenen Schublade, dem Durcheinander im Regal, den offenen Schranktüren, dem schief kopierten, aber gerade an die Wand gehängten Zitat, ihrer Postkarte auf dem Tisch mitten im Zimmer. Dann nahm sie eine Dusche, setzte einen Espresso auf, erledigte den Abwasch, wusch den Schweiß aus einem Kleid und dämmerte hinter halb heruntergelassenen Fensterläden bis in den Nachmittag hinein auf der Couch mit Blumenüberzug, wo sie Pfeifen voll Frieden rauchte. Dann fuhr sie in Bussen durch die Stadt, stieg an einem Zufallsort aus. Es war sehr heiß. Sie steckte ihren Kopf unter die eiskalten Strahlen von Hydranten, ließ sich brutal die Kopfhaut massieren. So stieg sie Hügel hoch in einen immer stärkeren Wind, der Menschenstimmen erstickte. Wieder trank sie sich mit öffentlichem Wasser die Körpertemperatur herab. Sie aß wieder löffelweise gefrorenes, süßes Koffein unter baiserharter Sahnehaube. Immer heftiger wurden die Erschütterungen in den Schläfen bei jedem Schritt. Sie flüchtete auf den Pincio. Da war sie schon mehrmals gewesen. Sie barg

sich in Büschen, in denen Liebespaare sich nicht versteckten, weil sie stolz öffentlich waren und sich wohlig in der Musik suhlten, die von den Billardtischen herüberklang. Zusammenprallende Kugeln durchsetzten die Klänge mit hellen Klacks.
Irgendwann dann einmal ging sie benommen weiter bis zu einer der kuligen Bänke aus grünen Holzplanken auf dem Viale dei bambini. Sie sackte runter, sah noch im Tran, wie ein Kleinkind auf seinen Hintern plumpste und vergnügt sitzen blieb. Eine erneute Hitzewelle, die durch ihre Achse stieg, legte sie flach. Sie bettete den berstenden Kopf auf ihre Ledertasche, die sie zu einem Kissen zusammengepufft hatte. Sie streifte noch eine der Marmorbüsten, konnte der gelehrten Persönlichkeit nicht vertraulich zunicken. Zum Glück ließ das Pochen nach. Die großen Söhne der Stadt standen rings auf Podesten einher. Einer hatte gewußt, daß Rom wie keine andere Stadt beschimpft werde. Doch Rom reagiere nicht. Der Römer sage: Rom?! Rom ist mir egal. Rom ist ja schließlich nicht ich. Beschimpft mich also, zeigt ruhig mit dem Finger auf mich, wollt mir ruhig was anhaben, sprüht beleidigende Graffitti auf mich. Es läßt mich kalt. Ich kann schlafen. Dann schlief Laura mitten am hellichten Tag tatsächlich ein, schlief, als sei sie aus Blei, schlief zur unmöglichen Zeit wie Casanova auf der Flucht, schlief sich weg. Als sie aufwachte, ging es ihr ein wenig besser. Sie nahm ein Taxi, packte ihre Koffer, hinterließ ein Zettelchen und flog nach Nordfrankreich zurück. Sie sollte Ray nie wiedersehen und auch Rom nicht.
Das neue Semester hatte bereits begonnen, als eines Freitagmorgens einer jener unvermuteten Anrufe kam,

die dem Schicksal eine Wende geben. Drei Wochen später öffnete sie fast tausend Kilometer weiter südlich das Fenster ihrer neuen Wohnung und blickte auf einen Berg. Lionel brach sie fast sang- und klanglos ab, schickte nur ein paar Grüße hoch aus einem blau überspannten und von Schneebergen umkränzten Ort.

Teil II

13

Lange Zeit hatte sie keine Fahne mehr hissen können, auf dem weiten Land in ihrem Herzen – Land, das in der roten, pulsierenden Faust verborgen lag, die an ihre Brust pochte – weites Land, das sie so gerne war, unendlich liegend, grenzenlos ausgestreckt und mit soviel Erdschutz im Rücken. Eine Fahne, die noch aus großer Ferne sichtbar war, für alle mit dem Blick, den es in die Ferne zieht. Lange Zeit auch hatte sie nicht mehr gelebt auf einer heißen Burg, die fest und majestätisch in weiter Ebene stand. Jetzt jedoch war sie wieder bei sich. Ihre Fahne war rot. Rot wie ein Hahnenkamm. Und weiß war sie auch. Weiß wie der Mut. Und blau, sehr blau. Himmel und Meer und auch die Ferne hatten ihr Bestes gegeben für dieses Blau. Streifen war das Muster der Fahne. Und sie flackerte sehr.

Sie hatte sich für Schwarz mit Reißverschlußakzenten entschieden. Als er sie begrüßte, formten seine Lippen eine breite Klammer, in der bequem ein Lächeln saß. Die Mundwinkel endeten wie Gondeln. Ein blonder Bart gab seinem rosigen Gesicht einen clownshaften Anstrich und umriß seine harmlose Rundform. Wie am Vorabend, als sie ihn beim Tango kennengelernt hatte, trug er helle Leinenkleidung. Auch er war aus akademi-

schen Gefilden, war angehender Doktor der Strömungsmechanik. Warum diese Sorte Physik? Strömungen seien schließlich auch sehr schön, überraschte er sie mit seiner Antwort.
Im Bunt ihres Salattellers stocherte Laura nach Fragen, mit denen sie mehr der Längen und Breiten dieses Menschen zu bestimmen hoffte, der begann, sie anzugehen. Sie bastelte mit dem Salat ein Päckchen, hob es auf der Gabel in die Höhe und begehrte zu wissen, ob es so in seinen Franzosenaugen regelrecht und richtig sei, sage man diesen kuriosen Umgang mit Salat doch seinen Landsleuten nach. Erst werde der Salat ermüdet, wozu sie »durcheinandermachen« sage, und dann würden Päckchen gebastelt. Beim Basteln als Kind war sie immer gesprächig und gesellig gewesen, unverlegen und guter Dinge, wollte sie sich Zutrauen einreden. Ihrem Gespräch saß das Glück dennoch unbeholfen im Nacken. Ach ja? Täten das die Franzosen? Dann, er entschuldige, sei er keiner. Er fühle sich ohnehin nur zur Hälfte französisch, denn zur anderen deutsch, weil seine letzte Freundin eine Deutsche gewesen war.
Das Staatsoberhaupt von seinem Vaterland habe einen Löwen im Vornamen und ein Jo im Nachnamen, was ihm den Spitznamen JoJo eingebracht habe, fuhr sie fort, um ihm das sich abzeichnende Gelangweiltsein aus dem Gesicht zu erzählen. Der Spitzname eines anderen sei wegen seiner Schnelldenkerei Armstrad. Ob auch er einen habe und ihn verrate. Er hatte eine schöne schnelle Antwort. Obelix, er sei als Junge in einen Zaubertrank namens Deutschland gefallen. Und seine magische Portion war seine deutsche Freundin, fügte sie an.

Wie er sich einem Blinden gegenüber beschreiben würde, wechselte sie das Thema. Auf Anhieb sei er um eine Antwort verlegen. Ihm auf die Sprünge zu helfen, gab sie ihm ein Antwortbeispiel: etwa wie der Kleine Prinz, der nur mit dem Herzen gut sähe. Sie suchte mit ihrem Blick seinen, um abzuschätzen, wie er sie verstanden habe. Er war nicht zu treffen. Das war ihr schon am Vortag aufgefallen, aber Tango tanzt man so nah, dass man sich nicht in die Augen schaut.
Es war ihm nicht ins Auge zu sehen, nicht direkt, denn er hatte etwas im Blick, er hatte Silber im Blick. Er besitzt den Blick jener Menschen, die einen anschauen, ohne daß man sich wie gewohnt mit den Augen getroffen fühlt, ohne daß man weiß, wohin der Blick fällt und wo er ruht: ob auf Stirn, Auge, Haar, Wange, Mund, Kinn, Hals, man weiß es nicht. Laura fühlte sich an mehreren Stellen zugleich getroffen. Leise Unruhe übernahm das Ruder, wähnte sie sich doch überrumpelt, preisgegeben. Dann begann sie, Geschmack an ihrer Lage zu finden. Sie entdeckte, daß sie blind vor ihm war, wenn sie seinen Blick suchte und er nicht zu finden war. Sie wußte nicht, wo sein Blick war und wohin genau er traf. Keiner konnte des andern Blick anhalten. Keiner dem anderen den Blickweg verwehren. Wie außergewöhnlich müßte es sein, nicht nur in den Augen, sondern am ganzen Körper in besonderen Stunden blind zu sein, herrlich hilflos blind. Aber dazu reicht der Mensch nicht aus.
Mit ihren Augen strich sie suchend um das blitzende Braun von seinen und mit ihren Worten um seinen sauberen Mund. Wie er sich denn in Grenoble befände? Die Stadt sei ihm schnuppe, sein Doktorvater nicht. Lange

Monate habe er ihn suchen müssen. Denn mit ihm müßten nicht nur Fachgespräche zu führen sein, er habe seine Doktoranden auch auf lukrative Posten zu entlassen. Wie es ihr in Grenoble erginge? Die Frage stellte er nicht. Die Menschen hier sind brauner, verschlossener und reicher. Die Stadt ist schmutziger, lauter, häßlicher, italienischer. Die Berggipfel ringsum sind nur im Winter in reines Weiß getaucht. Die Luft, die sie umspielt, ist klar, wie klar sind die Köpfe der großen Forscher der Stadt, die in einem Trichter liegt. Die Sonne blendet schnell, weswegen die Menschen auch im Winter dunkle Brillen tragen. Die Schuhmode ist sportlich. Ziermotive sind stilisierte Schneeflocken. Handschuhe von erlesenster Qualität gibt es hier. Der Schnee wird weißes Gold genannt. Heimweh nach der Ebene und dem freundlichen Wesen der Lillois befällt mich zuweilen.
Auf die Nationalflaggen kamen sie auch zu sprechen, auf die deutsche mit ihren Farben Schwarz, Rot und Gold. Den Farben des Tango, stellt er fest. Ja, sagt sie. Dann: Wieso überhaupt Gold? Gelb ist in Wahrheit die dritte Farbe im Bunde, so patriotisch konditioniert sei sie, scherzt sie sich über ihren Lapsus hinweg.
Was er an den Deutschen schätze: daß sie herzhaft lachten und mit Witzen Gemütlichkeit verbreiteten, wohingegen die Franzosen eher elegant lachten. Und daß die Deutschen mit Frauen umgehen könnten, als seien die Frauen Männer, was einem Franzosen schlechterdings nicht möglich sei. Er erinnert sich: Eine Frau und ein Mann taten sich im Schlafsaal einer Jugendherberge zusammen in ein Bett, zu tiefem Schlaf, während die anderen Wandergefährten sich ringsherum betteten, und keiner dachte sich etwas dabei.

Er wäre einer, mit dem sie sich gerne sehen lassen würde, auf dem Weg ins Kino durch sommerlich laue Abende, mit Blicken gestreift und streifend mit Blicken junge Menschen, schmuck, drin in den bunten nächtlichen Lichtern, mit dem sie sich in frühe Abende hätte begeben wollen, im Licht seiner Wohlansehnlichkeit hätte sie bis in späte Abende verweilen wollen, im Genuß seiner glänzenden Sätze sitzen mögen. Mit dem sie auch auf dem öffentlichem Pflaster der Place aux Herbes tanzen würde, selbst wenn der rauhe Stein unter ihren Füßen kein Parkett wäre und den Bewegungen ein wenig die Glätte und Leichtigkeit nähme.
Eine Stunde später begleitete er sie nach Hause, in ihre Wohnung, in ihr Bett. Dort vollzogen sie sich rasch. Nehmen, immer weniger Geben. So geht es eine Weile. Und am Ende: Haben, verbucht auf beiden Konten. Sie versteckt ihr Gesicht in seinem Nacken. Er wollte noch mehr. Sie reagierte nicht, wartete. Da erzählte er von seiner Freundin, einer Helena, die ihm gesagt habe, er solle sich nichts daraus machen, wenn sie durch ihr Dorf gingen und sie würde die Männer auf den Mund küssen. Es habe ihm aber etwas ausgemacht. Laura sagt nichts. Wenn sie sich am kommenden Tag beim Tangotanzen einen anlache, sei er froh. Bei der nächsten Tangogelegenheit, schlägt er vor, sollten sie beide den Bagger herausholen.
Dann tastet er mit seinen Fingern über ihre Lippen. Sie murmelt durch seine Finger, im Grunde seien sie von ein und derselben Art, nur suche sie, während er Genuß im Augenblick suche, Genuß im Vergessen. Sie schmeichelte ihm: es müßte mehr Männer wie ihn geben. Und meinte eigentlich: es müßte mehr Freisinn und Toleranz

geben, es müßte Frauen anstehen können wie Männern, die Genüsse so zu nehmen, wie er es offenbar täte. Casanovas und Don Juans hätten einen gewissen Glanz, nach deren weiblichen Pendants habe sie vergeblich die Geschichte durchforstet, nur die Nymphomanin gefunden oder die Femme fatale, an der ein Ruch hänge, oder Salomé, die Mörderin. Dann nimmt sie seine Hand, seine Finger, um an ihnen etwas abzuzählen: »Eins!« (sie summt nachdenklich Hmm beim Gedanken an Ray), »zwei!« (sie lächelt beim Gedanken an Alban), »drei, ah!« (Alvaro), »vier, ah ja!« (Federico), »fünf, ehem« (Dursan), »sechs« (ein Seufzen für Lionel), »sieben« (ein melancholisches Lächeln für Dominique), »acht« (sie macht einen frechen Mund), »neun, du!« (sie klatscht in die Hände).

Er nimmt seine Hand zurück. Er fährt an ihr herab und ist so gar kein Zupacker. Ihre größte Schwere ist nicht mehr im Kopf, nicht mehr in der Brust ist das Zentrum, von dem alles ausgeht, nicht in den Füßen. Mehr ihr zu geben fordert sie schon bald ihm ab. Erst so gibt auch sie ihm wieder, auch sie mehr. Er führt ihre Hand. Sie massiert eine Weile seinen harten, hervorstechenden Hüftknochen. Dann geht sie weiter. Dann zeigt sie es ihm, ihm ihren, es ist, als schlage sie ihn, schlage ihn auf, und er zeigt ihr seinen. Vorstellungen sind passiert.

Raffael verschwindet ins Bad. Sie bleibt liegen. Ihr Blick übergleitet die vier Porträts an der nördlichen, östlichen, südlichen und westlichen Wand. Sie hatte Michelangeloköpfe kopiert, auch Ingres üppige, blasse, glatte Gesichter, das Mädchen mit dem Turban von van Delft, dem Interieurs-Couturier, aus dem dieses todesbleiche Mädchen mit dem anklagend-verschreckten Blick wur-

de, ganz unplastisch, zurückgenommen, zurückschreckend aus dem Bild, bald am völligen Verblassen, ein letztes rotes Aufblühen der Lippen, ohne klare Konturen die Lippen, wie ständig gebissene Lippen. Sie hatte es gemalt, als es mit Alban zu Ende war. In dem Unterschied zum Original verriet sich, wie es jeweils in ihr aussah, deutlicher, als sie es denken und spüren konnte, was sie erstaunt hatte. Wenn sie jetzt malte!
Kein Wort hat er verloren über ihren Wandschmuck. Ihr Auge verbindet die Bilder zu einem Viereck, nimmt hinzu die vier gemauerten Ecken. Im Oktogon spielen sie sich also ab, spielt sich ihre Geschichtelosigkeit ab. Dem Raum vergeht seine Niedrigkeit, schwindet seine Viereckigkeit. Als sie rücklings auf dem flachen Bett liegt, mitten im sehr leeren Zimmer, die Arme im Nacken verschränkt, ein Bein angewinkelt, wächst der Raum zylindrisch in die Höhe. Raffael ist ins Bad verschwunden, bleibt lautlos.
Dann macht sie das Bett, als hätte sie noch zu entscheiden. Zögerlich gerät ihnen das Abschiednehmen. Worte wollen noch gewechselt sein. Er faßt ihren Arm an, der sich wie elektrisiert in einem Zucken losschlägt. Da sehe man sich das an, schrecklich, kommentiert er.
Ob er Prinzipien immer mehr über Bord werfe, fragt sie. Im Gegenteil. Er habe immer mehr und könne immer öfter entscheiden, was gut und schlecht sei. Auch da also keine verwundbare Schulterstelle. Das Bad, das er im Leben nimmt, macht ihn schön unverwundbar. Ob Prinzipienlosigkeit das Privileg der Schwachen oder der Starken sei? Er solle darauf die Antwort haben, lächelt er nachsichtig. Ja, sie wisse schon, da sei leichter zu beantworten, wer das heilige Feuer in Rom im Jahr 410 gelöscht habe.

Daß er sich eines Tages wüste Beschimpfungen, harte Schläge, saftige Ohrfeigen von einer Frau einhandeln werde oder heftiges Weinen in sein schönes, weißes, sauberes, korrektes Gesicht geschüttet bekäme, sagt sie Kassandraworte auf seinen Weg hinaus aus ihrer Wohnung, in seine Zukunft ohne sie. Er ist erstaunt, sagt ruhig und sicher: das glaube er nicht, schließlich habe er ihr sehr viele Möglichkeiten gegeben, aus der Geschichte, die er ihr angeboten habe, herauszugehen.
Eine Woche später versöhnte er sich mit seiner Freundin. Laura wußte nun mehr über seine Augen: Es sind Augen, von denen eins dem andern Merde sagt, Augen, von denen eines Billard spielt, während das andere die Punkte zählt, Augen, die die Arme verschränken.

14

Monate vergingen. Und dann ließ sie wieder einen Mann die Haut spüren. Es war nach Raffael. Es war gut. Mit Haug war es gut. Haug hatte sie im April kennengelernt, als er als Vortragsreisender auf ein Fachseminar zur Übersetzungstheorie geladen war. Im Jahr darauf würde sein Vertrag als Forscher an der Maison des Sciences de l'Homme auslaufen, und er würde nach Hamburg zurückkehren. An einem Mittagstisch war sie neben ihn zu sitzen gekommen. Ein Gespräch hatte sich zwischen ihnen entsponnen, Spannung war aufgekommen. Dann war das Kolloquium auch schon zu Ende gewesen, und nichts sollte gewesen sein? Zwei Wochen hielt sie aus, dann wollte sie wissen, woran sie mit ihm war, und fuhr nach Paris, um in seine Arme zu fallen oder mit einem Fußtritt wieder aus der Stadt hinausbefördert zu werden. Haug schlug ihr Theater, Pavillons, Parks, Kinos, Bars und Spazierschritte durch Abende vor. Sie sagte zu nichts nein. Mitgenommen von einem Faßbinderfilm verliefen sie sich. Um sich zu orientieren, hielten sie immer wieder vor leuchtenden Stadtplänen und begriffen die Urbanisten nicht, weil die Standpunkte immer an Rändern eingezeichnet waren, so daß sich entweder vor oder hinter dem Passanten unbekanntes Stadtland erstreckte. Unvermutet setzte er ihr da den ersten großen Kuß auf den Mund. Er war größer als sie. Er kam von oben auf sie herab. Wunderbar beleuchtet, dachte sie noch, schloß die Augen, um keine Sterne zu sehen, und ließ dann ihren Mund gehen. Es war der

Ort, an dem er später nachsehen würde, ob etwas verlorengegangen war.

Nach einem Umweg kamen sie in der Rue des Pyramides an. Er fragte nicht, ob sie mit hoch käme. Er öffnete einfach die Haustür, die Foyertür, die Aufzugstür, die Wohnungstür, die Zimmertür, und sie folgte ihm durch fünf Türen. Er gab ihr noch ein Glas Wein in die Hand. Sie überließ ihm mehr dann als nur den Mund. Sie hatte Bedenken, er verachte sie, weil sie so schnell zu haben war. Er verachte keine Frau, sagte er nur, und sie sagte, sie sei eben jemand, der volle Kelche nicht vorübergehen ließe, die den leisen Sand aus Uhren ihren Rücken runterrieseln spüre. Dann nahm er ihr Kinn in seine Hand, bevor er sie küßte, als solle das Fleisch einer Frucht aus ihrem Mund herausflutschen.

Die halbe Nacht redeten sie über männliche und weibliche Vornamen, über Bücher und Musik. Es war so glatt gelaufen, daß sie sich verstieg: Wen immer sie fortan wolle, was immer sie fortan begehre, den oder das oder dies und jenes bekäme sie, als sei das die richtige Art. Sie bräuchte noch nicht einmal mehr den Mund zu benutzen oder zu rufen oder mit dem Finger zu schnippen, es ginge lediglich Anziehung von ihr aus, und sie hätte so die Demiurgenmacht, ein wenig Welt zu schöpfen. Eingewickelt in diese Euphorie schlief sie ein.

Sie erwachte allein, stand auf, tappte ins Badezimmer, sah sich nicht. Denn er hatte kurz zuvor geduscht, und der Spiegel über dem Wasserstein war beschlagen. Er selbst brauche keine Spiegel mehr. Kenn ich nicht, wasch ich nicht, begrüßte er sich im Bad. Er brauche auch keine Eleganz. Eleganz hätte ihn verfälscht. Er war einen kleinen, heißen, süßen Schwarzen in seiner allmorgendlichen Stammbar trinken gegangen und hatte sich vom geschäftigen Arbeitsleben »duschen lassen« – kam ihr in den Sinn, wo er einen sachlicheren Ausdruck benutzen würde.

Nach zehn Tagen reiste sie wieder ab. Er wollte sie bald wieder besuchen. Die Provinzstadt paßte wohl zehn, zwanzig, gar fünfzig Mal in Paris hinein, und Paris steckte die Provinzstadt abermal in die Tasche. Nur ein Bruchteil der raren Vergnügungen, die Paris biete, fände sich in der gnadenlos in einen Alpenbruch gequetschten Stadt. Es gibt dort so schlechten Tango, daß es besser für den Tango wäre, es gäbe ihn dort nicht. Es gibt dort Tango, der den Frauen ihren Tango deformiert. Aber wollten sie beide Vergnügungen oder sich, Wüsten für Safaris oder Wüsten als Bewährungsproben?

Wieder setzte der französische Sommer eine Zäsur. Wieder waren die Kollegen längst verreist, flitzten auf Aluminiumrädern über glänzende Straßen, verschwanden mit Kind und Kegel im tiefen Frankreich in sonnigen Häusern, hegten wissenschaftliche Gedanken, fügten ihrem Ruhm etwas hinzu, häkelten Prosastückwerke, die eines Tages zusammengenäht doch nur ein scheckiges Patchwork ergäben, oder bauten an Berghütten. Wieder klang die Universität hohl und machte Sommerschlaf. Laura verschickte ein paar Grüße aus einem bergumzingelten Ort an den einen Elternteil und auch an den anderen, und Haug grüßte sie aus bergumborgenem Ort. Fliehen müsse man im Hochsommer, hatten ihr die Studenten beibringen wollen. Doch knallte die Sonne mit all ihrer Mittagswucht niemals direkt auf Lauras Fenster, so daß sie die Temperatur der Nacht lange in ihren Räumen halten konnte. Schwelte

mittags in den Straßen die Hitze, vermied sie es, hinauszugehen. Viel Stillstand stellte sich in ihrem Leben ein. Und doch geschahen noch Dinge: ein Anruf und die Frage, ob sie einen Regenwurm für einen Tausender essen würde. Ohne mit der Wimper zu zucken. Für einen Hunderter aber nicht, beeilte sie sich, hinzuzufügen, nein, doch, korrigierte sie sich, dann könne sie eine Stunde lang im Tangohimmel schweben, in den privaten Tanzarmen von Felipe Monte, wie die kleine, attraktive Bologneserin, die drei Dinge war: jung erhalten, Ehefrau und Erbin. In einem Riesenschlitten fuhr sie jeden Freitag nach Lyon in die privaten Räume von Felipe. Das letzte Mal hatte sie sich mit nichts als dem Handballen an seiner Brust abgestützt.
Und er? Erst einmal müsse er das Geld in der Hand haben, dann sähe er weiter. Ebenso wenig wie nutzlose Bewegungen hatte Haug nutzlose Gedanken. Er wollte sie auch nicht beschämen und ihr verraten, daß er sie ganz groß zum Essen eingeladen hätte. Eine Kollegin hatte sich Haug erkenntlich gezeigt, indem sie ihm einen lukrativen Übersetzungsauftrag geangelt hatte. Er sitze gerade an einem Psychotest. Ob sie sich eine Glatze für zehntausend Märker schneiden lassen würde. Sie überlegte nur kurz: Ja, vielleicht sogar mit Lachen. Ihr Haar wachse dreimal so schnell wie das anderer. Als Frau müßte sie allerdings mehr als er einkassieren: fünfzehntausend, abgemacht? Zumal sie fast schon einen Tanguera-Pferdeschwanz habe. Der entspringe aus dem Scheitel, starte kurz hoch, senkrecht, weil eine gute Tänzerin den Kopf leicht neige, um dem Mann auf der Brust die Bewegung abzusehen, in die sie übergehen werde. Die Haare verlängerten so die Achse, in der eine

sichere Tänzerin stehe und die wie ein Besitz ist, ein wenig, um ein, zwei Handbreit, bevor sie dann herab in die Nierengegend rieselten.
Ob sie unerschrocken, lebenslustig, geizig, zu Großem oder zum Sterben bestimmt sei, wüßte sie gerne. Aber dazu bräuchte sie ein Orakel, keinen Test, keinen Haug, gab sie sich selbst zur Antwort. Ihr Freund begegnete solchen müßigen Fragen mit Gleichgültigkeit. Es ist wider den Menschen, seine Zukunft im voraus zu wissen. Wer möchte schon Kassandra sein. Und müßte es nicht eigentlich gut für den Menschen sein, wenn er auch seine Vergangenheit nicht kenne, aus der Zukunft abzulesen ist. Ob man stark sei, wäre interessant herauszufinden, überlegte sie laut in die Sprechmuschel. Und es wäre auch machbar in einem Test. Dazu wäre herauszubekommen, ob jemand unehrlich sei und ein Taktiker. Dann sei man nämlich schwach. Ja, sagte er nur zu ihrem Selbstgespräch. Redepause. Sie stürzte hinein die Frage, ob er den Ausspruch von Mauriac begreife: La volupté singe la mort? Eine weitere Pause etwas später füllte sie erneut: Sie habe sich gedacht, sie könnten bei seinem nächsten Besuch einen Radausflug machen, von einem Gebirgssee zum anderen, mit ein paar Übernachtungen da und dort, wenngleich ihr geplanter New-York-Besuch keine großen Sprünge mehr drin sein lasse. Den einzigen großen Sprung, den sie sich in ihrem ganzen Leben noch leisten wollte, der nach Berlin zurück, der Alvaro vor die Nase, der Alvaro an die Seite, der hinter Alvaro, der in das Licht von Alvaro, der in seinen Schatten, der Alvaro ins Grab nach, verschwieg sie. Froh sagte er ja und: er freue sich sehr.
Federico rief sie noch immer an, obwohl sie sich seit

zwei Jahren nicht mehr rührte. Das letzte Mal hatte er sie vom Tannenbaumschmücken weggeklingelt und ein trostloses Zwei-Drei-Minuten-Gespräch mit ihr geführt, an dessen Ende sie ein unaufknotbares Lametta-Knäuel in der Hand hatte. Jetzt meldete er sich erneut zur Reisezeit. Er warf den Köder aus, sie bräuchte das Hotel nicht und nicht einmal den Flug nach Mallorca zu bezahlen, nur den nach Madrid. Er hatte auf der Insel in Sachen Hotelkette zu tun. Sie habe einen neuen Freund. Ob sie glücklich sei. Sie antwortete mit einer Gegenfrage. Wie er handeln würde, wenn er eine feste Freundin hätte und sie würde ihn einladen. Das wisse er nicht, er sei total frei. Hilferufer könne sie nicht ab, dachte sie hart. Einem Bettler solle sie Liebe geben. Was halte er von ihr! Käme sie nach Madrid, würde sie sich verpflichtet fühlen, ihm mit einer Gegeneinladung zu danken, wozu sie im Moment nicht bereit sei. Das sei ihm gleich, sie solle, ohne sich zu etwas verpflichtet zu fühlen, kommen. Das kenne sie, das habe er schon einmal gesagt. Sie hatte es ihm abgenommen und war ahnungslos nach Paris gereist. Sie plane noch New York, eins der teuersten Pflaster der Welt, und habe für eine zweite Reise kein Geld, weil auf das Geld sehen zu müssen für sie kein Urlaub sei. Sie solle es sich überlegen. Ja, sie wolle es sich überlegen. Damit war das Gespräch beendet. Sie legte das Billigtelefon, das nur aus einem Hörer mit integrierten Wähltasten bestand, auf den Boden. Auch das eine liebe Gabe von Lionel. Er hatte ihr damit ausgeholfen, als er ihr kaputtes Telefon mitgenommen hatte, um es zu reparieren. Ob ihm dies mittlerweile gelungen war, wußte sie nicht. Ihr Anrufbeantworter hatte inzwischen den Geist aufgegeben,

und sie schaffte sich keinen neuen an. Wie klappernde Fahrräder sich ihr meist selbst reparierten, einfach, weil sie eines Tages nicht mehr ratterten, weil das lärmende Teil einfach abgefallen war oder warum auch immer, so verfuhr sie einer einverleibten Gewohnheit nach auch mit ihrem funktionsuntüchtigen Anrufbeantworter. Irgendwie repariere sich das schon von selbst. Und in diesem Fall kam die Lösung dann in Form einer Behauptung an: Unerreichbarkeit sei Luxus, las sie eines Tages in einem Artikel über die Handygeneration, und damit lebte sie wieder ein Stück reparierter weiter.
Auch Alban Schlesier meldete sich, mit dem Vorschlag, sie in Venedig zur Biennale zu treffen. Sie schlug seine Einladung aus mit der Begründung, sie habe einen neuen Freund, dem sie nichts verheimlichen wolle. Auch hatte sie Alban zu Unrecht in Verdacht, er wolle mit einer Doppelzimmerbuchung die Hotelkosten niedrig halten und heuchle sein Interesse an ihr nur. Er dachte aber an ihren Körper in leichter, erregter Nervosität, auch im fiebernden Hingeben in dem Hotelzimmer in Dresden, in seinem Zimmer. Die zwei Reisemöglichkeiten hatten kaum Wert, lediglich als Ausweg aus den langen, heißen, einsamen, endlosen Sommertagen, bilanzierte sie am Ende ihrer Nützlichkeitserwägungen.
Haugs Kommen nach so viel Alleinsein, Tage, Wochen, Warten, das auf neunzehn Tage angewachsen war, sie begraben hatte, so daß sie schon nicht mehr richtig wartete. Sie hatte gedacht, sie könne das, Warten, nach Alvaro. Wenn sie etwas von Alvaro haben müsse, dann an allererster Stelle doch das. Früher hätte sie nie ein solches Kalkül über das Habenwollen und Haben-Haben angestellt.
Manchmal lag sie mit dem Kopf ins Dunkel der Arm-

beuge gestützt quer auf ihrem Bett, um schier sein zu können, um nur noch Vorfreude gelten zu lassen auf den gierigen Blick ins Gesicht und die erste Umarmung, noch bevor die Tür ins Schloß gefallen wäre. Die Worte, die nicht mehr zu sein brauchten. Nichts wäre los als seine Nähe. Sie wäre wach bis in die Spitzen der Haare, der Wimpern, der Fingernägel, blank bis in die Brüste, Kniekehlen, Zehen. Nichts an ihm sollte ihr entgehen. Jede Bewegung von ihm würde Ereignis sein. Sie führte ihn ins Wohnzimmer. Sie würde ihm so bald schon aufsitzen. Ihn zulächeln, zucharmen. Er würde es zulassen. Den Kopf auf seiner Schulter abruhen. Seine zärtliche Freude. Die hochgesteckten Haare lösten sich, fielen herab. Loreleilocken? Rapunzelhaar?

Sie holte Haug vom Bahnhof ab. Noch bevor er auf die Idee kommen konnte, ein Taxi zu bestellen, hatte sie ihm eine Fahrkarte in die Hand gegeben. Sie ließ sich dann in der Straßenbahn fest in seine Armbeuge drücken.

Das üppige Essen war nur aus dem Herd zu holen und auf den breiten Tisch zu stellen, den sie mit gelben Rosen überschmückt hatte. Er möge es sich in einem der beigen Polstersessel gemütlich machen, könne schon den Rosé öffnen und die altrosa Kerzen anzünden. Er hatte Château neuf du pape und Honigkerzen mitgebracht. Es herrschte Licht, das nicht schmerzte. Ecken wolle sie nicht mehr dulden, erzählte sie, während sie zu dem Gratin dauphinois aus rosa Kartoffeln und den Kirschtomaten den Lachs servierte, wozu ihre beleibten Wangen glühten. Dank der Möbel mit dreieckigem Grundriß sei das Eckenausmerzen kein Kunststück mehr. Sie kenne sich aus in der Zeit, in der sie lebten, samt dem Schnickschnack, den sie böte, nahm sie sich

selbst auf den Arm. Elias Canetti hätte wie am Porträt einer Müden auch an einem Porträt einer Eckenausmerzerin seine Freude gehabt. Ecken haben weder als Metaphern noch Ableitungen Eingang in schöne Wörter gefunden, behauptete sie und führte »anecken« als Paradebeispiel an. »Eselsecken« fielen ihr noch ein. Ecken gemahnten an dunkle, staubige Büßerorte in Klassenzimmern. Auch wenn sie die Bücher auf ihrem Schreibtisch ausbreite, gebe es keinen Rahmen mit Ecken. Fraulich breite sie sich aus. Türme waren allerdings bevorzugte Gefängnisorte gewesen, aber Elfenbeintürme wiederum … Sie brach ab und fragte sich, warum sie so seltsam rede. Er konnte nur drei Tage bleiben, wollte aber bald wieder kommen.
Sie hatte noch einmal einen großen Schub Energie. Den bedrohlichen Provisorien in ihrer Wohnung machte sie den Garaus. Die lax befestigten Vorhangstangen, die bei etwas kräftigerem Zuziehen herunterzukrachen drohten, dübelte sie fest wie für Jahrhunderte. Die Wackelstühle, die keine Liebe aushalten würden, stellte sie auf die Straße. Sie ließ sich eine Matratze mit einer Spiraldichte wie für Botero-Figuren liefern und verabschiedete sich von ihrer Quietscheliege, auf der eine Einmannmatratze lose gelegen hatte. Mit dieser wackeligen Lagerstätte hatte sie sich eine Therapie verschreiben wollen, um ruhiger und damit auch tiefer und gesünder zu schlafen und das Rumwälzen loszubekommen, gab sie eine faule Erklärung ab. Wenn in Afrika Menschen auf den Ellenbogen gestützt schlafen, damit Termiten nicht durch Nase und Ohr hereinspaziert kämen, mußte es möglich sein, daß sie wie tot schliefe. Haug war jemand, der ihr jetzt noch zuhörte.

Sie schaffte sich für ein Heidengeld eine Sünde von Schreibtisch mit flaschengrünem Lederbezug an, womit sie kühn und leichtsinnig, wie sie später bereuen würde, auf den Gegenwert von einem Quadratmeter Wohnraum in der Nähe Alvaros verzichtete, jenen Raum, in den er seine Füße hätte ausstrecken können, käme er vorbei, um sich zu setzen, ungefragt, sofort Platz zu nehmen, wie es schon immer seine Gewohnheit gewesen war, ganz besonders in U-Bahnen. Haug wird den Schreibtisch loben und sagen, selbst Arbeitslose haben Autos.

Mit einem Ratsch riß sie den bereits angekohlten Lampenschirm herunter, für den sie hergenommen hatte, was parat gewesen war: Schreibmaschinenpapier. Das hatte sie mit Tesafilm zu einem langen Band aneinandergeklebt, in die Ziehharmonika-Struktur gefaltet und dann daraus einen Kegel geformt. Der nahm sich aus wie ein da und dort eingedätschter Faltenrock für eine Frau mit einer Taille, die so schmal wie ein Handgelenk war. Kurzerhand hatte sie das Hunzwerk in den Abfalleimer gestopft. Kokelbraun im Lampenschirmweiß wäre nie von exquisitem ästhetischem Wert wie etwa Patina, wie sehr man seine Ansicht auch verbiege, und nichts würde sich hier von selbst reparieren, höchstens wenn ihre Wohnung samt ihrer werten, lieben Person im Brand aufginge. Später würde sie manchmal irr denken, das wäre gut gewesen.

Sie hatte weder einen Heinz Elektriker, noch einen Peter Informatiker, noch einen Hans Tischler oder Thomas Klempner zum Mann. Auch nächtliche Heinzelmännchen griffen ihr nicht unter die Arme, in jenen Wochen nicht wie schon seit Jahren nicht. Provisorien wie die

Lampe oder Schränke aus Obstkisten, die drohten, jeden Moment zusammenzupoltern, hatte sie bis zu Haugs nächstem Kommen in Wertanlagen verwandelt. Sie aber hatte dennoch mit diesen Vorläufigkeiten gut leben gehabt, waren sie doch der uneingestandene, in viele Einzelstücke aufgeteilte Altar, den sie Alvaro in ihrem Wohnraum errichtet hatte. Gut leben hatte sie gehabt, weil ihr ganzes Leben, bis zu dem zukünftigen Tag, an dem sie bei Alvaro angekommen sein würde, nichts als ein einziges, riesiges, bedrohtes Provisorium sei.

Und die Männer ihrer Geschichten nach Alvaro? Sie ging schonungslos mit sich ins Gericht. Ein jeder war nur ein Stück gewesen, nur ein Provisoriumsmann. Ein jeder hat nur einen Teil dessen geben können, was Alvaro ihr hätte sein können. Wollte sie nicht sein wie Isis, wie die ägyptische Göttin mit dem Kuhgehörn, das die Sonne faßt? Weil Isis in die Welt hinaus irrte, um den Leichnam ihres in alle Längen und Breiten zerstückelten Brudergatten Osiris wieder zusammenzusetzen? Suchte sie auf ihren Reisen, ihrem Unterwegssein den Leichnam Alvaros? Suchte sie in den Männern, die ihr begegneten? Fand sie Alvaro Stück für Stück?

Dann kam Haug wieder angereist. Es wurde ihnen gemütlich zumute über ihren Gesprächen. Honigkerzen brannten. Sie stöberten in ihren Vergangenheiten Menschen oder Geschehnisse auf, die in ihrer beider Leben große Einflüsse ausgeübt hatten. Auf sie erst ein Dreigestirn: Mutter, Freundeskreis, Schule, dann dominierte ein Lehrer, den ein starker Geltungsdrang ablöste, dann Städte, München und Paris, und seither die Weggefährten unterwegs zur Liebe, und Tanz, Flamenco und Tango.

Sie wollten ein paar Tage mit dem Rad unterwegs sein, legten als Ziel den Lac de Bourget fest, die Savoyen: dort, wo die Heirat zwischen der Qualität der Routen und der Schönheit der Orte besonders glücklich ist, erging sich eine Tourismusbroschüre in lobenden Worten. Sie wollten ins Blaue hineinfahren, ins Blau des Tags, ins Blau der Nacht, selbst wenn sie deswegen auch einmal nichts in den Magen bekämen und der Himmel das Hoteldach wäre und sie ihn und sich vor Erschöpfung gar nicht mehr richtig mitbekämen. Ein Hotel wäre immer schnell gefunden, war er zuversichtlich und ahnungslos, und sie war wie er. Aber ein Rad frißt nicht wie ein Auto die Kilometer einfach so weg, und das tiefe Frankreich ist nicht das mit Dörfern zahlreich bestückte deutsche Land.

Auf ihren Vorschlag hin wechselten sie sich mit der Verantwortung für Essen, Unterkunft und Programm von Tag zu Tag ab. So erreichten sie jeweils füreinander eine größere Sorglosigkeit. Ging sie einkaufen, wurden beide mehr als satt. Sie freute sich, daß sie zu denen gehörten, die Teller und Tisch nicht leerzuessen brauchten. Ging er einkaufen, legte er das Doppelte hin, und sie freute sich über die Tomaten am grünen Zweig und die Trauben außer Saison.

Sie hatten oft Kutscherhunger, keine Imbißstätten in der Nähe und bissen drum auch schon einmal gierig in Maiskolben. Als die Kaugeräusche ihrer Maulsperrenmahlzeit zu Ende waren, wischten sie sich den gelben Saft mit dem Handrücken vom Mund und lauschten auf die Stille in der Schlucht zwischen hohen Felswänden, wo sie saßen in der Grasachsel einer Gabelung.

Der erste Platte kam zuverlässig. Sie hatten keine Vorsorge getroffen und Ersatzschläuche mitgenommen. Haug blieb unschlüssig am Fahrbahnrand stehen, während sie auf die nächsten Häuser zumarschierte, wo sie Klingeln drückte in der Hoffnung auf Werkzeuge, gar nicht so sehr auf Rat und Tat oder geübte Helferhände. Nichts und wieder nichts rührte sich. Sie ging weiter. Haug kam nach. Ein zaunloses Werkstattgelände lag in der Mittagsödnis mit Rost und Dreck überzogen da. Sie rief Hallos dahin und dorthin und bahnte sich mit ihren Hallos einen Weg ins Unbefugte. Nur ein Hund bellte grimmig, ein wahrer Kerberos. Sie zögerte noch ein wenig, lieh sich dann aber die frei herumliegenden Werkzeuge aus. Sie hatten ohnehin schon Rostbesatz, und die offen stehenden Werkzeugkästen luden zur Bedienung geradezu ein. Haug kam zögerlich nach. Er half. Mit Schlüsseln versuchte er, den Reifen von der Felge herunterzubekommen. Seine Hände zitterten. In seiner Jungenzeit habe er das immer so gemacht, beruhigte er sie, und außerdem Aufsätze darüber geschrieben. Der Schlüssel brach ab. Sie sah ihn an, ohne ein Wort zu sagen, sah ihn in seinen dunklen Klamotten, denselben, in denen er angereist gekommen war. Ihm drohte es schwarz vor den Augen zu werden. Er mußte in der schwarzen Jeans und dem dunkelbraunen Hemd höllisch schwitzen. Sie mochte sein so gar nicht touristisches Aussehen. Rucksacklos und ohne Fotoapparat würde er mit den Händen in den Hosentaschen über einen einsamen Bergrücken im Luberon marschieren.
Als die Mittagsstunden vorüber waren, fuhren zwei Lkws auf das Anwesen. Die Fahrer waren die Besitzer des Grundstücks, das sie unbefugt betreten hatten. Statt

die beiden zusammenzuschnauzen waren sie ganz Hilfsbereitschaft. Schlüssel ließen sich immer leicht nachmachen, solange die Bärte nicht verlorengegangen seien, stellten sie sachlich fest. Dann holten sie erst einmal Bier herbei, für sie sogar eine Flasche Frauenbier. Als Laura ihr Flickzeug auspackte, fand sie das Tübchen Kleber, das noch aus Berliner Zeiten stammte, ausgetrocknet. Die Franzosen hatten extrastarken Kleber parat. Der war so stark, daß man Menschen mit ihm an Wolken kleben könnte. Damit Haug nicht wie Falschgeld rumstehe, gab sie die Luftpumpe aus der Hand und ließ ihn weiterpumpen. Keine drei Züge, und schon war der Pumpkolben über den Anschlag hinausgerissen. Er ärgerte sich dumm über seine Dämlichkeit. Nach keiner Stunde war das Rad repariert.
Sie fuhren so lange weiter, bis sie auf ihren Sätteln nicht mehr sitzen konnten und unter einem Apfelbaum rasteten. Zwischen den Bissen in saftige Äpfel küßten sie sich und erwiderten freundlich die Grüße der Vorbeiradler. Dann legten sie wieder Kilometer um Kilometer zurück. Er dachte: Hut ab vor ihrer Ausdauer, ihrer Kerzengeradheit auf dem Sattel, vor ihrem zähen Willen, der Entschlossenheit, mit der sie auf ihrem Nullgangrad Steigungen nahm, von denen ihnen nicht wenige unterkamen, schlecht ausgerüstet mit den Autokarten, wie sie waren.
Laura trug Shorts. Die Sonne zog ihr ganz langsam, im Laufe vieler Stunden auf ihrer Vorderseite Oberschenkelstrümpfe an, während sie auf der Rückseite weiß und nackt blieb. Haug fand, das sähe bescheuert aus, wie sie eigentlich auch. Auch der Modegag der Saison zeugte für sie nur von Einfallslosigkeit. Was sich von hinten wie

ein Minirock oder Shorts ausnahm, war von vorne ein knöchellanger Rock oder eine Hose.
Sie rasteten auf diesem und jenem Grün in satten und saftigen Helligkeiten. Sie möge die Fliegen, wenn sie über ihre Haut krabbelten, sagte sie. Er sollte es mögen, wenn sie auf der Suche nach Wärme und Schlaf auf ihm herumkrabbeln würde. Er nannte sie eine Marke. Er nannte sie auch großzügig, großzügig in zwei Dingen: daß sie sein Alter immer wieder vergesse und sich auf dem Gebiet, dem sie sich so gerne aussetzen, nicht auf dem Immer-wieder-beide-auf-einmal-Ziel bestehe und auch nicht verlange, zumindest ein Einmal-du-einmal-ich-Prinzip eingelöst zu bekommen. Sie war da gar nicht vom Stamme Nimm.
Sie fragte ihn, was er täte, wenn er einen See geschenkt bekäme. Er konnte mit ihrer Frage nichts anfangen. Er müsse jetzt endlich einmal aufsitzen, weil er schon eine ganze Weile einen Stein im Rücken habe. Sie grub den Stein aus dem Erdboden. Er müsse jetzt eine richtige Delle im Rücken haben, lachte sie ihn liebevoll aus. Sie und dann eine Schicht grüne Luft und dann Kubikkilometer blaue Luft: er hielte viel aus, klage nie, es sei schon wahr.
Sie verfuhren sich um dreizehn Kilometer und mußten den Rückweg antreten, weil durch die Berge nicht zu fahren war. Sie langten endlich am Ziel an, einem Juwel von See. Ein Steg führte durch übermannshohes Schilf auf eine primitive Idee von Loge hinaus, die den Blick auf den See freigab, der an seinen Ufern in sanft ansteigende Weinberge überging. Sie streckte sich auf einem Bänkchen aus, um noch ein wenig Sonne einzufangen. So könne sie auch auf die Sachen aufpassen. Diese Um-

sicht ging Haug ein wenig auf den Geist. Er schrieb sie aber allen Frauen als potentiellen Müttern zu. Er ließ Laura Sommersprossen einfangen und glitt mit einem Köpfer ins Wasser, nachdem er eine Weile den See betrachtet hatte. Er schwamm kräftig eine große Runde und ließ sich dann an der Oberfläche treiben, wo er eingefaßt im Grünblau als toter Mann lag.

Die Freiluftloge bot Balken, an denen sie ihre Kleidung zum Trocknen aufhängen konnten. Hier blieben sie, scherzten sie, bis sie verschrumpelte Tattergreise wären. Da zog sich der Himmel zu. Sie machte den Vorschlag, vorm Aufbruch den Pfirsich und die restlichen Tomaten noch zu verzehren. Das spare Gewicht ein. Ob sie ihm wohl mit ihrem Gepäckeinsparungstick auf die Nerven ging? Er aß den Pfirsich im Stehen, übers Wasser gebeugt. Weil er so hastig die Frucht verschlang, blieb sie betont sitzen und verzehrte mit kunstvoll gesetzten Bissen die Tomaten, wobei sie eine Gemütlichkeit zur Schau stellte, als schmecke sie jede Kalorie einzeln. Das Gewitter entlud sich, ehe sie sich's versahen. Sie Idiotin hatte auch noch gebremst, um eine neue Spielart der von ihr so geliebten Übergangszeiten auskosten zu können. Wie hätte sie aber gedrängt, wäre ihr die Wucht des Unwetters bekannt gewesen. Sie hatten noch ein nahes Hotel finden wollen, aber Laura klatschte es Haarsträhnen ins Gesicht und Dreck in die Augen, und sie wurde auf ihrem Rad einfach umgepustet. So blieb den beiden nichts anderes übrig, als sich in einen nahen Unterstand zu retten und auszuharren. Sie hatte außer drei Schokoladentäfelchen zum Morgenkaffee, ein paar Äpfeln und Tomaten nichts gegessen und zitterte. Sie fröstelte sehr und versuchte vergeblich, sich an

seinem Körper zu wärmen, so daß sie schließlich Haugs durchschwitzte Socken anzog und sich seine schweißdurchtränkten Pullis überstreifte. Sie mußten stundenlang ausharren und malten sich aus, was in nächster Nähe geschehe: Wolken von Ziegelsteinen mit Schemeln und anderem Stückwerk drin, die aufgeschreckte Menschen vor sich her in ihre Häuser trieben. Den Jungen, dem es das Goldkettchen um den Hals wegschmolz, müsse es auch in diesem Unwetter irgendwo geben. Ein Paar, das sich liebte, stärker als dieses Gewitter? Sie fröstelte zu sehr, um weiterhin Leidenschaftskitsch zu denken.
Haug und Laura fühlten sich sicher in ihrem Faraday-Käfig. Leuchtraketen wurden in den Himmel geschossen. Der Sturm peitschte zypressenartige Bäume, die ausfiederten und mit ihren langen, schlanken Ästen in die Luft grapschten. Kurz nach Mitternacht ließ der Regen so weit nach, daß sie endlich aufbrechen konnten. Es hatte ihnen aber gar nichts ausgemacht. »Sie beide in diesem Notverschlag« wurde zu einer trostreichen Erinnerung, an die sich Laura Klammeräffin später in niedergeschlagenen Momenten anpreßte.
Aber ihre Gewitteropfer-Zeit dauerte noch an. Eine angetrunkene Motorradbraut, auf die sich Haug durch das Unwetter zugekämpft hatte, nannte ihm ein Hotel in Francin. Der Regen setzte wieder ein, und die beiden arbeiteten sich gegen den Sturm fünf Kilometer mühsam voran. Auf die alte Hexe, die Besitzerin des Hotels, mochten sie mit ihrem ramponierten Äußeren und dem mitgenommenen Französisch keinen sehr einnehmenden Eindruck gemacht haben. Am Tag darauf fände eine Hochzeit statt, und alle Zimmer seien belegt, spei-

ste man sie ab. Geschäftstüchtig waren die nicht, hätten sie doch Haug und Laura mit einem überhöhten Preis ausnehmen und sich eine goldene Nasenspitze an ihnen verdienen können, dachte Laura, als Haug »Infiniment merci, Monsieur«, sagte. Ein wenig Verhandlungsgeschick hätte Not getan und eine Kammer, die ihnen in dem Zustand, in dem sie waren, wie ein Königreich von Hotelzimmer vorgekommen wäre. Aber sie erwarteten kein Geschick von sich, am Ende ihrer Kräfte, wie sie waren. Und das hatten sie ja gewollt, jedenfalls nicht ausgeschlossen mit dem Minimum an Reisevorbereitung, das sie getroffen hatten.
Der Sohn hatte schließlich Erbarmen mit ihnen und schloß ihnen das Foyer auf. Doch ein paar Decken wären zuviel des Guten gewesen. Der Vorraum war zu kalt, um zu sitzen, weswegen Haug und Laura die oberen Etagen des Anbaus erkundeten. Kein Mucks war hinter den verschlossenen Zimmertüren zu hören. Überraschend stellten sie fest, daß es mit jedem Schritt nach oben wärmer wurde. Sie bugsierten den einzigen Liegestuhl nach oben und richteten sich darauf ein. Laura legte sich bäuchlings auf Haug, um sich zu wärmen. Kleine Krabbe, dachte Haug. Die Ameisen in ihren Gliedern ließen Laura mehrmals die Stellung wechseln. Da Haug sie durch sein Schnarchen ebenfalls immer wieder am Einschlafen hinderte, überließ er ihr später die Liegegelegenheit und ging nach unten mit den Worten, er überlasse ihr gerne den Stuhl, er sei schlaflose Nächte gewöhnt. Im Nachtprogramm gab es nur Jäger beim Jagen und Angler beim Angeln und Jagdleute beim Angeln und Angelleute beim Jagen. Wütend fegte Haug ein paar Kataloge vom Regal, hob

sie aber einen nach dem anderen wieder auf, und brav standen sie dann, abgestaubt, wieder in Reih und Glied. Schließlich drehte er eine Runde, bevor er wieder zu Laura hinaufstieg, wo er sich auf den Boden neben sie legte und in bizarr verrenkter Stellung einschlief. Anstatt den Zug zu nehmen, setzten sie ihre Radtour noch zwei Tage fort und kehrten dann zurück.

Am Tag von Haugs Abreise malte Laura am Frühstückstisch eine Check-Liste für kommende Radtouren: Eine Taschenlampe. Wozu? Um bei Sturmfinsternis Karten zu lesen. Ein Kaschmirpulli, also ein federleichter Iglu für den Körper bei schwerer Kälte. Kopfschutz, Sonnenmilch mit hohem Schutzfaktor und Wasser gegen die unmenschliche Hitze. Alles in Griffnähe in Außentaschen an Leib und Rad. Vernünftige Karten. Wie vernünftig? Mit Linien, die im 50-Meter-Abstand Höhenunterschiede angeben, damit sie nicht mehr kehrtmachen müßten auf schwarzen Touren, die für Athleten auf Geländerädern mit 24 Gängen gedacht waren, die sich mit Schutzhelm bedenken und mit Gürteltaschen versehen und in unvorhergesehene Saltos katapultieren lassen, die sie arm- und beinbruchlos überstehen. Beim Flickzeug Super gluant, nur noch Super gluant, einen Lebtag lang, später einmal statt Ehering Super gluant. Schraubenschlüssel, Vaseline oder dünnhäutige Handschuhe, Schnur, damit klapperndes Blech nicht die Naturstille demoliere. Draht, Fahrradöl; Tuba-Boxen mit einem Opinel-Taschenmesser, 2 Plastikgabeln, 2 Plastiklöffel, Servietten; ein Regencape aus Leuchtstoff, das zur Picknickdecke werden kann, zünftig rot-weiß kariert mit Blumenborte, als Extras Kerzen, Feuerzeug, Mückenschutz, oder besser noch Kerzen,

die Mücken vertreiben. Eine praktischere Fahrradtasche aus regenresistentem Stoff mit verschließbaren Außentaschen. Und ein kleiner Korb für Früchte vorn am Lenkrad. Pflaster und Creme für junge Wolfstiere im Schritt. Eine kopierte Karte, um den zurückgelegten Weg einzuzeichnen mit buntem Stift.
Er blieb noch eine Nacht und reiste dann ab. Bald schon besuchte sie ihn wieder, kam per Mitfahrgelegenheit angereist, wurde vor seiner Haustür abgesetzt, blieb eine ganze Woche. Stundenlang saßen sie an dem kreisrunden Bassin in den Tuilerien auf Sesselstühlen, nicht im Windschatten, sondern in der Windsonne, wo sie immer wieder fein zerstäubtes Wasser über die heiße Haut gesprüht bekamen. Aus der Parkanlage kamen sie mit staubweißen Schuhspitzen zurück. Sie gehörten zusammen, meinte sie mit einem Blick herunter auf ihre vier Schuhe. Das war ein Schwarz-Weiß, das gut anging, war Spuren Leben. Wie ganz anders das Schwarz-Weiß der Lederschuhe von Tangogecks.
Sie vergaß nie etwas bei ihm. Kam er, brachte er CDs zum Anhören mit, ließ sie dann da. Vieles ließ er in ihrer Wohnung zurück: einen Regenschirm, den er beim Frisör aus Schusseligkeit gegen ihren eingetauscht hatte. Oder aus Lebensfreude? Ein Buch mit einem Kapitel über einen türkischen »Zalon« in Berlin, das sie im Wettstreit miteinander übersetzt hatten, die ZEIT, den Spiegel, eine Socke, Aspirin, Le Monde, Videos, die Libération. Sie hat bei ihm das Goldkettchen Lionels eines Nachts ausgezogen, fand es dann eine Weile nicht und glaubte es bei ihm verloren. Er mußte es aufgestaubsaugt haben. Sie nahm es ihm nicht übel. Dann kam er sie wieder besuchen, und sie konnten sich noch einmal glücklich machen.

Fiele ihr das Wasserzeichen aus Schweiß, der Saum, der Nimbus, nein, der Rand, der Schweiß, kein Nimbus auf ihren gestickten Lilien, auf ihrem Blütenweiß, auf ihrer Edelseide in den Blick, würde sie sich an den späten Nachmittag erinnern, an dem sie nebeneinander gelegen hatten. Sie hörte Ketten klirren, die zum Feierabend den werkstatteigenen Parkplatz absperrten. Ihr Atem ging ruhig. Laura lag geschlossenen Augs so nah an Haug, daß es ihr leicht fiel, das Ende von Alvaro zu erzählen. Sie wollte es herbeierzählen, wollte es ausgesprochen haben, als sei es damit heraufzubeschwören, dingfest zu machen, und k.o. zu schlagen das Alvarogespenst. Sie wollte es sagen, gerade ihm, Haug, war es zu sagen. Alvaro, fing sie an, könne doch ihr nicht einfach sang- und klanglos abhanden gekommen sein, könne doch nicht etwa auf irgendeiner Bank in Rom eingenickt sein, könne doch nicht so tonlos und unspektakulär geendet haben – und mit ihm all die Jahre, in denen er ihr Inhalt gewesen war! Und es war doch mehr als ein Leben gewesen! Wen man sang- und klanglos aus dem Auge verliere, der könne auch ebenso ohne Sang und Klang wieder auftauchen. Deshalb müsse ihm schon mit einem Gewaltakt der Garaus gemacht werden. Ihm müsse intelligent mit einem Ausrotten mit Stumpf und Stiel begegnet werden, beteuerte sie Haug zuliebe, und es war doch zugleich ihr zuliebe, ohne daß es ihr aufging.
Sie rekapitulierte: Vor zweieinhalb Jahren bin ich aus Berlin weggezogen. Fort von Alvaro, nicht so schweren Herzens, wie man hätte meinen können bei dem gnadenlosen Alles, das er mir war, weil ich auf einen Felsen die Gewißheit gebaut hatte, es sei nur für einen Katzensprung an Übergangszeit, und außerdem dachte ich,

könnte nichts und niemand mir etwas anhaben, wenn Alvaro nur stark genug wäre. Die Wegreise, der Prüfstein müsse das erweisen. Meine Wohnung habe ich behalten, damit die Rückkehr wie nichts ginge, jedoch unheilvoll untervermietet, wie du ja weißt. Ich habe mich glücklich geschätzt, einen Beruf in akademischen ›Gefilden‹ gefunden zu haben und damit auf die Ferse in Alvaros großen Fußstapfen getreten zu sein. Ich habe mich angekommen geglaubt da, wo ich ihn angehenden Professor zu Hause weiß. So habe ich mich ihm näher gefühlt.
Affären habe ich gehabt, da und dort, Geschichten, Anfänge, alles ein wenig beliebig, fast willkürlich. Trüffel, könnte man meine Kurzgeschichten nennen, Trüffel, die ich weiß Gott nicht nur auf silbernen Tellern serviert bekommen habe, sondern die ich auch aus der Erde zu wühlen hatte, wollte ich an sie heran.
Ein Blutjunger, auch ein Orientale mit dezent athletischem Körperbau, einer der Klugen der französischen Nation, ein Smarter mit Namen Raphael Philippe, ein Elitenschulenabsolvent, auf Platz zwei der Prüfungssieger, der aber Universitätsstudenten, die auf Stühlen sitzen, den Elitestudenten, die auf Lorbeeren ruhen, vorzog – soweit Laura ihn begriff. Und hatte mit Raphael die Nase nie so weit oben getragen, daß sie gedroht hätte, vornüber zu fallen und sich so, wie es eines Argentiniers Art sei, will er weg, das Leben aus dem Leib zu stürzen. Aber sie könne schon noch anderes von Raphael sagen.
Sie hatte im Schnitt ein Aus und ein An einer Affäre pro Jahr gehabt, hatte Geschichten ohne Ende, ohne wirklich anständige Ausgänge, ohne in Freundschaft schonungsvoll übergeleitete Handschläge. Stelen habe sie

errichtet, eine nach der anderen, Monumente von Männern, die ihr die Flucht absteckten, rechts und links des Wegs Marken, so daß ihr Blick, schaue sie in ihre Vergangenheit zurück, im Sog sich beschleunige, rase, schieße bis nach Berlin zurück, bis »nach« Alvaro.
Ob er Durst habe? Sie schon, mächtig. Sie kam mit zwei Bierdosen zurück, wozu sie ein Regalbrett, das jeweils zwei übereinandergestellte Bierdosen im Achterteam stützten, hatte abbauen müssen. Als sie ihm ein Glas reichte, traf sie sein Blick. Er hatte keine Vorstellung von seinem Blick, hatte er sich doch abgewöhnt, in den Spiegel zu schauen, und konnte nicht ahnen, wie sehr Trauer darin stand, blutete, sonst hätte er seinen Blick verborgen. Sie verstummte. Eine lange Weile.
Sie bilanzierte dann still für sich weiter: Seit Haug versuchte sie, die Hoffnungslosigkeit, die Schwärze, die Grausamkeit vom Enden Alvaros stärker herauszuarbeiten. Als wäre die Hoffnungslosigkeit, die Schwärze, die Grausamkeit herauszuarbeiten und sogar zu überwinden, wenn sie ein Maximum an Hoffnungslosigkeit, Schwärze und Grausamkeit der Alvaro-Geschichte abgewinnen könnte, also übertreibe, um über ein Extrem hinaus zu gelangen. Wohin? Ins andere Extrem. Denn fanden sich nicht die Enden zweier einander zugehöriger Extreme schließlich? Ein Philosoph müßte das wissen.
Für Alvaro hatte sie alles verschwendet, ihre Zeit, ihr Geld, ihre unerschöpfliche Gesundheit, ihren Vater, ihre Mutter, ihre Zukunft: es war ja so leicht, Zukunft zu verschwenden, wenn sie so sorglos zukunftslos voll Glück in jeder Gegenwart bei ihm sein konnte.
Sie erzählte weiter: Wer will es mir verdenken, wenn ich geworden bin, wie ich bin: mit keiner rechten Lust

mehr daran, Geld auszugeben, mit mehr Freude am Geldsparen als Ausgeben? Jeder in der Hand behaltene Schein, jedes im Portemonnaie bleibende Geldstück sei doch um Himmels Willen umzumünzen in die vor Zukünftigkeit jetzt schon so süße, edle, kostbare Freiheit einer bescheidenen Existenz, wo auch immer, wo auch immer ihr Herz hinfalle und schlagen wolle für einen anderen. Wer, zum Teufel, wollte ihr das übelnehmen! Sie brauche das Geld für einmal herrliche eigene vier Wände. Sie brauche das Geld, um jetzt atmen zu können. Wer wolle ihr verdenken, daß sie atmen wolle? Sie werde es schon nicht so übertreiben, daß ihr jede Menschlichkeit abhanden käme, wenn sie sich in die Isolation wie in ein Labyrinth treibe, in dessen Kern ein Minotaurus lauere, um sie zu verschlingen, und natürlich wäre der Minotaurus sie selbst.
Sie verkniff sich schon viel, verzichtete jeden Tag auf dies und jenes und das und dies und das da auch noch und warum nicht das dort noch drein zu guter Letzt. Eine der wertvollen Erkenntnisse, die sie gewonnen hatte, lautete: jedes Zusammensein mit anderen war immer mit mehr Geldausgeben verbunden als das Alleinsein. Sie lebte bereits in dem Maße sparsam, daß eine Ehe oder eine Zweier-Wohngemeinschaft nicht billiger gekommen wären. Sie tätigte auch Einkäufe bei Halsabschneidern, die in Bargeld konvertierten, was in sorglosen Zeiten Menschen erworben hatten, die glücklich gewesen sein mußten. Ohne Skrupel profitierte sie von der Not anderer. Vor Haug hatte sie noch nicht einmal ein Bewußtsein von ihrer nicht astreinen Kaufgepflogenheit. Sie ignorierte die eingeschmissenen Schaufenster und geplünderten Läden der Bargeldumtauscher

völlig. Unmerklich hatte sich so immer mehr Geld auf ihrer hohen Kante angesammelt, und zu nahm der Schatten, der auf ihr Häufchenleben am Fuß der hohen Kante fiel. Der Gedanke an einen eigenen Wohnraum nahm Gestalt an. Wieviel es denn sei, wollte Haug wissen, wenn er sich die indiskrete Frage erlauben dürfe. Sie schwieg. Ein hübsches Sümmchen, wich sie dann aus und fügte in Gedanken hinzu: Ein sehr hübsches, ein für meine Verhältnisse erschreckend erkleckliches Sümmchen, und erschreckt werden könne er doch nicht wollen. Sie erzählte wortreich von ihrer Lust auf ein Zimmer mit allen möglichen Gegenständen in Weiß. Eine Hundertzahl an verschiedenen Weißtönen. Lauter Möglichkeiten von Weiß wolle sie wahr machen. Kerzenlicht bei Tageshelle ganz besonders. Als sei das Zimmer eine Braut, die geheiratet werde. Als sei erst das der Raum, der zu ihr passe wie die Faust aufs Auge. Als sei sie mit dem Zimmer zur Braut verschmolzen. Als sei jedesmal Hochzeit-Zeit, wenn man in ihr Zimmer träte. Als sei das Zimmer ihr Hochzeitskleid.
Es mußte Wohneigentum sein, damit sie kein Fraß der Miethaie werde, schor sie alle Vermieter über einen Kamm. Nicht groß, nur zwei verschiedene Räume, denn auch ein Gast solle unterzubringen sein, und auch müsse sie von sich Urlaub machen können in dem andern Zimmer, versuchte sie zu scherzen. Sie wolle für sich das Grundgesetz der Freizügigkeit gültig machen, hoffte sie von sich absehen und Allgemeingültigkeit finden zu können: dort leben, wo es einem behage, ohne in beruflichen Belangen Zugeständnisse machen zu müssen. Denn das wollte sie um keinen Preis: in einer Art Achttagewoche malochen müssen, einem Zehn-,

Elf-, Zwölfstundenjob mit aufgefressenem Feierabend nachzugehen haben, wobei nur noch Regenerationswochenenden drin seien. Sie schaute aus dem Fenster. Ohne Bettgestell flach auf der Matratze am Boden ausgestreckt konnten sie den Himmel sehen und die Sterne, wenn die Nacht dazu da war. Sie dachte: schwarz sei der Alvarostern über ihr. Und er war der ganze Himmel. Sie vertraute sich Haug weiter an: Ein Gedanke der Unmöglichkeit, die Hälfte ihres monatlichen Einkommens für ein Festmahl auszugeben wie Flauberts Frédéric. Schließlich lebe sie schon recht reduziert, auf Sparflamme, und habe dabei immer mehr Lebensfreude eingebüßt, wenn die Wirkung aus der Ursache auch nicht so unmittelbar folgte, wie man vermeinen könnte. Ein heimtückischer Mechanismus habe eingesetzt. Ihr sei dabei nicht wenig von ihrer Liebe zu Alvaro, ihrer Größe, so nenne sie es ja, abhanden gekommen. Weil Haug da war, verteidigte sie sich mit Camus, der zu dem Menschen in seiner Herrlichkeit, ohne Maß zu lieben, aufschaute. Aber sie brauchte keine Sätze als Verteidiger, dachte sie: Ich brauche dich, Haug.

Manchmal heiße sie die übertriebene Sparsamkeit gut als brutale Befreiung: denn sie angehender, vorzeitig alternder häßlicher, freudloser Geizkragen – sie überzeichne, verstehe sich – sei Alvaros nicht mehr würdig. Jeder Gedanke an ihn verbietet sich einer alten widerlichen, freudlosen, knauserigen Tucke von selbst. Andere machen den ehemaligen Gefährten schlecht, sie richte die Schwertspitzen auf sich selbst. Das sei ehrlicher. Und was wäre am bitteren Ende herausgekommen aus ihrem Leben? Selbstmord lebendigen Leibs, genau genommen tatsächlich das, wenn sie auch hier

wieder übertreibe, damit er sie besser verstehe. Noch dazu habe sie anderen so viel angetan, daß sie wünschen müssen, ihr nie begegnet zu sein. Aber da überschätzte sie sich. Wie viele Halbleichen habe sie in ihrem Keller lagern! Ihr Name sei einer, mit dem andere untergehen; nicht wie Alvaros einer, mit dem man überdauere. Dabei plage sie der erschreckende Gedanke, ihr Gesetz, ihr Dämon wäre nichts als Hybris: Ich flüchtiges Menschenkindchen will auserlesen sein, will wie nur wenige mit einer einzigartigen Liebe beschenkt worden sein, will so geliebt haben können, daß Alvaro, mit jedem Tag, den ich ihn gedacht habe, gelebt habe, mir immer mehr in Fleisch und Blut übergegangen wäre? Sie verschwieg Haug, was sie weiter dachte. Es war zu pathetisch: Wenn ich jetzt einsehen muß, daß es nicht so ist, dann habe ich vielleicht unmenschlich teuer bezahlt mit der Unfähigkeit, wen auch immer nach Alvaro noch möglich sein lassen zu können.
Sie schlug einen tapferen Ton an, als sie laut fortfuhr: Und wenn es so wäre, daß ich Alvaro einfach nicht mehr liebe. Dann ist das so natürlich wie die Sonne, die morgens aufgeht und abends untergeht, und geschieht noch viel häufiger auf Erden, als Sonnen auf- und untergehen. Und überhaupt! Was soll das auch für eine Liebe sein, die schlecht macht – schaut man sich an, wie ich mit Menschen umgehe –, vereinfachte sie und wandte sich Haug zu. Findest du mich brutal, daß ich dir all das erzähle? Kannst du begreifen, daß ich dir, gerade während ich dies sage, mehr als in all den anderen Momenten nahe bin? Mit regelmäßigen Blumen, die man nach der Arbeit heimbringt, Geburtstagen, die man einander nicht vergißt, Jahre um Jahre, die man miteinander teilt,

glaube ich wenig anfangen zu können. Ich koche dir Geständnisse, ich spreche dir Blumen ins Ohr, ich mache uns Geburtstage zwischendurch.
Sie liebte aber bereits nur noch den traurigen Ausdruck in seinen Augen, fast als Werk, das sie geschaffen hatte. Sie ahnte es dunkel und fürchtete, Mitleid spiele mit hinein: O nein, es war nicht dieses blasse Gefühl Mitleid, es war anderes, Stärkeres, suchte sie nach tauglicher Deutung. Eine Liebe aber, die nur noch im Schmerz aufflackert, wer hielte die aus?
Mußte ich denn unbedingt meine tiefsten Gründe auf die Lippen bringen, wirst du vielleicht verärgert denken, frage ich mich selbst. Setze ich damit nicht leichtfertig uns aufs Spiel? Kann es mit meinen Gefühlen für dich um nichts Großes bestellt sein, wenn ich sie so aufs Spiel setze? Täte ich es, wenn ich nicht die Hoffnung hätte, du könntest alles verstehen und verzeihen und wärst stark genug, diese schonungslose Offenlegung zu überstehen, damit ich hoffen kann, bei dir Zuflucht zu finden, wenn ich alles – und A. ist alles – verloren habe? Warum sollen meine Hoffnungen nicht in Erfüllung gehen können, hast du doch auch zu meinem Erstaunen das häßliche Mundverziehen abgestellt, nachdem deine Eltern dich jahrzehntelang vergebens zurechtgewiesen hatten?
Später würde sie Haug schlechter machen, als er war, weil er ihre so greifbar nahe Hoffnung enttäuscht hatte, bei ihm angekommen sein zu können, endlich daheim, und mit ihm Alvaro überwunden zu haben. »Heimsuche«, diesen Titel müßte ihr Leben haben.

15

Sie flog zu ihrer Schwester, die sie seit zwei Jahren nicht mehr gesehen hatte. Laura vermißte die Zeitung auf dem Frühstückstisch. Die *Times* schmutze so extrem, da lobe sie sich sicherlich die elektronische Zeitung an ihrem Sekretärinnen-Arbeitsplatz. Wohin waren sie gekommen: sie beide, das Geschwisterpaar, die zwei goldenen Gehirne, mit denen sie glatt zum Abitur gekommen waren, die goldenen Finger, mit denen sie das leuchtende Zeugnis entgegengenommen hatten mit Augen, die glänzten wie noch einmal Gold?
Hitze brach ihren New Yorker Rekord von 1955. Die hohen Fahrenheitgrade hörten sich beängstigend an. Einige Passanten spannten Regenschirme auf, andere starben. Laura rettete sich in Museen, stieg eine spiralförmige Rampe hoch, stand schräg, richtete sich stehend ein vor einem Max Ernst, einem Salvatore Dali, vor noch einmal einem Max Ernst, wieder einem Dali und so fort. Sie trotzte den befremdeten Blicken der Aufseher und richtete sich weiter ein vor Yves Tanguys Wüstenstilleben, wo sie verharrte vor Schlieren, die sich längs eines fernen Horizonts entlang zogen. Sie tauchte in gedämpfte Farben, fühlte sich in kühle Erdtöne ein, umtastete mit Fingerspitzen vereinzelt stehende Miniatur-Skulpturen, hätte gern hineingedrückt in die Figürchen wie in Teigpersonen. Sie waren aus dem Schlamm hervorgewachsen in amöbenförmige Gestalten, jetzt noch feucht und wabbelig, irgendwann dann von der Sonne gebacken und vom Wind am Ende wieder abge-

schmirgelt, ins Nichts zurückgebracht. Laura genoß viel Statik. Haug hätte sie begleitet, auch wenn er den Surrealisten nichts hätte abgewinnen können. Dinge wie Daumier erregten sein Interesse. Mit ihm in solchen Bildern spazierengehen können. Wenigstens in Gedanken. War er nicht früher fähig gewesen, zwischen Tönen von Musik einherzugehen, in Tongirlanden zu schwimmen? Aber was denke sie noch Haug. Sie hatte ihn ja betrügen können! So ging sie mit Menschen um. So erbärmlich war ihre Zuneigung nur gewesen, daß sie ihm so bald schon hatte von der Seite springen können. Was hatte er davon, daß sie ihn wohl nie stärker als genau in dem Moment, als sie ihn betrog, geliebt hatte. Das konnte er sich an den Hut stecken.
Mit Einbruch der Dunkelheit kehrte sie heim zu ihrer Schwester, legte ihre geschwollenen Beine hoch und ließ das allabendliche Schauspiel vor ihren Augen ablaufen, das Manhattan bot, wenn es in Lichtern und Nacht aufging. Ihre Füße lagen auf der Klimaanlage, die seit Jahren nur Platz wegnahm und Dreck fing, weil sie nie in Gebrauch war, da ihre Schwester eine Verfechterin natürlicher Luft war. Laura nahm zwei Aspirin, beneidete die Empfangscrew im Kühlschrank unten, dreiundvierzig Stockwerke tiefer im Foyer des Wohntowers, das es durchaus mit den Eingangsbereichen von Hotels aufnehmen konnte. Laura hängte ihren Blick an einen Blumenstrauß mit verwelkten Rosen. Ihr Kopf wollte ihr schon auf die Brust sinken, als sie ein seltenes Geräusch aufhorchen ließ. Ihre Schwester drehte eine Kaffeemühle. Laura ging zu ihr, um ihr Gesellschaft zu leisten, stand rum wie Falschgeld und war erleichtert, den waschbaren Filter zu sehen. Ein Gespräch setzte ein:

Medikamente nahm sie wie ihre Schwester standhaft nie, nur immer wieder Aspirin, die es im Land für die müden, die armen, die bedrängten Massen, die sich danach sehnen, Freiheit zu atmen, klein wie Smarties in Hunderterplastikboxen zu kaufen gab. Für Zeiten der Erkältungsgefahr und an Abenden der Abenteuerlosigkeit half Knoblauch, der wirke wie natürliche Antibiotika. Aber nein doch, dachte sie, sie mache sich ja etwas vor, so medikamentenclean sei sie gar nicht, denn sie habe ja das Fieberpulver und den Hustensirup von Lionel. Doch nehme sie die nur zu Ende. Lionel hatte sie ihr als Mitbringsel zu dem Blumenbusch und der dickflüssigen, unerträglich süßen Kondensmilch aus der Riesentube für Notzeiten mitgebracht. Das Verfallsdatum nannte auch das Ende von diesem Stück Erinnerung an Lionel.

Laura war oft sehr fertig von der Hitze, dem dicken Pelz aus Wärme, der sich ihr in der U-Bahn umtat, den vielen Nächten voll schlechtem Schlaf. Sie war auch geschafft von der Gier ihrer Augen. Der Mensch müßte einen Reif aus Augen rund um den Kopf besitzen, hatte sie in den ersten Tagen noch wünschen können. Jetzt wünschte sie sich nur kühles, luftiges, dichtes Dunkel und unermeßliche, heilige Ruhe. Es fuhren ihr aber nach, in die miese Nachtruhe, die Subway-Züge, die wie Maschinengewehre ratterten und die in Gespräche verwickelte Pärchen zu Pantomimennummern machten. Und der Bedrohungsengel Gewalt, anwesend gewesen im Fotofries malträtierter Menschen, der die Waggonwände schmücken sollte, flog ihr nach. Er war da auch in der Aufforderung: »just go home«. Es verlor sich nicht das täglich und mehr noch nächtlich mehrmals

aufheulende Sirenengeheul der Feuerwehr, the bravest genannt, merkte sie sich, als sei die Stadt mit Vokabeln und Sprüchen zu lernen; the finest: the cops, money makes the world go round, Bronx-Aktenkoffer ist gleich Transistorradio; Pastrami ist gleich gekochtes und stark gewürztes Roastbeef; eine Yarmulka ist gleich schalenförmiges Schädelmützchen; Barhopper sind Nachtschwärmer; Börsenjobber machen das Flair der Wall Street aus. Als wäre so leichter einzuschlafen gewesen. Wie heißen die für teures Geld angeklebten Fingernägel, die überall ins Auge stechen, mit denen jede Hausarbeit eine Unvorstellbarkeit ist und die Hand sich zur sexy Pranke verwandelt?
Laura war oft unterwegs und suchte gerne den Central Park auf. Einmal überholte sie ein Rollerblader. Wieviel Uhr es sei, fragte er. Ihre Uhr war stehen geblieben. 20 Uhr etwa, schätzte sie, aber eher später. Ihre Uhr habe keine Eile, gab sie Auskunft. Ihre Uhr sei wie sie im Urlaub. Sie bekam ein Kompliment über ihr Kleid. Sie konnte es sich nicht verkneifen, es als selbstgenäht auszuweisen. Ein zweiter Blick, deutlicher, taxierender folgte. Ob sie Designerin sei? In freien Stunden voll träumender Minuten ja. Er gab seinen unbehaltbaren ostasiatischen Namen preis, nannte ihr seinen Beruf. Er fügte eine Erklärung hinzu: es funktioniere wie Akupunktur. Eine kleine Demo gefällig? Ob sie ihm ihre Hand reiche? Keine Sorge, er lese ihr schon nicht aus der Hand. Er zog ihr sanft die Finger lang und übte einen angenehmen Druck auf ihre Handmulde aus. Sie sei gestreßt. Das sei absurd, empörte sie sich, schließlich sei sie auf Urlaub. Sie sei voll Mißtrauen, brauche Beweise, lasse sich nicht schnell beeindrucken, hakte er

sie dann ab, es funktioniere mit ihr nicht. Have a nice evening!
Als sie heimkam, war ihre Schwester noch nicht da. Sie blätterte die »Time Out« durch. Spar-Tips erregten ihre Aufmerksamkeit. Sie erlebte, wie in Gemeinschaft mit Tausenden anderen Time-Out-Lesern selbst in New York kostenlos und mit kleinen Sprüngen zu leben wäre. Auf den Flohmärkten sei alles zu finden, neben der Matratze die Haarkur, neben der Schinkenkeule natürlich auch der Körperklempner und der Mann für ein Leben. Auf Umschläge klebe man wertlose Briefmarken. Die Zeitung machte sich keine Gedanken um ihren Ruf. Laura hatte auch was zu bieten: der Spartarif brachte die Post meist mindestens genauso schnell wie die Normalpost. Shampooflaschen gehörten auf den Kopf in Ecken gelehnt. Zahnpastatuben verpasse man einen Kaiserschnitt. In den Wasserkasten der Toilette lege man Ziegelsteine. Mit Dog Bags komme man aus Restaurants heim und packe das Essen zu den Kerzen, der Kosmetik, den Batterien und den Filmen in den Kühlschrank.
Ihre Schwester hatte ihr einen Packen Soda-Backpulver aus einem der 99-Cent-Läden mitgebracht. BUY 1 GET 1 FREE! steht größer als die Produktbezeichnung auf die Verpackung gedruckt. Mit dem Allzweck-Wunderpulver könne man sowohl die Zähne putzen als auch den Wasserstein schrubben, als auch Grandma's Chocolate Chip Cookies backen, auch kochen, null Kalorien zu sich nehmen, Gestank im Mülleimer ersticken, Wäsche frischer und reiner waschen, Geilheit dämpfen, müde Haut im Bad anregen, Sodbrennen löschen, Menschen töten, wenn man die kompakte Packung aus

dem 43. Stock fallen lasse. So klärte die Firma Arm & Hammer über die Verwendungsmöglichkeiten des Wunderzeugs beispielreich auf.
Laura fügte sich dem Gedanken, daß Urlaub in NY vor allem heiße, dem Konsum zu frönen. Die Reiseführer wußten das schon lange. Fotoapparate und Zubehör kosteten nur ein Drittel der Summe, die in Europa auf den Ladentisch zu blättern war. An einem ihren spaziergängerischen Nachmittage trat Laura unvermittelt in ein Geschäft. Der Anfang des Verkaufsgesprächs war ein Vokabelklären, bevor sie dann Weitwinkelobjektive ausgepackt bekam. Um Bedenkzeit zu haben, fragte sie, ob sie einen Preisnachlaß bekommen könnte. Um ganze 100 Dollar ging der Verkäufer sofort runter. Sie war verwundert, schließlich stand sie in einem der Geschäfte auf der Park Avenue. Hieß die Avenue im Monopoly-Spiel mit dem Luxushotel Ritz oder dem Ballsaal nicht ebenso? Sie käme mit ihrem Fotoapparat zurück, um sicherzugehen, daß das Weitwinkelobjektiv auch passe, fand sie schließlich einen glücklichen Abschluß und entwischte. Sie fragte in einem zweiten Geschäft. Ein erster Verkäufer stürzte auf sie zu, fragte nach ihren Wünschen und verwies sie weiter an einen Schwarzen, der sie geschäftsmännisch bediente. Er gab ihr einen Fotoapparat in die Hand, erbot sich, als Fixierobjekt zu dienen, hob dazu beide Arme, faßte seinen Kopf mit den Händen in beliebiger Spanne ein und sagte, sie solle sich das merken. Dann schraubte er ihr ein zweites Objektiv auf den Demoapparat und hob erneut die Arme, um dieselbe Position einzunehmen. Sie nickte, ja, das sei ein gewaltiger Unterschied. Ob er ihr einen Preis machen könne? Er geht sofort um 200 Dollar runter, von 300.

Sie zögert: 100 Dollar? Sie zögert weiter. Da wird er unwirsch. Er sei hier, um zu verkaufen. Schenken könne er ihr das Objektiv nicht. Don't lose your time. I can't give it to you for nothing! Damit läßt er sie stehen und packt das Objektiv wieder weg. Als er sich umdrehte, war sie ihm nachgelaufen. Was sie noch wolle. Sie nehme es. Nichts veränderte sich in seinem Gesicht. Er verwies sie an den bulligen Kassierer.
Sie kehrte heim. Das Objektiv war nicht aufzuschrauben. Ihr blieb nichts anders übrig, als den Laden erneut aufzusuchen. Sie verirrte sich, mußte ständig nach dem Weg fragen. Endlich fand sie ihn. Sie habe ein Problem. Sie möge sich eine Minute gedulden. Sie mußte sich fünf Minuten gedulden. Was also ihr Problem sei? Sie erklärte es. Sie bekam den aufschraubbaren Ring in der richtigen Größe ausgehändigt. Er stellte ihr die Schärfe ein, fixierte sie, überlange. Dann musterte er sie von oben bis unten. Dann forderte er sie auf, das gleiche mit ihm zu tun. Während er das Objektiv langsam einpackte, fragte er, ob sie in New York wohne. Auf Besuch, Schwesterbesuch. Wie lange sie bleibe. Bis Montag. Er würde sich freuen, sie zu treffen. Perhaps, sagte sie. I don't want to make you feel uncomfortable. I don't want to be rude, ging er auf sie ein. Sie steckte seine Telefonnummer in die Plastiktüte. Ein Handschlag besiegelte ihr Geschäft.
Sie wollte ihrer Schwester nicht zur Last fallen und pflegeleicht sein. Deswegen ging sie ihr möglichst viel aus dem Weg, ohne zu ahnen, daß diese Besuch anders verstand. Außerdem war es in der nicht klimatisierten Wohnung mit dem offenen Fensterspalt, durch den das laute Brummen aller Klimaanlagen Manhattans drang,

kaum auszuhalten. So rief Laura den Schwarzen an und ließ sich ein Restaurant vorschlagen. Sie machte sich schick, aß drei Hände voll Kirschlikörpralinen und kam mit zwanzig Minuten Verspätung an. Sie absolvierte eine Übung in Small talk. Er bezahlte. Dann lud er sie in die beeindruckende Aussicht seiner Wohnung ein. Der Aufzug nahm 107 Etagen in 58 Sekunden. Sie gab zum besten, daß der für das World Trade Center verbaute Beton für eine Autobahn zum Mond gereicht hätte.
Ladies first, wies er sie mit breitem Grinsen in sein Penthouse. Er servierte einen Drink, ohne sie erst zu fragen, ob sie etwas wolle. Sie solle schon Platz nehmen. Er fing an, von sich zu erzählen, ohne sie zu fragen. Er habe Tänzer werden wollen, sei nicht begabt genug gewesen. Dann habe er sich auf das Fotografieren verlegt. Er sei in seiner Freizeit Fotograf. Wie denn auch nicht, denkt sie. Er zeigt ihr seine Fotos. Er beginnt mit Schwarzweiß-Stilleben mit Musikgeräten. Dann Akte, die meisten stilvoll, nicht langweilig, einige wie die Aufnahmen der Tina Modotti, zuweilen gewagt, auf der Kippe zwischen Ästhetik und kruder Realität. Fragmente meist, immer in Schwarzweiß. Sie hätte sicher nichts dagegen, ein paar Fotos von sich machen zu lassen. Warum nicht. Er entwickle die Fotos selbst in seiner Dunkelkammer, so daß sie entscheiden könne, welche er wegschmeißen solle, welche nicht. Er bezahle sie auch. Oder er schenke ihr einen Fotoapparat oder ein Super-Weitwinkelobjektiv. Er scheue die Geldausgabe nicht. Es sei sein Hobby, sein einziges. Er habe keine Familie, mache keinen Urlaub. Sie brauchte nicht zu antworten. Sie schaute sich um. Er führte sie in sein Atelier. Sie brauchte nichts mehr. Er legte Jazz auf. Er gab ihr Anweisungen,

wie sie sich legen, setzen, stellen solle. Er gab ihr einen Stuhl. Sie hatte Akt an Kunsthochschulen gestanden und gesessen und gelegen, war vertraut mit dem Stuhl und konnte aufbauen auf dem, was sie mit dem Stuhl gewesen war und war unverlegen. Sie erkannte das Licht an, das geschickt kam. Sie kontrollierte sich in einem Spiegel, brauchte es aber fast nicht, denn wie beim Tanzen gelangen ihr die Bewegungen manchmal besser, wenn kein Kontrollblick in den Spiegel fiel. Auch hier gelang Laura besser, wenn sie von innen heraus passierte. Später verband sie sich mit ihrem Top die Augen und dachte an einen Westwood-Mantel und an klasse Manschettenknöpfe, die sie sich am Tag zuvor verkniffen hatte. Mit ihm würden ein paar Fotos vielleicht wirklich gelingen.
Dann kommt er zu ihr. Er rückt sie auf seinem Körperort zurecht. Stilleben stellt sich ein. Selbstauslöser. Sie erkannte sich im Spiegel erst nicht, so weiß, unwirklich weiß war sie, ihre Augen verschwanden in diesem vollen Weiß. Ein Mädchen, eine Krabbe, sehr klein, viel zu klein war sie, um obszön zu wirken. Er dagegen wirkte übergroß, ein wuchtiger Körper, überdimensional, nicht weniger unwirklich. Er strotzte vor Form und Gegenwärtigkeit. Sie langweilte sich nicht. Wenn man ihrer Existenz jetzt einen schönen Namen geben wollte: Aktschläferin wäre sie zu taufen. Sie hatte keine Angst in ihrem Willen zum Abseitigen, in dem sie jetzt einen besonderen Urlaubstrip vollzog. Der Schwarze war nicht alt oder so deutlich mißgestaltig genug, daß sie ein abfälliges Urteil hätte abgeben können. Schwarze kannte sie noch nicht. Geschult war ihr Blick an Michelangelo, noch an dem edelkitschigen, glatten

Canova und an Rodins Gestalten einzelner Männer mit den Muskeln von vielen, an Lehmbruck, ah, Lehmbruck – ihr allererster Kuß hat einem Lehmbruck gegolten, kühlen Lippen aus Stein, an einem verlorenen Nachmittag in einem Münchner Museum, in dem die Wärterschritte verklungen, schließlich ganz erstorben waren ... und hätte dem Vietnamesen gelten müssen.
Sie fragt sich, ob verwerflich sei, was sie tue, widerwärtig, abstoßend. Es sei ihr gleichgültig, dachte sie unwirsch, nach Alvaro sei ja alles gleichgültig. Jetzt wenigstens kämen zwei Menschen nicht um vor Unlust und Ödnis. Und auch käme sie mit größerer Lust auf Wissen und Kulturgüter zurück.
Kein Urlaubserlebnis, das zu erzählen war, ihrer Schwester nicht, Kollegen nicht, Freunden nicht. Jetzt werde sie keine Zeit mehr haben, das Café Roma in der Mulberry Street aufzusuchen, sich den besten Cappuccino im Ferrara servieren zu lassen, Amaretti-Biskuits zu knabbern – wie paradiesisch begehrenswert erschien ihr da plötzlich einen Moment lang ein Leben voll Harmlosigkeiten, Wunschlosigkeit, sonnigen Beschäftigungen wie dem morgendlichen Zeitunglesen beim Frühstück oder das: Einwickelpapierchen von runden Plätzchen zusammenknüllen, ein Streichholz darunterhalten, und wenn das Papier aufsteige und verbrenne, einen Wunsch frei haben. Sie wußte nur allzu genau, welchen Wunsch sie hätte. Sie werde keine Zeit mehr haben, nachzuschauen, ob es in Little Italy wirklich keine Köterkacke auf der Straße gebe, weil der Haß der sauberen Mafiosi den Hund bis nach Toronto verfolge. Und die Italo-Amerikaner, die, man wisse es schon, mit dem bis zum Bauchnabel offenen schwarzen Hemd,

den schweren Goldketten um den Hals und den dicken Brillis am Finger, werden von ihr nicht erkannt werden. Sie sehnte sich einen Blitz lang heftig nach freundlichen Menschen, die ihr Joghurt aus oberen Etagen herunterreichen. Dann konzentriert sie sich wieder auf sich, die Gegenwart, das Fotografenauge. Sie glaubt in den anschaulichen Genuß einer Vokabel gekommen zu sein: avoir l'œil américain, etwas auf den ersten Blick bemerken. Ob es ihr in NY gefalle. Ja, die bagel with creamcheese gefallen ihr. Ob sie schon in Little Italy war. Nein, sie habe ihr Verteidigungsgas vergessen, wisse aber, daß es dort geräucherte Büffelmozzarella gäbe und T-Shirts mit dem Aufdruck: Kiss me, I'm Italian! Little Italy sei sicherer als andere Viertel, während in der Park Avenue der Raubüberfall sicher sei. Sie kenne das. Die Mafia schlachte nie brave Touristen aus. Sie kenne ihn, dachte sie, er wolle nur jede Menge Bares einfahren, bündeln und geschwind damit aufs Land fahren, der Sonne entgegen. Als sie ging, sagte sie mechanisch: Watch out, take care, be safe! Was sagte sie denn ihrer Schwester zum Abschied? Am Ende ihres Urlaubs flog sie nach Europa zurück, wie denn auch nicht.

16

Haug konnte sie noch nicht aufgeben und kam im August erneut angereist. Es begann die Zeit, in der sie ihn heimlich mit Vorwürfen bedachte. Merkte er denn nicht, daß auf ihrer sonnenbrandigen Haut Bartstoppeln nicht mehr das brachten, was sie auf ihrer Frühlingshaut hatten bringen können? Es gab ihr nichts mehr. Seine schweren Glieder, unter denen sie anfangs süß gefangen gelegen hatte, drückten ihr nun die Luft ab, quetschten ihr den Brustkorb, verschufen ihr blaue Flecken. Wolle er ihr die Unterarme brechen oder was, fuhr sie ihn heimlich an.

Sie verstand Gastfreundschaft äußerst schlecht: Wie ging er mit ihrem Geld um? Setzte das Bad unter Wasser. Wie ging er mit ihrem Shampoo um, schäumt's aus den zwei Eisschalen auf dem Badewannenrand in den Abfluß auf Nimmerwiedersehen, das Kanalgeviech wird sich über das Schaumbad freuen. Zuvor war sie froh gewesen, kein Hotelbetrieb für ihn zu sein, wenn er so unbesorgt bei ihr duschte. Wie ging er mit ihrer Gesundheit um? Er war in gewissem Sinn ihre Gesundheit, aber sie war schon zu krank, um das noch zu sehen, und sah nur die klamme Luft, für die er sorgte, die sie einatmen mußte, sah nur den Schimmel, der sich ansiedelte. Wie unbeschwert er zuvor gewesen war: wie ein Kind so sorgenlos! Es gibt ja Türen zum Glück der Menschen, Türen zum Glück der Menschen auch in ihrer Wohnung, und Schimmel kann man nicht wachsen sehen, war auch sie freudig gewesen. Spazierte fröh-

lich rein in ihre Wohnung, als wäre er bei sich daheim. Kein blöder Schmutz an den Sohlen, der abgestreift werden will, sollte ihm Zeit rauben, bei ihr zu sein, und endlich lohnte es sich, daß sie keinen Teppich mehr hatte, hatte sie zuvor gedacht. Keine Manieren, brachte ihr den Schmutz der Stadt als Mitbringsel heim! Und kein Einfühlungsvermögen! Wie ging er mit ihrem Wohnungsduft um, der einherhing wie herrliche, transparente Gardinen? Produzierte weiter lustig Moder im Bad. Wie sprang er mit ihrer Luft um? Riß die Fenster auf und ließ einen ganzen Schwall Abgase rein, stahl ihr Leben, nagelte einen Grabnagel in sie hinein. Und gar nicht so lange her war es so gewesen, daß vieles, was störte und beschwerte, wenn sie allein war, rein gar nicht mehr störte und beschwerte, wenn sie mit ihm zusammen war. Zuvor hatte sie nicht lange genug wach liegen können in weite Nächte hinein. Auch verdankte sie ihm in vielen Fällen einen Murmeltierschlaf, wo sie früher wach gelegen hatte vor Verlassenheit. Und jetzt: Es war nicht zu begreifen, warum sie ihm so feindlich gesinnt war und ihn heimlich anfauchte. Was hatte er mit ihrem Schlaf getan? Schließlich zählte sie nun auch schlaflose Nächte, von denen er so zahllose hatte, daß es an Krankheit grenzte. Was gibt er ihr? Krankheit, bilanzierte sie. Aber sie war schon längst übler krank als er, wenn sie ihn so abstieß, wenn sie so sich stieß.
Und wie ging er mit ihrer Arbeitskraft um? Schlief die weißen Decken aus den Bezügen heraus, daß auch die noch zu waschen wären, wobei sie jedoch kaputt gingen. Nur zwei Waschmaschinen waren es gewesen, und doch hatte sie vor der Fläche eines Fußballfeldes gestöhnt, als hätte sie ein Fußballfeld Laken waschen

müssen, bis wieder frischer Duft aus ihrem Bettzeug stieg und sie wie Baldrian in den Schlaf beförderte. Sie dachte mit Wehmut an die Laken und Federn Albans, in denen sie einmal eine ganze Nacht lang in Wolken gehüllt wach gelegen hatte, nur um zu atmen, zu leben, im Schweißüberbleibsel den Duft des siebten Himmels zu wittern. Ihr Gedächtnis war so ein Sieb geworden, daß sie nicht mehr wußte, daß es bei Haug genauso gewesen war.

Wachte sie von Haugs Lastern auf, die vor ihrem Fenster vorbeifuhren, ging sie ins Nebenzimmer, schloß zwei Türen hinter sich und nahm es ihm übel, daß er sich sein Schnarchen nicht wegoperieren ließ. Zuvor hätte sie ihm ebenso wenig wie seine Nase, seine Hände oder das Braun seiner Augen sein Schnarchen verübelt. Und welche Abenteuer mußte er mit ihrem Schirm erlebt haben, dachte sie und verzögerte das Einschlafen. Daß er verbogen zurückkam, der Schirm, und daß ein Stück Plastik ausgebrochen war, dem Knauf. Zuvor hätte sie gelacht und sich gefreut, Gelegenheit zu haben, sich einen ordentlichen, anständigen Schirm kaufen zu können, eine reine Vernünftigkeit von Schirm. Den Knirps hatte sie sowieso nicht mehr sehen können. Hätte sie ihn gefragt, welches Abenteuer er erlebt hatte, er hätte es tatsächlich nicht gewußt, aber sie fragte ihn nicht, sie befand ihn als hoffnungslos und war es selbst und fraß derweil nur weiter noch in sich hinein.

Und ihre Nerven nagte er an. Der Zweitschlüssel mußte gesucht werden. Sie verdächtigte ihn. Am Ende stellte sich heraus, daß sie selbst ihn verlegt hatte. Er war aber nicht unschuldig daran, da er sie mit seiner Anwesenheit aus dem Gleis gebracht hatte, blieb sie bei sich und

hätte bei ihm sein sollen und hätte doch so glückliche und starke Nerven an seiner Seite haben können. Wie gerne wäre sie durch Alvaro aus dem Gleis gebracht worden, quälte sie sich in ihrem Gefängnis Alvaro. Wie gerne hätte sie noch den Nervennager oder den Schusselkopp Alvaro gehabt.
Wie ging er mit ihren gesammelten Männern um: Der Vase von Lionel, die er zerbrochen hatte, dem Buch von Alban, das er schief und platt gelesen hatte, dem Kochbuch von Dursan, das er gewiß noch ins Feuchte legte. Zuvor hätte sie das als gutes Omen gedeutet: Er war es endlich, bei dem sie angekommen sein könnte und daheim bleiben wollte bis ans Ende. Sie hätte ihn alle Männerrelikte aufspüren lassen, hätte sie auf einen Haufen gesammelt, und dann wäre ein Polterabend losgewesen.
Und der im Halbdunkel um ein Haar kaputtgestolperte Schaukelstuhl! In ihrer Vorstellung eierte er fortan, und es würde ihr gewiß übel, schaukelte sie in dem kaputtgestolperten Schaukelstuhl, statt daß sie sich in urtraute Mutterhöhlen hätte hineinwiegen können. Daß er nicht mehr quietschte, entging ihr an ihrem ganzgestolperten Schaukelstuhl. Haug besaß nicht nur zwei linke Hände, sondern auch zwei linke Beine. Sie war im Dunkeln anders als er. Sie war ein Mensch geworden, der das Dunkel suchte. Während sie im hellen Mittagslicht geblendet ging, wo andere normal ihres Wegs spazierten, tappte sie geschickt im Halbdunkeln, wo andere blind waren.
Und die verschwendeten Gedanken an alles, was hätte hinübergehen können? Der Fernseher, der CD-Player, das Kassettendeck, das Videogerät, das Miethaus in einer Gasexplosion, ihr Leben mit seinem. Sie

wollte nicht mehr dagegen ankommen lassen alles Schätzens- und Liebenswerte an ihm. Daß er über ihren Daumen strich, dem der Fingernagel tief eingerissen war. Seine krassen Ausdrücke: Fußkäse, Speckschürze, Schlafdreck. Und wie er ihr Kinn fest zwischen Daumen und Zeigefinger faßte, um es leicht in die bequemste Lage für seine kräftigen, gesunden Küsse zu lenken. Wie er ihre Sprachfehler nicht verbesserte: vergeß es nicht. Wer sonst als er sollte es tun? Ja, wer sonst als er?
Den Zweitschlüssel für ein Fahrradschloß, das er ihr ausgeliehen hatte, ließ er monatelang auf einem Bord im Bad liegen, wo sie ihn vor ihrer Abreise hingelegt hatte, so daß er nicht sich, sondern immer zuerst diesen Schlüssel jeden Morgen sah. Sie verstand nicht, wie sehr sie ihm das Herz aufgeschlossen hatte. Und später stand dann das Portal freudig weit auf, und nicht sie, sondern kalter Wind zog ein. Ha, das glaubte sie nur. Auch sie konnte man vergessen. Er hatte einen Sinn für »ihre« Tangomusik entwickelt. Er fräste die Scheibe Jazztango, die er ihr geschenkt und sich nachgekauft hatte, durch. Ein warmer Blitz durchfuhr ihn doch noch, wenn er sie wiedersah.
Sie war nett geworden, weil sie fürchtete, er könne einmal irgend etwas in ihrer Abwesenheit entdecken und die Wohnung kurz und klein schlagen und sie selbst, käme sie heim, dreinschmeißen und weggehen und die Tür gemein weit aufgerissen lassen.
Er war kein Mann der Dimensionen, stellte sie fest. Mein Gott, was wollte sie für ein Ding? Einen Mann der Dimensionen?! Sie faßte sich an den Kopf. Er war ein wenig antriebslos, das war wahr. Tritte in den Hintern

wären ihm manchmal lieb, hatte er sie wissen lassen. Sie gab ihm keinen einzigen. Was hätten sie die liebevollen Tritte in den Hintern schon gekostet?
Den inneren Schweinhund lasse er zu oft den inneren Schweinehund sein, mäkelte sie nun an ihm herum. Er ritt nicht auf Karriererappen, war abgebrüht schon gar nicht. Er war nicht anstrengend. Er war ihr Ruhepol gewesen, und sie wollte es nicht wahrhaben. Eine brutale Geste, die sie an ihm entdeckt hatte, konnte sie freuen. Daß er sie taub und blind vor Eifersucht wüst beschimpfen und Alvaro einen Pisser nennen würde, für den sie, wann er Lust habe, die Beine breit mache, würde ihr imponieren.
Häßliche Flecken fand sie auf der Sonne, die er für sie hatte. Wo waren sie hin, die Urlaubspläne vom gemeinsamen blauen Meer, dem geteilten Nachtlager, dem süßen Schattenfund an seinem Körper, seinem Licht in ihrem Gesicht? Heillosigkeiten begannen. Alvaro fraß ihr den Verstand weg: Ah, hätte Alvaro all das angerichtet, was Haug tat: die Spuren hätten Wert gehabt, wären Erinnerungen an ihn gewesen, dachte sie. Und selbst wenn alles um sie her in Trümmer falle, es könne ihr nichts anhaben. Es war zum Heulen mit ihr. Warum hatte sie nur so schrecklich wenig zu verlieren nach Alvaro? Fragte sie sich, und es war immer noch zum Heulen mit ihr und würde nie mehr aufhören, zum Heulen mit ihr zu sein. Von Lionel war ihr geblieben, ganz frei heraus lachen zu können und nackt wie Eva durch ihre Wohnungsgegend zu spazieren, weil er nackt wie Adam durch ihre Wohnungsgegend spaziert war, von Alban ein wenig Gelassenheit und von Alvaro die neugierige Erkundung jeder neuen Örtlichkeit, ein

bübischer Inspiziertrieb. Aber was von Haug? Von Haug würde ihr die vergrößerte Schlaflosigkeit, die größere Nachlässigkeit und der Hang zum Hausen bleiben. Vielleicht kämen einmal zu Traurigkeiten gemilderte Ärgernisse hinzu: das Wasser auf den Kacheln, der Liter Schweiß in den Laken, ach, sie will das Aufzählen lassen, die Leere in der Leere. Haug, der unselige Haug! Wie hatte sie auch nur einen Rettungsanker in ihn werfen können! Sind denn Menschen dazu da, daß sie einander Rettungsanker in die Herzen werfen? Was hat er mit ihren schönen Gedanken getan? Was war aus der Erinnerung an den kreisrunden Tuileriensee geworden? Fische hatte er mit bloßer Hand fangen wollen und wäre beinahe zu den Fischen ins Wasser geplumpst. Konnte sie denn nicht da drüber stehen? Wo waren die silbrig glänzenden handgefangenen Fische, die er ihr in den Schoß geworfen hätte, hin? Sie schob Haug am Ende den Großteil der Schuld an ihrem Unbehagen in die Schuhe, und seine Schuhe, so groß sie waren, blieben doch zu klein für alles, was sie hineinschieben wollte. Hatte er zu Beginn noch ungeahnte Liebenswürdigkeiten in ihr heraufbeschworen, drohte sie am Ende garstig zu werden.

Es war nicht mehr zu fassen: Mit welcher Energie hatte sie ins Blaue reingeliebt, als könnte sie jederzeit einen Honigmond aus dem Mittag herunterküssen. Und jetzt krampfte sich's ihr zusammen: ein Einzelgänger wie sie, krampfte sich ihr gesellschaftlich konditioniertes Herz zusammen, als zögen sich nur Gegensätze an. Er würde sagen: Ich bin wie du. Sie konnte nicht mehr verstehen, was daran Lösung war. Ein neuer Anbruch, glaubte sie, wäre, was sie bräuchte.

Haug, der nichts lieber tat als lachen, der eine gute Schreibe hatte, ein einsamer Wolf war, gutmütig, unschön anzusehen, gewiß, wenn er sein Finsterlingsgesicht aufsetzte, aber es passierte ja nur noch selten, und es war ihr Rückschlag, wenn es ihm unterlief. Und das Geld floß ihm so unmöglich aus den Händen, als wäre es kein Geld und bedeute nicht auch Trosttropfen und Sicherheitspfühle. Es gab nur Weniges noch, was sie an ihm benicken konnte: seine schlanke Gestalt, der Eindruck, alles, was er esse, bekomme ihm ebenso, wie er von allem, was sein Ohr aufnehme, profitiere. Auch hegte sie den Glauben, er habe Gedanken, die sich miteinander verbündeten. Sie mochte noch ein wenig den Anschein von Abgebrühtheit, der zum Vorschein kam, als er auf die Frage, wo er gewesen sei, zur lapidaren Antwort gab: Saufen. Das Saufen war gewesen: viel Bläue im Auge, viel Nähe einer Frau, ach, sie war es ja gewesen, unter hohem Pinienschirm auf trockenem Gras. Er war kein Steilkarrierist. Er war keiner mit Glätte und Glanz im Gesicht und Kühle im eleganten Blut, als käme es darauf an. Viele andere Keins noch an ihm, zu viele.

Was tat sie kranke Gestalt denn jetzt noch? Keins suchen? Sehr verdienstlich, kommentiert der ungute Erzähler unter seinem Hut hervor.

Ah, es wollte nicht tief werden, es wurde nur kleinlich, haderte sie mit sich, als hätte sie nach Alvaro ein Recht auf Tragik erworben.

Diese lästigen Kleinigkeiten, an die sie sich erinnern mußte, die ihr Leben verunschönerten. Keine einzige mehr sollte ihr das Leben vergällen. Genug davon. Sie begann das Ende.

Und was sollte das schon wieder. Ein Ende ist ein Ende, man kann es nicht beginnen, dann ist es ein Beginn, mäkelte der schattenäugige Erzähler an ihr herum.
Sie hätte es nicht so weit kommen lassen dürfen, warf sie sich vor. Wußte sie nicht wenigstens darin Bescheid? Menschen vergehen nicht wie Jahreszeiten. Männer kehren wieder. Einmal hatte sie das Fenster geöffnet und war zurückgeschreckt. Lionel war auf der gegenüberliegenden Straßenseite gestanden und hatte ihr Fenster fixiert. Sie war zurückgezuckt, hatte sich aufs Bett geworfen und Neins im Kissen erstickt. Dann war sie ins Bad gegangen, um sich zu kämmen, und hatte jeden Moment ein Klingeln erwartet. Doch war es ausgeblieben. Als sie erneut einen Blick aus dem Fenster gewagt hatte: weggefegt! Wie oft auch immer sie noch auf die Stelle hingeblickt hatte, er war vom Erdboden verschluckt geblieben. Später erfuhr sie, daß er es nie gewesen war.
Sie dachte an den Urlaub mit Haug. Als sie begonnen hatte, eine schwere Hand zu haben, hatte sie gemerkt, daß sie keine Liebe mehr hatte. Nur für Alvaro, dachte sie, würde sie in einem Atemzug die ganze Welt ausgeben. Haug fraß ihr aber weiter aus der Hand.
Damit war sie jedoch nicht mit sich selbst versöhnt und ihr Unbehagen nicht aus der Welt geschafft. Sie blieb in Frage gestellt. Ihre ganze Existenz erschien in ein düsteres Licht getaucht. Beklemmung wuchs ihr in schwachen Abendstunden wie Efeuschlingen um die Kehle. Da kam es ihr zuweilen so vor, als müsse ein latentes inneres Erdbeben nur losbrechen, und schon blieben nichts als Bruchstücke mehr von ihr über. Es tat Not, daß sie sich in starken Morgenstunden ihren eigenen

Verteidiger machte. Ihre Geldpolster, legte sie sich zurecht, bedeuteten Schutz und Sicherheit und ließen sie immer wieder sorglos lachen. Aber was war das für ein zweifelhaftes, geldgekauftes Lachen? Nie in die Ehe getreten und gezwungen, im Rhythmus beruflicher Zwänge viel die Orte zu wechseln, ohne die Möglichkeit, einen Freundeskreis aufzubauen, hatte sie sich immer wieder am eigenen Schopf aus dem Sumpf gezogen. Selbst ist der Mann; selbst war sie Frau schon immer. Da wo andere Freunde hatten, den CD-Player zu reparieren oder Regale zu transportieren, hatte sie vor und nach Lionel klingende Münzen gehabt, um Fachleute oder Transporteure zu bezahlen. Immer nur hatte es nackte Glühlampen an ihren Decken gegeben, wie aus Trotz.
Trost gab sie sich auch mit dem Gedanken, daß es nicht ihre alleinige Schuld gewesen sein könne, wenn sie in ihrer Schulzeit geglaubt hatte, mit Einserwissen im Kopf und einer Schlankheit im Körper bräuchte man nichts weiter, um auf der Welt seinen Weg zu machen. Und wenn ein Richter fragte, »Menschenskind noch mal, warum haben Sie Mensch so unmenschlich wenig Freunde?«, da würde ihr eine Erklärung hinter der Ecke parat stehen, die sie mit einem Griff hinter sich hervorzerren und allen entgegenhalten würde. Um das erste Kind wird ein Heidentrara gemacht, um das zweite das Gegenteil, ist es denn da?, und das dritte Kind ist wieder das Goldkindelein. Sie war das Gegenteil. Wie sollte sie als zweites Kind nicht von Geburtsstund an darauf ausgewesen sein, die Aufmerksamkeit auf sich zu lenken, Anerkennung zu finden, zu gefallen? Fand sie wohl nicht genug im Familienkreis, fand sie dann, wo's leicht

zu finden war – Männern zu gefallen, Männern zu Gefallen zu sein, ist kein Kunststück. Zu glatt die Theorie, zu hausgemacht die Psychologie, um aufzugehen, bemerkte Haug. Aber ein übles, böses Körnchen Wahrheit stecke schon drin, hatte sie das letzte Wort.

Sie frühstückten noch, und dann reiste Haug ab. Sie sah ihm auf die Straße hinunter nach. Er drehte sich um.

Sie ging in ihr Wohnzimmer, ihre Schneiderwerkstatt und nähte einen Badeanzug, zwei Badetücher im Teamlook, eins für Haug, eins für sie, die Badetasche und die ebenfalls Muster in Muster und Ton in Ton dazu passenden Fahrradtaschen für die nächste Radtour mit Haug. Doch eine nächste Radtour mit Haug würde es nicht mehr geben.

Aber die Fahrradtasche könnte als Aufbahrungskissen und die Handtücher würden als Leichenlaken in ferner Zukunft treffliche Dienste leisten, war sie makaber und irrte sehr in der Zeit, würde der Erzähler, der sie abgeschrieben hat, von ihr sagen wollen. Aber ihm wird jetzt das Wort verboten.

Fehlten nur noch die Stuhlüberzüge, die Fernsehhaube und die Wechselgardinen im stofflichen Einklang mit ihr, ihren jeweiligen Launen. Fehlte nur noch ein roter Läufer, der nach Berlin führe. Aber wer sollte auf ihm gehen? Es falle ihr gewiß gleich wieder ein, würde der Erzähler schreiben wollen, der sie so gerne in den Untergang schicken will. Herzversagen oder Lotterlustkrankheit oder Geizkragenelend und -verendung oder so etwas will er ihr.

Schuhe hätte sie auch nähen wollen, wäre das ein Ding der Möglichkeit gewesen. Pantoffeln, die sie sich nähte, waren ein Unding ihrer realisierten Möglichkeiten.

Auch ein schönes rotes Herz hätte sie sich genäht, weil man sich in seinen Kleidern so fühlt, wie man innen ist. Dem düsteren Erzähler ist es schon aber auch nicht immer ein leichtes gewesen, soll nun doch auch gesagt sein, Laura abzuurteilen und zu erledigen. Er schwankt, der Herr Erzähler, zwischen Sympathie und Antipathie, schwankt, als wäre er betrunken von Lauras Dialekt und ihrem dialektalen Naturell, er weiß es nicht genau zu benennen.

Erzähler hin oder her, nie sah Laura die Säulen der Kirche von St. Marcellin, die auf schlafenden Löwen ruhen und Taufbecken durchstoßen. Nie erfreute sie sich an den Knollenglockentürmen in den Savoyen, vollzog nie mit Aufmerksamkeit nach, wie eckige Abschnitte auf polygonale oder kreisförmige folgen, bis eine Spitze den Kirchturm abschloß, der unter metallischem Guß glänzte wie Früchtespieße unter Zuckerglasur. Sie bemerkte nie, wie die Kathedrale von Embrun die Schwere ihrer architektonischen Volumina in die dekorative Eleganz ihrer feingemeißelten Wandbögen auflöste. Nie ließ sie sich auf den Spuren des jungen Beyle vom Getöse eines Sturzbachs in den Himmel versetzen. Sie hätte das alles mit Alvaro sehen und haben wollen.

Und wo war Haug? Es gab für sie dann noch von Haug eine Erinnerung, die an einer Zahnbürste hing. Einmal hatte Haug seine Zahnbürste vergessen. Sie hatte keine Ersatzbürste zu Hause auf Vorrat gehabt, nur den Rat parat, auf dem Sonntagsflohmarkt gäbe es alles, was das Herz begehre, auch Zahnbürsten. Wetten. Er hatte es nicht glauben wollen. Wetten, um eine Zahnbürste? Es war ihm dann zu blöd gewesen, jene Zahnbürste, die ihm sofort auf dem Flohmarkt ins Auge gestochen war, zu kaufen. Sie verübelte es ihm fast, daß er nicht auf die Idee gekommen war, ihr so etwas wie einen Schokoladenblumenstrauß mit selbst reingesteckten Zahnbürsten zu schenken, die hielten bis an ihr Lebensende, so daß sie nie mehr in ihrem Leben auf sonntagsvollen Flohmärkten nach Zahnbürsten durch aus dem Mund riechendes Volk hätte wühlen müssen. Aber was wollte sie, Haug oder einen Therapeuten, Haug als Therapeuten und Sofa in einem? Sie ließ seine Geschenke Revue passieren: erst die wunderschöne, nagelneue, jazzige Tango-CD, dann zerkratzte Schumann-Lieder, die auf der Stelle stecken blieben und eierten, von denen sie ein, zwei aber sehr liebte. Erst ein standfestes Hard-Cover, dann schiefgelesene Bücher. Sie weinte, trocken.

Dann aber war sie doch wieder schön, schmiedete Pläne für ein Refugium auf dem Land. Nie würde etwas werden aus dem Refugium auf dem Land, kein Scheunenflügel, kein Ansatz von einem heimeligen Schober, freut sich der Erzähler, den wir nicht mögen.

Laura war weiter schön und hell in ihren Plänen, war es an diesem Erzähler vorbei. Mit der Zeit hatte sie sich Hühner zulegen wollen, eine Katze namens Alvara und einen Kater namens Alvaro, ein Kuh namens Meerschloß, die schön und sanft sein mußte und blaue Augen hätte. Hatte ihr Intensiv-Gentechniker von einem Tango damals in Berlin Kühe mit blauen Augen und sanftem Fell nicht schon möglich gemacht? Was aus ihm wohl geworden war? Die Kuh hätte als Ofen dienen sollen; ein Schäferhund als Schutz und Wache, Kummerkasten und Wärmeflasche. Ein Pferd hatte sie sich auch eines schönen Tages zulegen wollen und einen

Esel als Ostergeschenk sich genehmigen. Einen Esel, der sie Heimkommende ein jedes Mal mit einem Iah begrüßte. Obstbäume hätte sie pflanzen wollen, einen von jeder Sorte: einen Aprikosen-, einen Kirsch-, einen Birn- und einen Apfelbaum zunächst, später dann, wozu sie Phantasie hätte. Und Hände voll Mandarinenkerne hätte sie aussäen wollen für einen Mandarinengarten rings herum um das Haus auf dem Land. Ein Naturnimbus aus bunten Früchten und Laub würde umkränzen ein Nest. Auch einen hübschen Kräutergarten hatte sie anlegen wollen. Kleine Blumenmeere und Blumenseen und Blumenteiche hatte sie um sich einher glänzen haben wollen. Auch Blumen, groß wie Bäume wären ihr gewiß gewachsen wie Träume. Einer Eiche ihre Trüffel wären auf ihrem Stück Erdengrund zu entdecken gewesen. Sie hätte fein ihre Nase auf Trüffelsuche entwickeln können. Alkohol hätte sie auch gerne destilliert. Hühner zu rupfen, wäre ihr eines Tages gelungen. Und Käse hätte sie vielgestaltigen und aromatischen selbst machen können.
Aber sie würde nur noch flackern, nur noch dünn sein, und ihr liefe lediglich eine Ratte zu, kamen sie dunkle Ahnungen an. Sie hätte keine Energie mehr bis dahin. Sie hätte nur noch die Energie, die Ratte Alvaro zu nennen. In ihren Träumen nagte die Ratte sie manchmal an. Oder wäre es ein Küssen gewesen und kein Nagen, fragte sie sich im Aufwachen.
Kämen Gäste, plante sie zuweilen, würde sie in einem Zelt schlafen. Aber es würden keine Gäste mehr kommen, weiß ihr mörderischer Erzähler. Und der ließ sie schon wieder ganz zukunftsfinster sein. Denn ein Satz ging ihr nach: *Moi, Nijinskij, celui qui meure, quand on*

ne l'aime pas wollte sich ihr einimpfen und Schicksal bedeuten.
Sie blickte auf sich zurück: Als sie klein war, hatte sie gesungen. Später hatte sie gesagt bekommen, ihr Lachen sei wie Musik. Dann sagte man, ihr Stöhnen sei es, sei wie Musik, aufnehmen wolle man es zumindest. Schließlich sagte man ihr gar nichts mehr. Am bitteren Ende schlug man sie nur noch manchmal. Und ganz am Ende tat man ihr gar nichts mehr, tat sie sich gar nichts mehr, ließ sie sich endlich in Ruhe. Würde es so sein? Nein, jener Erzähler, der ihr den Tod anerzählen will, der hat jetzt kein Wort mehr.
Wäre ER Wittgenstein gewesen, sie hätte ihm mit ihrem Leben eine Interpretation eines einzigen seiner Sätze, die Welt ist alles, was der Fall ist, geliefert. Sie hatte den Satz nie verstanden. Wenn auch das eigentümlich Gnädige an diesem Satz sein mochte, daß man ihn nie falsch verstehen konnte, nie ganz richtig und nie ganz falsch. Hatte sie diesen Satz nicht mit ihrem Leben zu verstehen versucht? Mit ihrem ganzen Leben der letzten zehn Jahre? Indem sie zu einer Auslegung dieses Satzes geworden war? Ihr Leben, auf dem »verfallen« steht. Sie war doch zu einer Hypothese geworden, die zu widerlegen wäre. Es bräuchte einen zweiten Wittgenstein, diese Hypothese zu widerlegen, oder einen identischen Philosophen, oder einen kongenialen Wittgensteinhabilitanden, um diese wiederum widerlegte Hypothese erneut zu widerlegen.
Dann nahm sie mal wieder halbfröhliche Farben und malte sich Zukunft aus: Ein einsamer Wanderer kam eines Tages in ihre Gegend und fand ein beschriebenes Blatt. Die Kugelschreiberschrift sah eingegangen aus,

verhutzelt. Die Buchstaben drängten sich aneinander, als wäre ihnen kalt. An dem Kügelchen in der Spitze des Stiftes mußten winzige Verunreinigungen haften geblieben sein, die sich mit Tinte vollgesogen hatten, die eingetrocknet war. Der Schreiber mußte immer wieder gestockt haben. Die Lettern stauten sich zum Blattrand hin, als stünden sie Schlange, als gäbe es dort etwas Unbekanntes, Verlockendes umsonst – einen Engel vielleicht, der tanze wie ein Gott des Tanzes, schwebende Paradiesfarbe, ein Stück abgebrochener Fingernagel Alvaros, ein Lächeln von Alvaro, das einmal ihr gegolten hatte, ein Weinen von Alvaro, eine Kniespitze voll Steinstaub einer Meeresschloßruine. Doch es drohte dort nichts als der Fall ins Leere.
Auf Teufel komm raus und Engel bleib weg war das Weiß zugeschrieben, und es mußten sich auch die Wörter in gestauter, eingestauchter Kurve hart am Blattrand herabquetschen. Wer diese Zeilen las, ahnte nicht, wie vor langen Zeiten die Briefschreiberin mit Papier verschwenderisch umgegangen, wie sie die Wörter in viel Weiß gebettet. Sie hatte Papierblätter zusammengeknäult, weich geknetet und die Bällchen dann auseinandergeglättet, um endlich hineinzubetten auf Goldwaagen gelegte Worte an Alvaro. Über sich selbst hinaus waren die Großbuchstaben gewachsen. Manchmal hatten Fähnchen ihre Wörter überflattert. Elan hatte in ihrem Schriftzug gelegen, hatte ihr schönes Beteiligtsein verraten. Fast hätte man sagen können, die Wörter tanzten, tanzten wie Isadora Duncan getanzt hatte, je nach Gelegenheit, je nach Laune, je nach Jahreszeit, je nach Alter anders.

17

Vulnerant omnes, ultima necat.
(Inschrift auf dem Zifferblatt einer mittelalterlichen Taschenuhr)

Anderthalb Jahre hatten sie sich nicht gesehen. Wie ungeduldig hatte sie an Silvester nach Berlin kommen wollen. Aber eine Angina hatte sie ans Bett gefesselt, und von Reisen konnte nicht die Rede sein. Selbst Vorfreude hatte nicht heilen können.

Sie mailte erst, nachdem der Januar bereits weit ins neue Jahr gezogen war: *Ach, Alvaro, wie habe ich geflucht, Gott und die Welt verflucht und meine Antikörperchen, die mich im Stich gelassen haben, übelst verflucht. Und fast hätte ich Dich in meiner Rage nicht ausgenommen! Meine arme Matratze! Wie habe ich sie voll Wut mit meinen Fäusten traktiert, mit hilflos kleinen Fäusten. Und nach dem Biß in die Faust kam der Hieb mit dem Kopf ins Kissen, und am Ende kam das Trommeln mit dem Kopf gegen die Wand, als käme ich so durch die Wand und landete beim Durchstoß in Berlin.*

Eh bien, in Paris habe ich mir eine Art arge Ganzkörperverstimmung zugezogen. Es war wohl eine ziemlich böse Angina, weiß der Teufel was genau. In Krankheiten will ich mich gar nicht erst richtig auskennen. Ich tippe auf die Krankheit, die mein lieber, verfluchter Gastgeber noch nicht ganz auskuriert hatte und die auf mich als neuen »Gastgeber« flugs übergesprungen war. Hat eine Weile in der Inkubation gelauert und ist dann losgebrochen. Es hat

mich wie seit Jahren nicht mehr erwischt und ans Bett ›genagelt‹, wie hierzulande die Menschen sagen. Dich wiedersehen: wie schrecklich ich mich schon gefreut habe! Das ist nun nichts als die nackte Wahrheit, wie sehr ich oben überzogen habe. Dich wiedersehen, nichts dagegen wäre gewesen jede Millenniumsfeier!
Wie würde ich jetzt, wenn ich könnte, dem Sommer Feuer unterm Hintern machen, daß er mit Siebenmeilenstiefeln angerast kommt. Laura
Liebe Laura, hatte er geantwortet, *ich schließe mich nahtlos an Deine Verfluchungen an. Ich hätte viel Zeit gehabt. Ich bin mal wieder Strohwitwer. Du hättest sogar bei mir unterkommen können. Schade. Ich hoffe, du bist wieder gesund.* Dann hatte er noch ein, zwei Worte lang seine Pläne angedeutet und am Ende ihr geboten: *Hier, mein Kuß.*
Bonjour, Alvaro, hatte sie erwidert, *da dachte ich schon, bis zum Sommer ist mal wieder Sense, und da finde ich unter all dem Mistmailmüll Deinen Genesungswunsch. Mein Herz hüpfte, über den siebten Himmel hinaus. Schade, daß du zu Weihnachten kein Wundermann hast sein wollen: Glaub's nur, ohne zu erschrecken: ein Anruf von Dir in meinem Mutterhaus, und ich wäre aus dem Bett gestiegen, dann – noch angekratzt gewiß – in die Bahn hinein, dann auf immer noch wackeligen Beinen in Berlin aus ihr hinaus, über den Perron wäre ich unsicheren Schritts gewankt, als lernte ich laufen erst, dann, als lernte ich rennen. Schwer atmend hätte ich am Ende vom Bahnsteig eine Pause gemacht. Auf der Rolltreppe hätte ich tief Luft geholt. Der Beton hätte mich angestrengt. »Treppen!«, hätte ich aufgestöhnt. Aber ich hätte sie mit wachsenden Beinen genommen. Die Subway wäre nicht leicht zu finden gewesen. In*

der Untergrundbahn hätte ich mich setzten können, und mein Zittern wäre langsam verebbt. Wie hitzeheiß mir zumute gewesen wäre. In der Bimmelbahn wäre ich ruhig gesessen, und gesund und munter wäre ich in Deiner Straße angekommen. Die Treppe zu Deiner Wohnung hätte ich in großen Sätzen genommen und wie neu hätte ich, ganz Strahlen, ein Kind, vor Dir gestanden.

Meine Arbeit sagt mir zu. Ich kann sogar bis in einen Aufbaustudiengang hinein unterrichten. Ich lerne viel. Lebenswichtigkeiten wie die »Knutschkugel«. Das ist die Neuauflage von Deutschlands berühmtem guten alten VW-Käfer, ein Symbol unseres Wirtschaftswunders. Dann bringe ich in einem Fachsprachenkurs meinen Leutchen und mir bei, wie eine Waschmaschine funktioniert, wobei ich ihnen gleichzeitig die Miele-Waschmaschine »unterjuble« als einen der deutschen Waren-Klassiker des letzten Jahrhunderts – neben dem Sicherheitsschloß, dem Uhu, der Sprühstärke für gut sitzende Hemden, der Ritter-Sport-Schokolade, dem Lodenmantel gegen frostige Winter, um Dir eine kleine Lektion in deutscher Warenkultur zu erteilen. Und auch das Steiff-Stofftier nicht zu vergessen. Ist Dein Töchterlein schon stolze kleine Besitzerin eines dieser Kuscheltiere mit dem Knopf im Ohr, die auch meine Kindheit verschönten? – Schon viel zu lange diese Mail. Je länger ich Dir schreibe, desto unerträglicher wird meine Reiselust.

Schade, daß wir nicht mehr klein genug sind, um uns Stofftiere zu schenken.

Bis bald im Sommer. Laura

In den Monaten, die folgten, war sie weiter mit Alvaro in losem E-Mail-Kontakt gestanden. Zwei-, dreimal im Jahr – so genau wollte sie es gar nicht nachrechnen –

brannten in ihrem Kopf Freudenfeuer bei einer Antwort von ihm und beschämten jeden Tag wegen seinem armen Licht.

Einmal wollte sie wissen, wie er ein paar Ausdrücke von Borges übersetzen würde. *Na, Du werter Herr Kollege, hoffentlich nicht im Endspurt hechelnd zum Abgabetermin für einen Teil Deiner Habil. Nichts als ein paar Minütchen will ich Dich, wag' ich Dich zu kosten. [...] Ansonsten wünsche ich Dir viele Hasen, die über Aprilfelder hoppeln. Und versteck Deinem Töchterlein auch gar schön bunte Ostereier im grünen Gras, so daß es Bauklötzchen staunen kann. Laura.*

P.S. Vergiß den Sommer nicht.

Er hatte mit der Antwort nicht auf sich warten lassen: *Liebste Frau Kollegin, Sie haben leider recht: ich bin im Augenblick »im Endspurt hechelnd zum Abgabetermin für einen Teil meiner Habil«. Also gehe ich schnell zur Sache und lasse Klatschgeschichten.* Dann hatte er eine Reihe Übersetzungen mit vorbildlichen Erklärungen angefügt und rasch seinen elektronischen Brief beschlossen: *Ich kann leider nicht länger schreiben. Ja, genieße auch den Sommer und laß Dich doch wieder blicken. Dein Alvaro*

Sie hatte sich bedankt: *Mei, Du hast mich ja richtig erschlagen mit Deiner prompten, freundlichen, soliden, brauchbaren Gelehrsamkeit und der lieben Mühe, die Du Dir gemacht hast, und ja, auch erheitert mit einem kleinen Sprachschnitzer, der Dir unterlaufen ist, der aber auch eine ausgesuchte Falle für jeden ist, der das Deutsch nicht mit der Muttermilch eingesogen hat. Man sagt »zur Sache kommen«. Wer »zur Sache gehen« will, hat ganz andere Absichten. Komm gut voran. Laura*

Er gab zurück: *Liebste Frau Kollegin, es freut mich, daß ich Ihnen behilflich sein konnte. Was nun die Sache angeht, mußte ich lauthals lachen. Nun sehe ich die Sache richtig. Außer der Wahl des Verbs ist mir noch ein zweiter Fehler unterlaufen, ich habe nämlich geschrieben: »Also gehe ich schnell zur Sache«. Ich? Alleine? Also, meine Liebe, kommen wir zur Sache! Oder gehen wir? Oder fallen wir? Vor lauter Sprachverwirrung bin ich jetzt etwas verwirrt … Verwirrter Kuß, Alvaro*

Sie lebte immer noch fast jeden Tag ein wenig darauf hin, ihn wiederzusehen. Das Leben schien leicht: nur ein bißchen warten jeden Tag und so um ein Kleines dem Ziel langsam, aber sicher näher kommen. Nichts anderes forderte der Tag ihr ab. So ein Leben müßte doch zu bewältigen sein. Manchmal befiel sie die dunkle Ahnung, daß ein Wiedersehen zur Enttäuschung geriete, zu einer Enttäuschung, die lähmte und unbegreifbar wäre und sehr gemein. Dann wäre es gut gewesen, so lange gewartet zu haben. Denn es hätte die gute Hoffnung gestreckt. Aber was beunruhigte sie sich vielleicht ganz unnötig. Ihre Zweisamkeit, sprach sie sich gut Mut zu und nahm den Kopf hoch, war eben auf eine so seltene, seltsame Art beständig, daß der Abstand von Monaten, nach dem sie sich wiedersahen, gleich einem Abstand von Wochen in normalen Beziehungen war. Die Schulmathematik versage eben bei ihnen, wo dreißig wie sieben ist. Und mailten sie miteinander, im Abstand von Monaten, waren sie doch unbefangen und locker auf Anhieb, als hätte sie gestern erst auf seiner Schwelle gestanden, als stünden sie auf sehr vertrautem, intimem Fuß miteinander, wie viele tausend Kilometer auch immer zwischen ihnen lägen. Allerdings, und das wollte sie sich nicht eingestehen, war ihre Liebe ärmer und schwächer geworden. Sie würde nur noch die halbe Welt für Alvaro ausgeben. Aber es müßte ihr gelingen, wieder die ganze Welt für ihn ausgeben zu können. Mit diesem Mut nahm sie den Zug.

Erleichterung stellte sich ein, Heiterkeit breitete sich aus, als sie den Streifen flach gepreßten Häuserwerks vor Bergmassen, die niederdrückten, hinter sich ließ. Die Wolkenfetzchen konnten sich nun getrost ohne sie von den weißen Gipfeln ablösen. Der Schnee konnte alleine heimtückisch die Flanken herunterkriechen. Gerne kehrte sie dieser scheckigen Welt den Rücken. Mit Vergnügen nahm sie ihr Auge von den unwirtlichen Gesteinsmassen. Und diesen Efeu da, den konnte sie gut und gerne ganz und gar sein lassen. Efeu, der die Baumstämme hochkriecht, sie wie Anfänge von Handschuhen umstrickt und ihnen den Saft abdrückt! Efeu, der überdies Verrat übte an jenem Efeu, der Meeresschloßgemäuer hochwächst und der es stiller und wundersamer macht um Rapunzeln und Schläferinnen wie Dornröschen und Dornenrosa.

Sie kam in Berlin an und war euphorisch. Hier könne sie leben, in vollen Zügen könne sie hier leben. Bis in die äußerste Zehenspitze tief hinunter könne sie atmen und bis in den letzten Körperwinkel hinein glücklich sein. Alvaro rief sie erst am dritten Tag nach ihrer Ankunft an. Auf ihren Anruf habe er gewartet. Er habe schon befürchtet, es liefe wie das letzte Mal, als sie sich angekündigt hatte und dann – grausamerweise, das war sein Wort – ausgeblieben sei. Wann sie angekommen wäre? Schon vor drei Tagen. Jetzt sei er fast beleidigt. Sie hätte dem Zufall eine Chance geben wollen, erklärte sie, wäre er ihnen doch auch früher hold gewesen. Vielleicht hätten sie sich doch tatsächlich auf der Straße getroffen. Als wäre ihr bei einer zufälligen Begegnung ein gutes Omen beschert worden, als hätte es sein können wie früher, als hätte sie in die Vergangenheit zurückreisen können mit ihrer Rückkehr nach Berlin. Ob er wohl das Wort ›hold‹, mit dem sie ihn ganz bedacht bedient hatte, kenne, fragte sie sich.

Skepsis gab er zurück, auf ihren freundlichen, unsinnigen Glauben an einen Zufallsweihnachtsmann, der sich mitten in den Sommer verirrt hätte. Wo denn zufällig sich über den Weg laufen in einer Drei-Millionen-Stadt, fragte er sachlich. Auf dem Ku-Damm? Ja, sagte sie verzagt.

Dann gab sie in einem Schwall weitere Erklärungen ab. Am ersten Tag sei sie nach so langer Anreise zu k.o. gewesen. Gestern habe sie im b-flat Tango getanzt. Bis ins Morgengrauen hatte sie's mit einem holländischen Gentechniker ausgereizt. Die guten Tänzer standen nur so in der Nacht herum. An ihrem neuen Wohnort gab es keine Tänzer, auf die sie horchen wollte und mit denen sie das »Du bist mein Raum« oder andere Einmaligkeiten praktizieren konnte. Man tanzte ihr nur ständig die Achse kaputt und warf sie aus dem Gleichgewicht, und sie mußte Kraft aufwenden, um es wiederzufinden. Es sei Kampf, kein Tanz. Es sei Vergewaltigung der Musik, die in ihr strömen wollte wie ihr eigentliches Blut. Sie übertrieb. Daß sie auch immer übertreiben müsse. Alles im Leben. Das Leben selbst übertreiben. Das Leben übertreiben, ob das bedeute: Tod? Erneut will der dunkle Erzähler in ihrem Denken das Ruder ergreifen.

Sie kam wieder zum Tango zurück. Das war sicherer Grund. Man tat ihr dort Gewalt an, gewiß, wenn sie gegen den Takt tanzen müsse, wann immer das ein unmusikalischer Tänzer so vorgab. Aber es gab trotzdem beim Tango noch Grund genug. Sie war mit der Stadt zwischen den Vorbergen im Mekka aller unmusikalischen Möchtegerntangueros gelandet. Es gab solche, die ihren Daumen in die Achselhöhle der Frau bohrten und nicht merkten, wie abstrus sie führten. Und auch solche, die mit dem Zeigefinger ihrer Hand unbewußt einen Pistolenlauf imitierten, mit dem sie der Frau auf die Schläfe zielten. Was sie bisher nur als angeberische Theorie gewußt hatte von einem Porteño, mit dem sie in einem der amphitheatralischen Bögen im Square Tino Rossi hart an der Seine getanzt hatte, daß Tango in seinen größten Momenten wäre, für Augenblicke, oder für ein Tanda, oder für ein Tanzset oder eine ganze Tangonacht aufzugehen in der besonderen Chemie mit einem andern, im Tangasm, das war ihr am Vorabend in Berlin passiert, und das, was sich so nach Klischee anhörte und so sehr auch Klischee war und bleiben würde, war ein einziges Mal für sie Substanz geworden.

Den Tango sah sie als das etwa zwanzigjährige Kind ihrer Zeit an. Man findet dabei harmlose Erotik, die in seltenen Höhepunkten mehr berausche als das richtige Zursachegehen, bei dem Aidsangst fast immer den Vollgenuß schmälere. Das habe nichts mit Betasten zu tun, Richtungen wie unter der Achsel entlang brustwärts oder Rückenmassierungen. Frauen, die sich begrapschen ließen, seien selbst schuld. Dubiose Tango-Zeiten hatte es gegeben – und gab es vielleicht noch, wer könne es wissen. Ein Tänzer rafft die langen Rockbahnen der Frau hoch, bis über beide Ohren, wickelt sich und sie ein, die beiden werden oben blind und taub, und er betanzt die Frau, die sich's kaum versieht, oder doch, deren Untergestell er schamlos zur Schau stellt, und er tanzt die Frau in dunklere Saalregionen hinein, am Ende in eine dunkle Ecke, und dort geht der Tanz dann aus, geht über in anderes, andre Lust, und vielleicht schreibt die Musik sich immer noch in die Muskeln ein. Laura wußte aber nicht, ob sie das richtig verstanden hatte.

Als ihr das Glück gestern aufgegangen war, das Glück ihrer Tango-Osmose, probierte sie ein Wort aus, um dem Genuß besser nachschmecken zu können, ein tango-osmotisches Glück, versuchte sie weiter mit Worten der Sache beizukommen, ohne daß es half. Als ihr also ihr Glück aufgegangen war, da war es auch schon vorbei gewesen, und nichts blieb als Bruchwissen wie der Vorname Jan, der Beruf Architekt und für eine Weile das in den Körper eingeschriebene Wissen, wie der andere tanze. Die Benommenheit war dann übergegangen in einen verdammten, sinnlosen Schmerz über seine Abreise. Aber dennoch: das herrliche Berlin, in dem eine Tango-Bar so lange offenbleibt, bis das letzte Paar sich ausgetanzt hat, hätte sie Alvaro vorschwärmen wollen, aber es lastete etwas auf ihrem Gespräch, das sie daran hinderte, locker zu sein. Und in Wirklichkeit, fragte sie sich später, hatte sie mit ihrem Hinauszögern nur die bange Vorfreude ausdehnen wollen.

Er sei dick und fett geworden. Wie?! Er beliebe zu scherzen. Sie hätte souverän weiter witzeln wollen: sie sei auch nicht faul gewesen beim Kilosammeln. Und: da paßten sie ja jetzt zusammen wie ein Ei zum anderen. Ob er dazu auch richtig verkommen sei, mit Glatze und

so. I wo, wehrte er ab. Sie überhörte ihn. Sie wolle Fakten, aufs Hundertstel Gramm genau sein aktuelles Körpergewicht und auf den Quadratmillimeter genau die Glatzenfläche. Alvaro simulierte ein Auflachen. Zehn Kilo mehr. Sie auch. Er glaubte es und meinte großzügig, sie wäre so schlank immer gewesen, daß ihr zehn Kilos nichts hätten anhaben können. Nun ja, das wären immerhin ganze zwanzig Prozent. Wann sie sich sehen würden, unterbrach sie abrupt das leidige Thema und das unselige Reden. Es läge an ihm. Sie hatte Zurechtgedachtes sagen wollen: Wann immer der gnädige Herr wünsche, und war nur gedrückt gewesen. Sie hatte kokette Sprachblödeleien loslassen wollen, aber es war kein Anspringen auf diesen Ton.
Heute ginge es, morgen nicht, wegen seinem Seminar. Obwohl: am Abend schon, dann wäre er entspannter. Heute sei am Abend noch ein Vortrag zur Übersetzungstheorie, zu dem er eigentlich verpflichtet sei hinzugehen, um einmal aufzustehen und eine Frage zu stellen und sich wieder zu setzen. Aber das müsse nicht sein. Er wolle sie aber am Nachmittag zurückrufen. Er solle gut vorankommen, wünschte sie ihm. Er bedankte sich.
Kurz vor fünf rief er zurück, und sie ahnte auf Anhieb, irgend etwas sei dazwischen gekommen. Sie teilte ihm gleich ihr ungutes Gefühl mit. Er war überrascht über ihre Sensoren. Ja, er sei angemahnt worden, zu dem Vortrag des Hispanisten zu gehen. Ob sie jetzt enttäuscht sei? Schwer, sagte sie nur. Er schlug dann vor, sich wenigstens kurz zu sehen, und sie willigte ein: Jetzt hätte sie fast zwei Jahre gewartet, und nur zwei Tage noch zu warten, sei kaum auszuhalten. Sie würden sich sehen,

reden und ein andermal für länger sehen und länger reden, tröstete er sie. Sie würde auch pünktlich gehen, wollte sie ihm entgegenkommen. Er sagte, sie machten am besten eine feste Uhrzeit aus, von 8 bis 10. Sie müßten aber den Wecker stellen, versuchte sie ohne Spannkraft Witz zu zeigen und auf einen Scherzzug aufzuspringen, auf dem keiner von ihnen stand. Der Wecker als Rauswerfer, ein Gedanke, auf den er wohl gar nicht erst käme, fügte sie hinzu mit einem letzten Rest Willen zum Humor. Dann legten sie auf.

Als sie fertig gemacht aus dem Haus ging, mußte sie feststellen, daß ihr das Mietrad geklaut worden war. So joggte sie zur U-Bahn. Sie stieg viel zu früh aus, bereits am Spittelmarkt, und fand tatsächlich nicht gleich die richtige Richtung, weil so viel neu gebaut worden war. Fahrradkuriere mit Rucksäcken, die sich wie Flügel ausnahmen, überholten sie. Taxis fielen ihr zu spät ein, und als sie ihr dann glücklich einfielen, war keines mehr aufgekreuzt. Erst um 21 Uhr war sie bei ihm. Nur bis 22 Uhr 30 sollte sie bleiben. Er umarmte sie gleich. Es irritierte sie das deutliche Duftwasser; sie liebte sein noch immer schönes, glattes Gesicht, die hohe Stirn, die braunen Augen unter den Wimpern. Dann zeigte er ihr die Wohnung. Er war umgezogen. Sie liebte sein Umgezogensein. Er besaß ein Arbeitszimmer jenseits seiner Familienwohnung in Charlottenburg. Sie liebte sein Jenseits.

Er nahm auf seinem Schreibtischstuhl Platz. Ohne sie mit einem Nicken, einer Geste, einem Wort einzuladen, ebenfalls Platz zu nehmen, ließ er sie im Raum stehen – einfach im Raum stehen. Oder so, als sollte sie sich wie zu Hause fühlen, wo man auch nicht aufgefordert wird, sich zu setzen? Sie sagte lächelnd: so sei er, so kenne sie ihn, sobald er könne, setze er sich, wo auch immer. Da falle ihr ein, daß sie ja etwas mitgebracht habe, eine Flasche Château neuf du pape. Sie bückte sich zu ihrer Tasche hinunter. In Sachen Wein würde sie sich inzwischen besser auskennen, das hätten ihr die lieben Franzosen beigebracht. Er öffnete den Wein gleich. Sie roch an der Flasche. Das Bukett, sagte sie tiefernst, fast wie Likör, ein brombeeriges Aroma, üppig, dicht und eine seltene Geruchssträhne darin. Auch Alvaro schien dann zu schmecken, daß es kein Allerweltswein war. Das Abendessen, das er angekündigt hatte, wäre in der nahen Pizzeria gewesen oder wäre Herbestelltes gewesen und war am Ende gar nichts, weil die Zeit so knapp war, daß die beiden keinen Raum darin hatten. Er vertröstete sie auf ein andermal, wo er richtig mit allem Drum und Dran mit ihr ausgehen würde, und sie freute sich.

Dann erzählte sie ein paar Brocken von sich und schloß mit der Aufforderung: Jetzt sei er dran, ein paar Brocken dazuzugeben. Mein Kind, fing er an. Sein Kind, das in ihm ungeahnte Gefühle hervorrufe. Manchmal wache er morgens auf und sein Herz poche. Sein erster Gedanke: sein Töchterlein, Janita. Er sei wie frisch verliebt. Alle Symptome des Frischverliebtseins zeige er.

Damit näherte er sich ihr und war sehr zärtlich. Es konnte nicht aus Versehen gewesen sein. Sein Haar war etwas rauh. Er hatte sie nicht jeden Tag erwartet. Wie hätte sie sich von einer Welle aus Wehmut und Verlorenheit wegtragen lassen wollen, mit ihm, wie hätte sie sich, in einem gedehnten Zittern, sanft, abersanft, weggeben wollen, ganz. Aber bald schon kam die Kraft in die Küsse, und heftiger gingen sie sich an mit Lippe,

Zahn und Zunge, weil, wenn man überhaupt »weil« sagen kann, doch eine Steigerung nötig war. Er zog sie zu sich hinüber, und Hormone gewannen die Oberhand, und Hormone verscheuchten das Präludium, in dem alles gewesen war.
Etwas Großes hätte anheben können, wenngleich alles so alltäglich vor sich ging und das doch gar nicht der Gipfel oder der Vorgipfel all ihres jahrelangen Wartens und Reisens hatte sein können. Etwas Kleines und Gewöhnliches beherrschte allzubald das Feld, Mechanik fast. Sie schickte sich, gab sich drein. Ihre Kraft war vergeben.
Er lobte ihr Kleid. Sie entschuldigte ihr Kleid. Sie habe es nur angezogen, weil sie nach ihm noch zum Tango gehe. Für sein Wohnungslicht hier würden die Farben zu sehr schreien und auch trage sie zuviel Haut zur Schau. Er reagierte, und seine Reaktion war zu deuten wie ein: Aber nein doch! Und: Wieso denn? Sie plauderte ihm dann übergangslos etwas vor, riß beliebig irgend etwas rein in ihre Rede, ein Bild von Munch, das ihm vor Jahren einmal gefallen hatte, vielleicht nur ein paar Augenblicke lang. Er konnte sich auch nicht mehr erinnern. Es zeigte jemanden in leuchtend rotem Gewand auf einem Liegestuhl, beschrieb sie fort. Sie redete, um ihm das Denken zu vertreiben. Sie redete, und ihr selbst verging der gesunde Hausverstand. Er zog die Vorhänge zu und lud sie dann ein, in ihrem roten Kleid in dem Liegestuhl Platz zu nehmen, der am Fuß des Betts stand. Sie war aber eine Frau und kein Mann wie auf dem Bild. Sie zog ihre Schuhe aus, konnte aber nicht richtig für die Dauer eines schönen Auftakts zu einem stillen Leben werden. Sie ruhte nicht in sich und

ruhte nirgendwo. Er lobte ihre Schuhe. Sein Lob war, als signiere er ihre Schuhe. Sie stellte die Schuhe zusammen. Dann stand sie auf, um Alvaro zu umarmen. Da waren sie sich so nahe, daß sie sich nicht mehr richtig sehen konnten.

Und keiner stand mehr auf festen zwei Beinen. Sie fielen zur Seite. Die Zeit sprang weg. Und sie wälzten sich, wie eben Tausende Liebende sich wälzen. Er zog ihr die Strumpfhose aus, wie in diesem Moment Tausende Strumpfhosen ausgezogen wurden, und wollte viel sehen, ihre Beine, wie viele andere ihre Beine hätten sehen wollen, mehr, alles, wie er hätte tausend andere Beine sehen wollen – wie tausend andere tausend andere Beine hätten sehen wollen –, wenn er nicht im Grunde gar keine hatte sehen wollen, gar keine. Als sie sich auf ihm bewegte, identisch mit x anderen zu diesem Zeitpunkt, hob er den Oberkörper an, um besser sehen zu können. Als ginge es darum. Sie glich niemandem mehr, sie war eine Identische. Er hatte mehr Geschick in seinen kleinen Händen als in den Jahren zuvor. Als ginge es darum. Happig war es nie mit ihm gewesen. Aber doch gerade das könnte sie glücklich machen, dachte sie einen halben Gedanken lang. Denn darum ging es nicht: es brauchte nicht happig zu sein. Dann hörten sie plötzlich auf, lagen eine Weile stumm, bis er fragte, woran sie denke. Daß diese Frage angeblich eine typische Frauenfrage sei und daß sie eben diese Frage nicht habe stellen wollen. Dann waren sie wieder stumm zusammen. Sie durchbrach das Stummsein als erste: Daß sie nicht viel zum Reden gekommen wären, daran habe sie auch gedacht. Er wehrte ab: Es wäre immer so gewesen, wäre immer stürmisch gewesen. Es sei

seltsam, sagte er vor sich hin, es gingen ihm die Sorgen nicht aus dem Kopf. Man könne es Krise nennen. Sie hielt den Atem an.
Es habe nichts mit ihr zu tun, fuhr er fort, und ihr fiel ein Stein vom Herzen, ein ganz dummer Stein. Zwei Freunde, die sich küssen, seien sie, stellte er fest. Ob es das gäbe, meldete sie Skepsis an und hob sich dabei von ihm ab, um ihn anzublicken. Sie beide hier seien der Beweis. Am lebenden Leib der Beweis, bestätigte sie ihn und stürzte ihr Gesicht, mit den Schläfen hart an seinem Ohr herab in den Schatten von seinem Kopf und tiefer noch in den abgründigen Schatten von seinem Kopf ins Dunkel von seinem Kissen in seinen vergangenen Schlafgeruch hinein und war ein Häuflein Schläfensturz, blind und tief, und wußte nicht, ob sie glücklich oder traurig sein sollte. Es war nichts Halbes und nichts Ganzes, wie sie zwei seit Jahren schon immer nichts Halbes und nichts Ganzes gewesen waren, jetzt extra so, halb ausgezogen, halb vereinigt, wie sie lagen, mit dem unmöglichen Halt mitten in ihrem altgewohnten, alt gewordenen Sturm, in dessen Stille hinein er sagte: Seltsam. Er sei nicht bei Sache, entschuldigte er sich, Sorgen gingen ihm durch den Kopf, der Beruf, die Scheidung, die er vollziehe, wäre da nicht die kleine, sehr leidenschaftlich geliebte Tochter von fünf Jahren. Es wundere ihn, daß sein Körper hatte anfangen können, zu funktionieren. Arme, bedauerte er sie, daß er es ihr vermaßle. Ja, er vermaßle sie, bestätigte sie ihn, aber es mache nichts. Es mache nichts, daß er sie vermaßle, wiederholte sie leiser, und ihre Stimme starb mit der letzten Silbe ab. Wieder waren sie stumm miteinander.

Als käme es ihr so sehr darauf an, daß es klappe, durchstieß sie dann ein Gedanke, der wie die ganze Wahrheit aussah. Gar nicht, wenn er es genau wissen wolle, im Gegenteil, ganz im Gegenteil, wenn sie es sich vollständig recht überlege. Aber genau hatte er es doch noch nie wissen wollen, wagte sie nicht, es sich ganz recht zu überlegen. Gar nicht, schrie sie nicht auf wie am Spieß, nicht auf diesen schrecklichen Almosensex.

Der war wie ein Geldstück ohne Rückseite.

Sie biß sich in die Lippe: sie hätte es wissen sollen, hätte es verhindern sollen. Körpermechanismus hatte sie von ihm gehabt, mußte sie sich eingestehen, und von dem auch nur einen bloßen Ansatz. Ein Kleckeranfang. Nichts Erkleckliches, lange nicht.

Vor wenigen Minuten hatten sie doch noch erneut das besinnungslose Gefallen aneinander gefunden, eine elektrisierte Aura war einen Auftakt lang um sie gewesen. War es nicht so? Vor einer Stunde hatten sie sich seit anderthalb Jahren wiedergesehen. Vor sieben Jahren hatten sie sich kennengelernt. Und jetzt waren sie einander in einem Maße fremd und gleichgültig, als stünden sieben Jahre, nein mehr, viel, viel mehr zwischen ihnen. Mehr als vor sieben Jahren, als sie sich noch gar nicht gekannt hatten.

Dann fragte sie nach seinen Sorgen, mit dem unangenehmen Beigeschmack, so zu fragen sei, nachdem nichts zustande gekommen, Hurenart. Hätte ihr jemand sagen wollen: Hetärenart?

Er trage sich mit dem Gedanken der Scheidung. Aber wegen seinem Töchterlein ginge es nicht. Er habe ein schlechtes Gewissen, weil er sich so wenig um seine kleine Jana kümmere. Fast zwei Jahre habe er sie, rechne er

alles zusammen, nicht gesehen. Und er habe so Lust, der Kleinen Wörter beizubringen, zu hören, wie sie diese Wörter wiederhole, wie sie Wortspiele spiele. Sie sehen, sie berühren. Von den Schwierigkeiten am Lateinamerikainstitut machte er nur Andeutungen.
Dann sollte sie ihm ihre Liebesgeschichten erzählen. Sie hätte es immer getan. So wollte sie tun, wie sie immer getan hatte. Ein Jahr sei sie in Nordfrankreich gewesen. Was er glaube, wieviel dort passiert sei. Zwei längere Geschichten und so etwa vier flüchtige, vermutete er, als meine er es ernst. Sie sagte die Wahrheit, glaubte die Wahrheit zu sagen. Es habe eine Ganz- und eine Fast-Geschichte gegeben. Er hakte nach, und sie sagte B und C und D und mehr noch und auch Z und sagte, was man nicht sagen darf. Denn sie gab ihm zuviel von Lionel preis. Sie stellte Lionel ganz bloß vor ihn hin. Sie gab tatsächlich das ihr als einzigem Menschen auf der Welt von Lionel anvertraute schreckliche Geheimnis preis, in nichts als einem Wimpernaufschlag. Da zog Alvaro sein rechtes Bein, auf dem sie noch gelegen hatte, mit einem Ruck weg, als hafte ein Makel an ihr.
Sie bereute ihre Zunge, bereute, daß sie sie nicht hatte hüten können. Wer würde je noch etwas in ihre Hut geben wollen? Sie erschrak.
Warte es nur ab, prophezeite feige ihr erzählender Feind. Bald wirst du überhaupt nicht mehr zucken und erschrecken. Deine Wimpern wirst du dir ausreißen. Kahle Lider wirst du haben. Keine Lieder, keine Atem und keine Spreche mehr.
Irgendwann sagte Alvaro dann bald schon »Laura«. Widerspruchslos und stumm befolgte sie seine Aufforderung zum Aufbruch. Sie zog sich alleine an. Kurz be-

vor sie ging, trank sie noch einen zweiten Schluck Wein aus den Gläsern, die er hergebracht hatte. Sie nippte nur, auch allein. Sie hätte das Glas in die Ecke feuern sollen. Er kündigte an, daß er am 27. rüberfliege, vor ihrer Abreise. Er solle sich vorher melden, sagte sie. Er hatte ein mildes Wort als Abschlußgabe: es tue ihm leid. Damit blieb er tief im Flur stehen, während sie zur Wohnungstür ging. Sie öffnete die Tür, selbst und allein. Sie drehte sich noch einmal um. Er rührte sich nicht, machte keine Geste mehr. Er stand im Dunkeln, so daß sie seinen Gesichtsausdruck nicht sehen und verstehen konnte. Sie öffnete und schloß die Tür, sehr einsam.

Mit einem Schlag erschöpft und dumpf ging sie die Treppe hinunter auf die Straße.

Um die Menschen zu vermeiden, lief sie eine Stunde lang durch das nächtliche Berlin und war auf eine unerträglich laue Art traurig, taub, freudlos und enttäuscht. Eine mordsmächtige Wut oder eine mordsmäßige Verzweiflung wären ein schrecklicher Segen gewesen dagegen. Sie legte einen Trauertag ein. Am Tag darauf erfuhr sie, daß ihr Trauertag, der 19., der kälteste Berliner Augusttag seit 1908 gewesen war. Alvaro meldete sich nicht mehr vor seiner Abreise.